JN307721

文庫

32-306-3

黄金虫・アッシャー家の崩壊

他九篇

ポオ作
八木敏雄訳

岩波書店

目次

メッツェンガーシュタイン

われ生けるときには疫病《えきびょう》なりしが――
死しては汝《なんじ》の死とならん(1)

“Metzengerstein” は、『サタデー・クーリア』(フィラデルフィア、1832 年 1 月 14 日号)に発表された。ポオ 23 歳の誕生日の 5 日前のことだった。詩人として作家的経歴を始めたポオには、詩集ならすでに『タマレーン、その他』(1827 年)、『アル・アーラーフ、タマレーン、ほか小詩数篇』(1829 年)、『ポオ詩集』(1831 年)の 3 冊があったが、短篇小説としては、これが最初に印刷されて世に出た作品であった。ただし、そのことはかならずしも本編が最初に書かれた散文作品であることを意味しない。なぜなら、これは前年 1831 年の末に『サタデー・クーリア』の懸賞に応募しておいた 5 篇の短篇小説のうちのひとつで、いずれも入選は逸したものの、同誌の裁量により、1832 年 1 月から 12 月にかけてすべてが誌上に掲載される運びになったからである。ちなみに、それらの作品は本編も含めて、“The Duc de L’Omelette”、“A Tale of Jerusalem”、“A Decided Loss”、“The Bargain Lost” の 5 篇。最後の 2 篇は、再発表のさいに、それぞれ “Loss of Breath”、“Bon-Bon” と改題された。また本編は 1839 年に出版された短篇小説集『グロテスクとアラベスクの物語』(題扉に 1840 年と見えるが事実に反する)にも収録されたが、その「序文」にある「たとえ私の作品において恐怖が主題であっても、その恐怖はドイツ風のそれではなく、魂のそれだ」というポオ自身の言葉は、本編を強く意識して述べられたものと思われる。この作品の恐怖は、ドイツの民間伝承物や E. T. A. ホフマン流の外在的な恐怖ではなく、人間の心の奥底にひそむ内在的な恐怖であることを強調しているのであろう。そして、この衝動がポオの数多くの小説のあらわな、あるいは秘められた主題であったことを、ここで確認しておきたい。(扉絵 = B. ファッジオーリ画)

いつの世にも、恐怖と宿命は大手を振ってまかり通っていた。となれば、これから語る物語の時代を特定する必要がどこにあろうか？　ちょうどそのころ、ハンガリーの奥地では、輪廻転生《メテムサイコーシス》(2)に対する信仰が隠然たる勢力を有していたと言えば足りよう。その説自体については——つまり、その説の真贋《しんがん》や信憑性《しんぴょうせい》については——何も言うまい。だが、われわれの猜疑《さいぎ》心《しん》の大半は（ラ・ブリュイエールが人間の不幸について述べたように）「孤独であり得ないことに由来する(3)」とわたしは主張したい。*

＊　メルシエは『二四四〇年』で輪廻転生をまじめに支持しているし、アイザック・ディズレーリは「輪廻転生ほど単純明快で受け入れやすい説はない」と述べている。グリーン・マウンテン・ボーイズを創設したイーサン・アレン大佐も輪廻転生説の信奉者であったとされる(4)。（原注）

しかし、このハンガリーの迷信には不条理と境を接する点がいくつかある。彼らの——つまりハンガリー人たちの——信ずるところは、ヒンドゥー教徒の教条とはかなり本質的にちがっていた。たとえば、前者の言うところによれば——ここでとある頭脳明晰で聡明なパリ人士のことばを借りるとするが(5)――「魂が具体的な肉体にやどるのは一度かぎりであり、そのうえ――馬にせよ、犬にせよ、はたまた人間にせよ、魂はこれらの具体的生物のうたかたの似姿にすぎない」のである。

ベルリフィッツィング家とメッツェンガーシュタイン家は幾世紀にもわたって不仲であった。かくも周知のふたつの名家がかくも執念ぶかい敵意を燃やしていがみ合った事例はめったにあるまい。このような敵対関係の起源は以下の古めかしい予言のなかに見出されるように思われる――「亡《ほろ》びに定められしメッツェンガーシュタイン家が、騎士が馬を御するが如く、不滅に定められしベルリフィッツィング家に勝利を収めるとき、高貴なる名は恐るべき破滅に瀕《ひん》すべし」。

なるほど、この文言自体はほとんど、あるいはまったく意味をなさない。だが、これよりもささいな原因から――しかも、さほど昔のことでなく――これに劣らぬ重大な結果をもたらす事件が起こったのである。そのうえ、両家の領地が隣接していることから、長きにわたり、複雑な領土問題にかかわる紛争が絶えなかった。古来、隣人が仲むつまじいことなどめったにない。ベルリフィッツィング城の住人は、その高い扶壁《バットレス》から、メッツェンガーシュタイン宮殿の窓の中まで覗き込むことがあったが、こうして目にしたメッツェンガーシュタイン宮殿の封建時代の粋をあつめた壮麗さは、これよりも古くもなければ富裕でもないベルリフィッツィング家の妬みをことのほか掻き立てずにはいなかった。となれば、例の予言の文言がいかほど愚かしいものであるにせよ、すでにして不和に宿命づけられていた両家の伝統的な嫉妬心をことあるごとに掻き立てて不和の継続に寄与したとして、なんの不思議があろうか。かの予言が何かを示唆しているとすれば、より強力な一家が最後の勝利を収めることを示唆しているように思われ、したがって、より弱体で勢力において劣る一家が、より激しい憎悪の念をもって、この予言を記憶に留めていたのである。

ベルリフィッツィング伯ヴィルヘルムは、高貴の生まれながら、この物語の頃にはすでに老耄《ろうもう》の境に達し、特筆すべきことといえば、仇敵の一家に対する度外れた執念深さ、馬と狩猟に対する偏執狂的な嗜好《しこう》、それに老齢による肉体的衰弱と精神的衰弱にもかかわらず、日々欠かさず危険な狩猟に励んでいたことくらいであった。

一方、メッツェンガーシュタイン男爵フレデリックは、いまだ丁年にも達しない若者だった。その父G＊＊＊大臣は若くして世を去り、その母メアリーはすぐ夫のあとを追った。そのとき、フレデリックは十五歳だった。都会における十五年という歳月はさして長くはない。しかし、荒野においては——かの老公国におけるがごとき壮大な荒野においては——時計の振子は都市におけるよりはるかに深い意味をおびて揺れるのである。

うるわしのメアリー夫人よ！　どうして夫人のごとき人に死ぬなどということがあり得たのだろうか？——しかも、結核で死ぬとは！　だが、それこそわが追随を欲《ほっ》する憧憬の小道なのだ。わが愛するすべての者が、あのやさしい病《やまい》でこの世からみまからんことを！　若き血潮のさかりに——あらゆる情熱の核心のもなかに——想像力が燃えさかるさなかに——幸せなりし日々の追憶のただなかに——一年の秋の季節に世を去り、豪奢《ごうしゃ》な秋の落葉の塚に永遠に埋められるとは、なんと栄光にみちた事態であろうか。かくしてメアリー夫人は死んだ。若き男爵フレデリックは生きている身内がひとりもないまま、死んだ母親の柩《ひつぎ》のそばに立った。彼は静謐《せいひつ》な母親の額《ひたい》に手をおいたが、その華奢な身体に戦慄がはしることもなく——その非情な胸から溜息《ためいき》がもれることもなかった。幼少の頃から酷薄で身勝手で衝動的な性格のフレデリックは、無慈悲で奔放で向こうみずな放蕩《ほうとう》生活を送りながら、さきほど述べた年齢に達していて、あらゆる聖なる思考や甘美な追憶が通《かよ》う水路が塞《せ》き止められてすでに久しかったからである。(6)

この若き男爵が、父の遺産管理にかかわる特殊な事情のゆえに、父の死とともに、莫大な財産を相続することになったのである。ハンガリーの貴族でもこれほどの遺産を手に入れた者はまれだった。城は数知れぬほどあった。豪華さと広大さで筆頭にくるのは「メッツェンガーシュタイン城」であった。その境界はいまだかつて画然と線引きされたことはなかった。が、ともあれ、最大の猟場は周囲が五十マイルにもおよんだ。

かほど周知の性格をそなえた若者が、かほど年若くして、かほど比類なき財産を手に入れたとなれば、その後の行状がどのようなものになるかは憶測をめぐらすまでもなかった。はたせるかな、わずか三日のうちに、この遺産相続人の行状はその残忍さにおいてヘロデ王をしのぎ、(7)それは彼を崇拝してやまぬ者たちの予想をはるかに越えていた。厚顔無恥なる放蕩――極悪非道の裏切り――前代未聞の残虐の数々に接して、戦々恐々たる家臣たちがただちに悟ったことは、いかに自分たちが恭順の意を表したところで――またフレデリックがいかにおのれの良心の厳命に忠実にしたがったところで――今後この小カリグラ(8)の無慈悲な牙をふせぐ手立てとはなり得ないことだった。四日目の夜、ベルリフィッツィング城の厩舎《うまや》から火の手があがるのが発見された。近隣の者たちは異口同音に、この放火の罪を、すでにおびただしい数にのぼる男爵の非行や犯罪のひとつに加えてしまった。

この火事によってひきおこされた騒ぎのさなかに、若き貴族自身はメッツェンガーシュタイン宮殿の広く人気《ひとけ》のない階上の一室にひきこもって瞑想に耽《ふけ》っているらしかった。豪奢ながら色あせたタペストリーは陰気に揺れて、多くの有名な先祖たちの雄姿をおぼろげながらも堂々と揺らぎ出していた。こちらでは、豪勢な貂《てん》の毛皮をはおった司祭たちや祭服をまとった高僧たちが独裁者や国王と親しく同席して、この世俗の王の願望を拒んだり、法王の至上権をもって悪魔の反逆の笏《しゃく》をおさえたりしていた。またあちらでは、黒ずんだ、丈高い歴代のメッツェンガーシュタイン公爵たちのすさまじい形相《ぎょうそう》が——倒れた敵の死骸のうえをとび跳《は》ねる筋骨たくましい軍馬の奔放さとあいまって——冷静無比の胆力の持主さえをもたじろがせていた。さらにまた、ここには、過ぎし日の貴婦人たちのなまめかしい白鳥のような容姿が、幻想の楽の調べに乗って、この世ならぬ絢爛《けんらん》たる円舞の渦をなして滑るように流れ去ろうとしていた。

だが、男爵がベルリフィッツィング家の厩舎から次第につのりくる騒ぎに耳を傾けているうちに、いや耳を傾けるふりをしているうちに——あるいはまた、さらなる斬新かつ瞠目《どうもく》すべき悪行に思いをめぐらせていたのかも知れないが——その目は、いつしか、タペストリーのなかの、不自然な色をした一頭の巨大な馬の姿に釘づけにされていた。それは仇敵ベルリフィッツィング家の先祖にあたるサラセン人の持馬として描き出されていた。馬そのものは、図柄の前景に彫像のようにたたずんでいた――だが、はるか後方に、敗北を喫したその馬の騎士がメッツェンガーシュタイン家の者によって短剣で刺されて死に絶えていた。

自分の視線が無意識にむいている方向に気づくと、フレデリックの唇は悪魔的な表情を浮かべてゆがんだ。しかしフレデリックは、その視線をそらそうとはしなかった。それよりも、おのれの五感の上に帷《とばり》のようにおおいかぶさる圧倒的な不安感の正体のほうが気になっていた。夢見るような、とりとめない感覚と、目覚めているという明確な意識との融和を図ることが、はなはだしく困難だった。見つめていればいるほど、その呪縛力はいやまさり――もはやそのタペストリーの魅惑から目をそらすことは不可能であるように思われた。しかし、戸外の騒ぎが一段と喧騒の度を加えるにいたり、さすがのフレデリックも、燃えさかる厩舎が居間の窓いっぱいに投げかける紅蓮《ぐれん》の焔《ほのお》のまばゆい光に注意の視線をむけざるを得なくなった。

その動作は、しかしながら、ほんの一瞬のことだった。視線はおのずと壁のほうにもどった。すると、その間に、巨大な馬の頭の向きが変わっているではないか。フレデリックは恐怖のあまり顔色を失った。それまでは、大地に倒れた主人の亡骸《なきがら》の上に、あわれむように弓なりに垂れていた馬の首が、いまや男爵のほうに長々とさしのべられているではないか。それまで目にもつかなかった馬の両の目は、いまや活気にみちた人間の目のような表情をたたえ、異様に赤い火の色に輝いていた。憤怒《ふんぬ》に燃えているらしい馬は唇をめくりあげ、その巨大でいまわしい歯をむき出しにしていた。

恐怖のあまり茫然自失となった若き貴族は、扉のほうによろめきすすんだ。扉をさっと開くと、一条の赤光《しゃっこう》が部屋ふかくに射し込み、輪郭もあざやかに、その影を揺れるタペストリーの上に投げかけ、影が——敷居のところでたゆたっていたときの自分の影が——サラセン人たるベルリフィッツィング家の先祖を情け容赦なくあやめて勝ちほこる者の占める位置にぴったり重なり、その輪郭を正確にうずめているのを見て身を震わせた。

沈みきった気分を引き立てようと、男爵はいそいで戸外に出た。すると宮殿の正門のところで三人の主馬寮《しゅめりょう》の者に出会った。彼らは苦労のすえ、それこそ命がけで、痙攣的《けいれんてき》に跳ねまわる火のように赤い一頭の馬をいさめているところだった。

「だれの馬か？　いずこで捕らえたか？」若者は、例のタペストリーの間《ま》の謎めいた馬が眼前の怒り狂った馬と瓜二つであることに即座に気づいて、不機嫌なしゃがれ声で詰問した。

「殿、あなたさまの馬にござりまする」主馬寮の役人のひとりが答えた。「すくなくとも、おのれのものだと主張する者はござりません。ベルリフィッツィング家の燃えさかる厩舎から、猛り狂い、湯気を立て、泡を吹かして飛び出してきたところを捕らえたものにござりまする。はじめは、あの老いぼれ伯爵の外国馬飼育場から逃げてきたものと思い、迷い馬として連れ戻しましたところ、あそこの馬丁どもは、そんな馬は知らぬ存ぜぬ、当家のものにはござらん、と断言いたします。ところが奇妙なことに、馬には猛火をくぐり抜けてきた痕跡が歴然としておりました」

「それに、馬の額にはW・V・Bという文字がはっきりと烙印されておりまする」もうひとりの役人が口をはさんだ。「もちろん、それはWilhelm Von Berlifitzingの頭文字にまちがいないと思いましたが、先方の城の者は、そんな馬はまったく知らぬ、と断固として否定するのでござりまする」

「まことに奇妙だ！」男爵は物思いに耽るように、また自分が語ることばの意味を意識している風情もなく言った。「そなたらの言うとおり、これは非凡な馬だ――不思議な馬だ！　もっとも、おぬしらの言うように、こいつは猜疑ぶかい、扱いにくい質《たち》の馬らしいが、とにかく、それがしの馬にすることにしよう」しばらく間をおいてから、男爵はつづけた。「メッツェンガーシュタイン家のフレデリックのごとき者が騎手とならば、ベルリフィッツィング家の厩舎から出て来た悪魔にしても手なずけられぬことはあるまい」

「殿、さようにはござりませぬ。あの馬は、すでに申しあげましたとおり、伯爵家の厩舎に属するものにはござりません。さような仕儀なら、それがしども、あの馬をご当家の若様のおんまえにお連れ申すような不調法はいたしませぬ」

「なるほど！」男爵はすげなく言った。ちょうどそのとき、宮殿のほうから男爵の寝室づきの小姓が、顔を紅潮させて猛烈な勢いで駆けてきた。小姓は主人の耳もとで、自分が担当している部屋のタペストリーの一部が突如として消えうせたことと、そうなった事の次第をくどくどと、かつ微に入り細に入り語りかけた。だが、この一部始終はごく小声で伝えられたので、主馬寮の役人たちの掻き立てられた好奇心を満足させるにはいたらなかった。

小姓の話を聞いているあいだ、若きフレデリックはさまざまな感情の高ぶりに心みだされているようすだったが、やがて落着きをとりもどすと、顔に断固たる悪意の表情を浮かべて、小姓にむかって、くだんの部屋にすぐに錠をおろし、鍵は自分にもどすようにと厳命した。

「ベルリフィッツィング家の老狩人の不幸な死についてはお聞きおよびにござりまするか？」男爵の従者のひとりがそう声をかけたのは、小姓が退散してから、かの貴族がおのれの乗馬とした巨大な駿馬を駆って、宮殿からメッツェンガーシュタイン家の厩舎へと一直線に伸びる長い並木道を、猛り狂ったように飛んだり跳ねたりしながらまっしぐらに走っているさなかだった。

「いや、聞いておらん！」男爵は急にふりむいて語り手に言った。「死んだ、だと？」

「さようにござります、殿。メッツェンガーシュタイン御一門にとりましては、悪くない消息かとも存じまするが」

聞き手の顔にちらりと微笑がうかんだ。「どのように死んだのか？」

「無謀ながら、寵愛《ちょうあい》している狩猟馬を救おうとして、みずからが無残にも火にまかれたのでござりまする」

「さ、よ、う、か」この胸おどらせる訃報の信憑性をゆっくりと入念に吟味するかのように、男爵はことばを区切りながら言った。

「さようで」家臣はくりかえすように言った。

「むごいことだ!」そう若者は穏やかに言うと、しずかに宮殿にはいっていった。

この日から放縦な若きフレデリック・フォン・メッツェンガーシュタイン男爵の外面的な行状に顕著な変化があらわれた。その行為はあらゆる者の期待を裏切り、手管《てくだ》にたけたあまたのご婦人の思惑をも凌駕した。その習性や挙動は、以前にもまして、近隣の貴族たちの習性や挙動と齟齬《そご》をきたすことになり、ついに男爵の姿は領地内でしか見かけられなくなり、その広い社交界において一人の伴侶もいなくなった——ただその頃から、男爵がたえず打ちまたがるあの異様な、気性のはげしい、火のような色をした馬だけが、伴侶と呼ばれうる神秘的な権利を占有することになった。

しかしながら、長い期間にわたり、近隣の貴族たちからとどく時おりの招待状が絶えることはなかった。「男爵には、われらが祝宴にご臨席の栄を賜《たまわ》るべく候《そうろう》や?」「男爵には猪狩りに参加いたすべく候や?」——それに対して、「メッツェンガーシュタインは猪狩りはいたさず候」「メッツェンガーシュタインは出席いたさず候」という不遜ですげない返答がこだまするばかりであった。

かような度重なる侮辱は尊大な貴族たちのよく耐えうるところではなかった。招待状はよりそっけなく――より間遠《まどお》になり――ついには一通もこなくなった。非業の死をとげたベルリフィッツィング伯爵の未亡人の口からは、「男爵は、同輩との交流をさげすむからには、家にいたくないときにも家にいるはめになり、馬とともにいるほうを好むからには、馬に乗りたくないときにも馬に乗るはめになるがよい」という願望がもれたという噂すら流れるようになった。これはたしかに累積した歴代の悪意が爆発した事例にすぎず、人がわれにもあらず力んだりすると、その発言がいかに無意味なものになりうるかを証する事例にすぎない。

慈悲ぶかい人たちは、しかしながら、この若き貴族の行状の急変を時ならぬ両親の死のせいにした――が、この惻隠《そくいん》の情も、両親と死別した直後の若い貴族の残虐な乱行をすっかり失念したことの所産にすぎなかった。たしかに、自尊心と尊厳を維持しようという意思があまりにも強すぎたせいだと言う者もあったが、なかには（そのなかには一家の侍医も含まれていた）病的な憂鬱《ゆううつ》と遺伝的な不健康のせいにしてはばからぬ者もあった。一方、もっと曖昧な性質の暗い噂が一般には流布していた。

実際のところ、最近入手した駿馬に対する男爵の偏執狂的な愛は――馬が凶暴で悪魔的な性質をしめすごとに強固になってゆくとみえるその愛着は――ついには、尋常な理性の持主の目からすると、おぞましくも不自然な情熱とさえ映るようになってきた。まぶしい真昼にも――真夜中のしじまにも――病気のときも健康のときも――天気のときも嵐のときも――若きメッツェンガーシュタインはその巨大な馬の鞍《くら》につながれてしまったかのようであった。この馬の大胆不敵さは、その飼主の精神とぴったり一致していたのである。

それればかりか、あるいくつかの事情が、最近の出来事とあいまって、騎手の馬に対する偏執狂的な愛情と馬の能力に、この世のものならぬ不吉な性格を付与することになった。この馬がひと跳《と》びでものする飛距離を正確に測定したところ、その距離は想像力旺盛な人の予想すらはるかに越えていることが判明したのである。そのうえ男爵はこの馬に特定の名をつけてはいなかった。ほかの持馬にはことごとく特有の呼び名がつけてあったというのにである。その厩舎にしても、他の厩舎とは離れて建てられ、馬の手入れやその他の必要な仕事は、馬主《うまぬし》みずからが率先しておこない、余人の介入する余地はなく、馬小屋の囲いのなかに足を踏みいれようとする者さえいなかった。さらに特筆すべきことは、ベルリフィッツィング家の猛火からのがれてくる駿馬をとらえたあの三人の馬丁は、鎖のついた轡《くつわ》と輪索《わなわ》をつかんで首尾よく暴走する馬を止めることができたものの――三人のうちのだれひとりも、その危険な大仕事の最中はもとより、その後のいかなるときにも、実際に馬の体軀《たいく》に手をふれたことがあると確信をもって断言できる者がいなかったことである。血統がよく癇《かん》の強い馬の行動に、どこか怜悧《れいり》なところがあるからといって、特別な注意をひくことはあまりないが、この馬には格別に懐疑的で冷静な人物の心にもじわじわと沁みこんでくる、ある種の不気味さがあった。この駻馬《かんば》のまわりにぽかんと口をあけて立っている群集が、その額に烙印されているあの恐ろしい文字の深長な意味にふと気づいて後じさりすることもあったし――若きメッツェンガーシュタインが、その馬の人間じみた目にちらりと浮かぶ探るような目つきに蒼白《そうはく》となって顔をそむけることもあったという。

しかしながら、男爵の家臣のうちには、この若き貴族が自分の馬の火のような気質に対して異常に熾烈《しれつ》な愛情をいだいていることに疑いをはさむ者はひとりとしていなかった。すくなくとも、とるに足らぬ不具の小柄な小姓をのぞいては、いなかった。この小姓の不具ぶりはだれにとっても目障りだったし、その意見はだれにとっても尊重するに足りなかった。（もしこの男の考えに言及する価値があるとしての話だが、）この小姓が傲慢《ごうまん》にも主張するところによれば、主人が馬の鞍にまたがるときにはいつも、何ともいえない、ほとんど人目につかないような身ぶるいをするし、日課の遠乗りから帰ってくるときには、いつもその顔の筋肉のことごとくが勝ちほこった悪意のためにゆがんでいるとのことであった。

ある嵐の晩に、メッツェンガーシュタインは深い眠りからさめると、まるで狂気のように自分の部屋から階下へおりてゆき、大急ぎで馬にまたがり、森の迷路へと消えていった。いつものことゆえ、この突然の出立《しゅったつ》をだれもさして気にはしなかったが、それから数時間したころ、メッツェンガーシュタイン宮殿の壮麗な胸壁が、もはや手のつけようもない猛火のぼうぼうたる黒煙につつまれて、バリバリとひび割れ、基礎《いしずえ》までもが振動しておるのを発見して、召使たちはひどく不安な気持で主人の帰還をまちのぞんだ。

はじめて出火に気づいたときには、すでに火はすっかりまわっており、どんなに手をつくそうと建物の一部を救うことさえ望み薄であることがわかると、近隣の者たちは、たとえ同情心からではないにせよ、驚愕のあまり声もなく、なす術《すべ》もなく城のまわりにたたずんだ。だが、あらたに発現した恐るべき対象が群集の注意を釘づけにした。これは無機物がもたらす無残きわまる光景よりも、人間の苦悩するさまを見るほうがはるかに強烈な興奮を群集にもたらすことを明かしていた。

森のかなたからメッツェンガーシュタイン宮殿の正門へと通じる樫《かし》の古木の並木道を、一頭の駿馬が、帽子もかぶらず髪ふりみだした騎士を乗せ、「風神《ふうじん》」をもしのぐ猛然たる勢いで疾駆してくるのが見え、呆然と見守る者たちの口からは「恐ろしや」と呻《うめ》く声がもれた。

この疾走を騎士自身が制御できていないことは歴然としていた。その苦悩にゆがむ顔、痙攣的にもだえる体軀は断末魔のあがきと見えた。恐怖のあまり固く噛みしめた唇は裂け、その裂けた唇から、ただ一度だけ悲鳴がもれた。一瞬、燃えさかる火炎の轟々《ごうごう》たる唸《うな》りと、ひゅうひゅうと泣きさけぶ風の悲鳴にまじって、戞々《かつかつ》たる馬蹄の響きがひときわ高くひびきわたり――次の瞬間、駿馬は門と濠《ほり》とをひらりと跳びこえ、ゆらぐ階段を一気に駆けのぼり、騎手もろとも、渦巻く火炎のなかに姿を没した。

猛り狂う嵐はたちまちおさまり、やがて死のような静寂があたりを陰惨に支配した。白い焰がなおも建物を経帷子《きょうかたびら》のようにおおい、静かな大気のかなたに流れゆきながら、異常な閃光《せんこう》をはなって輝いた。一方、白い煙の雲が重々しく城壁のうえにつどい、はっきりと――巨大な馬の姿となって――おおいかぶさった。

ボン＝ボン

ワインのいいのを胃にみたせば
バルザック(1)より学にあふれ
ピブラック(2)より叡智にみちる
こしゃくなコサックなんのその
腕一本で打ちかかり
皆殺しにしてくれん
三途《さんず》の川をわたるとき
舟でぐっすり眠るとするか
閻魔《えんま》大王に拝謁しても
小心翼々びくつくかわりに
タバコを一服おすすめするか
　　　　　――フランス小唄

“Bon-Bon” は、最初 “The Bargain Lost” と題して『サタデー・クーリア』(フィラデルフィア、1832 年 12 月 1 日号)に発表された。ヴェネチア在住のペドロ・ガルシアという形而上学者が悪魔との魂の取引で失敗するというきわめて他愛のない話だが、同時にきわめて知的で衒学的《げんがくてき》な悪魔との魂の取引のパロディにもなっており、ペダントリーを笑いの種《たね》とも構造ともする秀逸な笑劇《ファース》である。後にこの小品は「ボン＝ボン」と改題され、大幅に改訂増補されて『サザン・リテラリー・メッセンジャー』(リッチモンド、1835 年 8 月号)に再発表され、そのさい主人公の「形而上学者」は「料理店主《シェフ》」を兼ねることになり、場所もイタリアのヴェネチアからフランスのル・フェーヴルに変わり、作品の分量も 2 倍ほどになった。形而上学者が料理人を兼ねることになるのは、悪魔が人間の魂をむさぼる食通で、それまでに食した多数のギリシャ以来の著名な哲学者、政治家、作家、詩人、医者などの「魂の味」についての講釈に「薬味」の利いた受け答えをする登場人物の資格として必要だったからだろう。本編は 1835 年版を底本とした。ところで、ポオの処女作群には悪魔は都合 2 度登場する。順序はさておき、1 度は「オムレット公爵」に登場し、公爵はいったん地獄に堕ちながら悪魔との交渉に成功してこの世に生還し、もうひとつは「ボン＝ボン」に登場するのだが、この悪魔はかつて自分が食した人間の魂の味について蘊蓄《うんちく》を傾けるばかりで、悪魔らしくもなくボン＝ボンとの魂の取引を拒否するところが新機軸となっている。ポオには他にも悪魔が登場する作品がいくつかある。「鐘楼の悪魔」(1839 年)、「悪魔に首を賭けるな」(1841 年)などである。(扉絵＝画家不明)

ピエール・ボン＝ボンが料理店主として非凡な才能にめぐまれていたという事実は、＊＊＊王の治世にルーアンの袋小路ル・フェーヴル(3)のあの小さなレストランに足しげくかよったことのある人なら誰しも断言してはばからないであろう。かのピエール・ボン＝ボンが当時の哲学についても料理についてもひとしく造詣《ぞうけい》が深かったという事実にいたっては、なおさらのこと、誰しも反論の余地がなかったものとわたしは忖度《そんたく》する。なるほどボン＝ボンつくるところのパテ・ア・ラ・フォワ(4)は文句なしの絶品であったが、彼の「自然」についての論考――「霊魂」についての考察――「精神」についての観察にいたっては、筆舌をもって正当に評価しうる者がはたしてこの世に存在しうるであろうか？　たとえ彼のオムレツ――彼のフリカンドー(5)に値をつけるのが困難であったにせよ、当時の文人にして、『ボン＝ボンの思想』に、他のあらゆる学者先生たちの凡庸な『思想』を十把《じっぱ》一絡《ひとからげ》にしたものの二倍の値段をはずまないような者は、おそらくいなかったことであろう。ボン＝ボンはそれまで誰ひとり渉猟しなかった書庫を渉猟し――それまで誰ひとり読むことを予想しなかった本を読み――それまで誰ひとり理解しうると夢想だにしなかった事柄を理解した。なるほどルーアンの著述家のなかには「彼の学説《ディクタ》にはプラトン派の純粋さもなければ、アリストテレス派の深みもない」と断言してはばからぬ者もいないではなかったし、彼の理論は――正直なところ――きわめて広範にわたって理解されていたとは言いがたかったが、だからといって理解しがたいというものではなかった。おおくの人が彼の理論を難解と見なすにいたったのは、わたしの考えによれば、それがあまりにも自明だったからである。ボン＝ボンのおかげで――まあ、あまり深入りはすまいが――主としてボン＝ボンのおかげで、カント(6)はあの形而上学を完成することができたのである。ボン＝ボンはたしかにプラトン派でもなければ、厳密に言ってアリストテレス派でもなかった――それに彼は、フリカセ(7)の調理法の研究とか、あるいは、それにくらべて一段と容易なことではあるが、感覚の分析とかに用いられてしかるべき貴重な時間を、当世のライプニッツ(8)のように、水と油の融合をはかるような無益な倫理学上の議論についやすことはなかった。とんでもないことだ。ボン＝ボンはイオニア派だったし――同時にエレア派(9)でもあった。彼は演繹的《ア・プリオリ》に推論したし――帰納的《ア・ポステリオリ》にも推論した。彼の観念は先天的なものでありながら――その反対でもあった。

ボン＝ボンはトレビゾンドのジョージを信奉していたし――ベッサリオン(10)も信奉していた。つまりボン＝ボンは何よりもまずひとりの――ボン＝ボン主義者であった。

わたしはこの哲学者を料理店主の資格において語ってきた。しかし誤解なきようねがいたいが、この父祖伝来の職業を継承するにあたって、わが主人公がこの職業にまつわる威厳と重要性に対する妥当な敬意に、いささかなりとも欠けるところはなかった。その反対である。彼が料理と哲学のいずれの職業により多く誇りをいだいていたかを言いあてるのは困難である。彼の意見によれば、知力と胃の消化力とのあいだには密接な関係がある。魂は腹に宿るとするシナ人の意見とボン＝ボンの意見とにさほどの懸隔があったとは思われない。ともかく彼の考えによれば、ギリシャ人が精神と横隔膜に同じことばを用いたのは穏当至極なのである。こう言ったからといって、わたしはなにもこの形而上学者を大食漢のかどでそしるつもりも、その他のいかなる重大な罪でおとしめるつもりもない。たとえピエール・ボン＝ボンに欠点があったとしても――千もの欠点のない偉大な人物が存在するだろうか？――しかり、たとえピエール・ボン＝ボンに欠点があったにしても、問題にするに足りぬ瑕瑾《かきん》であって――その瑕瑾も、ほかの気質の持主のばあいには、むしろ美質と見なされてきたようなものにすぎなかった。かかる弱点のひとつについて、もしあれほど顕著でなかったなら——まるで高浮彫《アルト・レリエヴォ》のように彼の性格全般から突出していなかったなら——わたしとしてはこの物語のなかでふれる気にさえならなかっただろう。彼は取引の機会があると、それを見すごすことができなかったのである。

＊ Φρενες.[11]（原注）

彼が貪欲だったからではない——さにあらず。この哲学者を満足させるためには、その取引が彼にしかるべき利益をもたらす必要はいささかもなかった。ただ取引が成立しさえすれば——いかなる種類の、いかなる条件の、いかなる状況下の取引だろうと、異存はなかったのである——その後数日にわたって、ボン＝ボンは満面に笑みをうかべ、その目はおのれの賢明さをことほいで得意げにまたたいた。

いかなる世であろうと、いま述べたような特異な気質がひとの注意をひき、注目をあつめることになんの不思議があろうか。ましてこの物語の時代にあって、この奇癖がひとの目をひかないとなれば、それこそ不思議である。まもなくひろがった噂によれば、取引をおえたボン＝ボンが顔にうかべる薄ら笑いは、冗談を言うときや客人をむかえるときに浮かべるけれんみのない微笑《ほほえ》みとは大違いだったという。刺激的な噂がばらまかれた。早まって危険な取引に手をだし、あとで後悔の念にさいなまれたというたぐいの話が流布し、彼の説明しがたい能力、捕捉不能な願望、不自然な性癖などが、おのれの邪悪な目的のために諸悪を創造する、かの悪魔とむすびつけて取りざたされるにいたった。

この哲学者にはほかにも弱点はあったが――それはとりたてて詮索するほどの価値はなかった。たとえば、深遠な思考の持主で酒に対する嗜好《しこう》を有さない者はまずあるまい。その嗜好が思考を活性化させる原因であるのか、それが思考の深遠さの真正なる証拠であるのか、そのへんは微妙なところである。わたしの知るかぎりでは、これは詳細な検討にあたいする問題ではないとボン＝ボンは考えていたようだし――わたしもそう考える。しかるに、この真に古典的な嗜好を満足させるにあたって、この料理店主が、その論文とオムレツとの双方に対してひとしく働かせた、かの本能的鑑識眼を十全に発揮しなかったとはとうてい考えがたい。ひとり引きこもるとき、彼はその一定の時間をブルゴーニュ・ワインに当てがい、適当な間隔をおいてコート・デュ・ローヌ(12)をたしなむ。彼にとって、ソーテルヌとメドックとの関係はカトゥルスとホメロスとの関係にひとしい。三段論法をたのしむときにはサン・ペレをすするが、議論のもつれを解くときにはクロ・ド・ヴジョーの盃をかたむけ、ひとつの議論をくつがえすためにはシャンベルタン(13)を浴びるように飲む。かように繊細なたしなみの感覚が、すでに言及した取引の嗜好の場合にも作用していたのなら文句はなかったのだが――事実はさにあらず。事実はといえば、哲学者ボン＝ボンのかの性癖はついに異常といえるほどの強烈さと神秘性をおびるにいたり、彼が偏愛するドイツ学に顕著な悪魔主義《ディアブルリ》(14)によって色濃く染められる仕儀となったのである。

　この物語の時代に、ル・フェーヴルの袋小路の小さなカフェに入ってゆくことは天才の聖所《サンクトゥム》に入ってゆくことであった。ボン＝ボンは天才であった。ルーアンの料理人見習《ス・キュジニエ》で、ボン＝ボンのことを天才であると断言しない者はひとりもいなかった。飼猫までがそれを承知していて、ご主人のまえでは尻尾《しっぽ》を振ることをつつしんだ。大型の水鳥用猟犬《ウオーター・ドッグ》もこの事実をわきまえていて、ご主人が近づいてくると、うやうやしい態度で耳を垂れ、犬としてはかなり立派な下顎《したあご》をガクリと落とすことによって恭順の意を表した。このような敬意の表し方が習い性となった理由の大半は、しかしながら、この形而上学者の風貌に帰せられてしかるべきかもしれない。わたしは、すぐれた外貌が獣《けだもの》さえ威圧することを認めるのにやぶさかではない。わたしはこの料理店主の外見には四つ足の想像力に訴えるものが多分にあることを認めるのにもやぶさかではない。この小さな巨人――このような矛盾した言い方が許されるならばだが――この小さな巨人の身辺にただよう一種独特の威厳は、ただ単に図体の大小によってかもしだせるていのものではなかった。なるほどボン＝ボンの背丈は三フィートにみたず、頭は異常なほど小さかったが、にもかかわらず、そのまるまるともりあがった腹をながめていると、ほとんど崇高の念にちかい壮大さの観念を覚えざるをえないのであった。その大きさは、犬が見ようと人間が見ようと、ボン＝ボンの学識の博大さの似姿であり――その広大さはボン＝ボンの不滅の魂にふさわしい住居であった。

わたしはここで――その気にさえなれば――この形而上学者の服装、およびその他の純然たる外面上の特性について詳細に述べることもできる。たとえば、わが主人公の髪は短く刈られ、滑らかに櫛《くし》けずられて額《ひたい》に垂れ下がり、頭のうえには、房《ふさ》のついた白いフランネル製の円錐形の帽子がのっている――その黄緑色《ピー・グリーン》のジャケットは当時のふつうの料理店主が着ていたのとは仕立てがちがっていた――袖は当時の流行によって公認されていたものよりいくらか太めだった――袖口の折返しには、ジャケットとおなじ色でおなじ生地を用いるという当時の野蛮な風習を無視して、もっと創意をこらしたまだら模様のジェノヴァ製ビロードの折返しが縫いつけられていた——スリッパは風変わりな金銀の線条細工のすかし入りの明るい紫色の地で出来ていて、日本製かと見まがうばかりであったが、そうでないことは、そのつま先の微妙なとんがりぐあい、かがり糸や刺繡《ししゅう》の派手な色合いでわかった——ズボンはエマブルとよばれる黄色いサテンのような素材で出来ていた——空色のマントは形が化粧着に似ており、一面に深紅《しんく》の家紋がちりばめられていて、それが肩のあたりに朝もやのようにただよい、騎士の風格をただよわせていた——そしてボン＝ボンのいでたち全体がかもす印象こそが、かのフィレンツェの閨秀《けいしゅう》即興詩人ベネヴェヌータをして「ピエール・ボン＝ボンは楽園の鳥か、はたまた完璧な楽園そのものか、そはげに言い難し」という名句を吐かしめたのである。以上のべた諸点のすべてについて詳細に語ることは、その気にさえなれば、わたしにできないことではないが、やめておこう。単なる外見上の詳細などは歴史小説家にまかせておけばよい——外見などというものは事実がそなえる道義的威厳以下の問題である。

　わたしは先に「ル・フェーヴルの袋小路の小さなカフェに入ってゆくことは天才の聖所《サンクトゥム》に入ってゆくことであった」と言った——しかし、その聖所の真価を知ることができるのは当の天才だけであった。大きな二つ折り判《フォリオ》の本が看板として入口にぶらさがっていた。その大型本の一方の側にはボトルが、その裏側にはパテが描かれていた。その背表紙には大きな文字で『ボン＝ボンの仕事』と書かれていた。このようにして店主のふたつの職業がたくみに暗示されていたのである。

　敷居をまたぐと、建物の内部が一望のもとに目に入る。長い、天井の低い、古風なつくりの部屋がひとつあり、それがこのカフェのすべてであった。その部屋の一隅にわが形而上学者のベッドがある。ギリシャ風の天蓋《てんがい》と張りめぐらされたカーテンとが、この寝台に古典的であると同時に快適であるという雰囲気を付与している。その対角線上の反対の隅にはキッチンと書斎の設備や備品が仲よく同居しているのが見られる。神学論争のパンフレットが仲よく一皿に盛られて食器棚に収まっている。こちらのオーヴンには最新の倫理学の論文がいっぱい詰まっており——あちらの鍋には十二折り判《デュオデシモ》の雑録《メランジュ》が入れてある。ドイツ倫理学の本はグリルとぐるになっている。トースト用のフォークはエウセビオス(15)のそばに見つかるだろうし——プラトンはゆったりとフライパンにもたれかかり——その同時代の写本類は焼串に刺して整理されている。

　その他の点ではカフェ・ド・ボン＝ボンは当時の平均的な料理店と大差なかったと言ってよかろう。入口の正面には大きな暖炉が口をあけている。その右手の棚にはおびただしい数のラベルをはったボトルが威儀をただして整列している。

＊＊＊＊年のきびしい冬のある夜の十二時ごろ、この店で、ピエール・ボン＝ボンは隣人たちが自分の奇癖についてとやかく言うのにしばらく耳を傾けてから――つまり、ピエール・ボン＝ボンは隣人をことごとく家から追い出し、呪いのことばを隣人たちに投げかけながら戸に錠を下ろしてから、あまりおだやかならぬ気分で、革張り底の肘掛《ひじかけ》椅子《いす》の安逸と燃えさかる薪《たきぎ》の火のやすらぎに身をゆだねた。

それは百年に一度か二度しかないような晩だった。雪は激しく降りつのり、風は家を屋台骨ごと揺さぶり、壁の割目から吹き込み、煙突をつたって猛烈に吹きおろし、哲学者の寝台のカーテンを激しく振るわせ、パテ鍋《パン》や論文の秩序を破壊した。屋外にぶらさがった二つ折り判の看板は嵐の怒りにさらされて不気味にきしり、頑丈な樫《かし》の支柱はうめき声をあげた。

言っておくが、炉端の所定の場所に椅子を引き寄せたときの形而上学者の精神状態には平静ならざるものがあった。その日は当惑すべき事態がつぎつぎに発生して、しばしば平穏な思索がみだされた。王女風卵焼き《ウーフ・ア・ラ・プランセス》をつくるつもりが、不運にも女王風オムレツ《オムレット・ア・ラ・レーヌ》をつくってしまった。シチューをひっくり返したおかげで、倫理学上のある原理の発見に失敗した。最後に述べることになったが、こういう事態のうちでも最大の不祥事は、取引の成功を至上のよろこびとしていたこの哲学者が、そういう大事な取引のひとつに失敗したのだった。しかしながら、このような不測の事態に対するボン＝ボンのいらだちのなかには、荒れ狂う夜の騒々しさが人の心に掻き立てずにはおかぬ不安がいり混じっていないはずはなかった。まえにもふれた黒い猟犬を口笛で呼びよせ、落着かぬ気分で椅子に腰をおろすと、ボン＝ボンは部屋の遠くの隅々に警戒的で不安げなまなざしを向けずにはおれなかった。暖炉の赤い光も、そのあたりの容赦ない暗がりにはほとんど歯がたたないらしかった。自分自身にもその正確な意図はわからないまま、とにかく暗がりの吟味をおえると、彼は本と論文が山積みになっている小さなテーブルを椅子に引きよせ、すぐさま翌日出版を予定していた大量の原稿に手を入れる仕事に熱中しはじめた。

しばらくこの仕事に没頭していると、「当方はべつにいそいでいませんからね、ボン＝ボン君」というつぶやくようなささやきが、部屋のどこからか突然してきた。

「悪魔だ！」わが主人公は驚愕の叫びをあげ、立ちあがりざま、そばのテーブルをひっくりかえし、おののきながらあたりをうかがった。

「いかにも」その声は静かに答えた。

「いかにもだと！――何がいかにもだ？――いかにしてここへ来たりしか？」形而上学者は、寝台にのうのうと横たわっている何者かに目をこらして、大声をだした。

「わたしが言いたいのは」闖入者《ちんにゅうしゃ》は質問にかまわず言った。「わたしが言いたいのはですね、当方はすこしもあわてていないということです――わたしがここにお邪魔させていただいた用向きといいますのは、急を要する一大事といったものではない――つまり、あなたが注釈を書きおえるまで、わたしはゆっくり待つ、という意味です」

「な、なんだって！――注釈だって！――どうしてそれがわかる？　どうしてわたしが注釈を書いているのがおまえにわかるのか――おお、神よ！」

「しっ！」その影はするどい小声で応ずると、反射的にベッドから立ちあがってわが主人公のほうに一歩せまったが、そのとき頭上から垂れさがっていた鉄製のランプは痙攣的《けいれんてき》にその影の接近から身をさけた。

わが哲学者は大いに驚愕したものの、この見知らぬ者の衣裳と容貌をこまかく吟味するのを怠らなかった。この人物は極端に痩せていたが、背丈は平均よりずっと高く、色あせた黒服が体軀《たいく》をぴったりとつつみ、そのせいで輪郭がくっきりと見てとれたが、服のスタイルはどう見ても一世紀まえのものだった。しかも衣服そのものは現在の人物よりずっと小柄の人物に合わせて仕立てられたことは明白で、足首と手首が数インチむきだしになっている。ところが靴には金ぴかのバックルがついており、極端な貧困をしのばせる服装全体としての印象を裏切っている。頭はむきだしで、すっかり禿《は》げていたが、ただ後頭部からはかなり長い辮髪《べんぱつ》が垂れさがっていた。側面にもガラスのついた緑色の眼鏡が彼の目を光線の影響からまもり、同時にわが主人公がその目の色や配置を確かめるのをさまたげていた。身体のどこを見てもシャツを着ているけはいはないのに、薄汚れた感じのスカーフがひどく几帳面に首をしばり、その両端が行儀よく垂れているさまは(まさか意図的にではあるまいが)聖職者をしのばせた。たしかに、この人物の容貌および物腰にはその種の概念を支持してしかるべきところが多分にあった。その左の耳の上に、当代の事務員風に、古代の尖筆《スティルス》に似た筆記具をはさんでいた。上着の胸ポケットからは鉄の留金でとじた黒い小型本がこれ見よがしに覗いていた。偶然か故意かは不明だが、この本は外側を向いていて、背表紙の「カトリック典礼」という白い文字がよく見えた。容貌はことさらに陰気で——死体をしのばせる蒼白《そうはく》さ。額はひろく、深い溝をきざむ皺《しわ》が思索のあとをとどめていた。口の両端が垂れさがり、ひどく卑屈でへりくだった印象をあたえた。そのうえ、わが主人公に接近するときには、しっかりと両手をにぎりしめ――深い溜息《ためいき》をもらし――かならずや他人に好感をあたえずにはおかぬていの神妙な顔つきをした。この来訪者の人品と物腰を満足がゆくまで観察すると、わが形而上学者は顔から怒りの表情をすっかり払拭し、客人になごやかな握手の手をさしのべ、椅子をすすめた。

しかしながら、哲学者のこの感情の突然の変化を、影響力をおよぼしてしかるべき当然な原因のひとつに帰するのは、途方もないあやまりであろう。わたしが理解しているピエール・ボン＝ボンの気質から判断するかぎり、彼は見せかけのもっともらしさに騙されるような人物ではなかった。人間や事物についてのあれほど正確な観察者が、ことあろうに夜陰に乗じて無断で侵入してきた客人の正体をひと目で見抜くことができなかったとは考えがたい。ほかのことはさておき、この客人の足の形を見れば一目瞭然ではないか――頭には異常に背の高い帽子を軽くのせている――ズボンの後部はひどくふくらんでいる――それに上着の裾《すそ》がピクピクと動くのが何よりもの証拠ではないか。だから、かねてから無条件の尊敬の念を抱いていたご当人に突然こうして相まみえることになった幸運に、わが主人公がいかほど満足していたことか、考えてもみるがよい。しかしわがボン＝ボンは、事態の真相にかかわる内心の判断をおもてに出すほどうぶな社交家ではなかった。はからずも手にした栄誉に内心ほくそ笑みながらも、それはおくびにも出さず、客人を会話に引き込み、倫理学に関する何か重要な観念――出版予定の本のなかに繰り込めば人類を啓蒙すると同時に、自分自身の名をも不滅たらしめるであろう観念――さらに言えば、客人の年の功と高名なる倫理学上の造詣から判断して、かならずや有しているにちがいない観念――をまんまとせしめることも夢ではあるまい、とボン＝ボンはふんだのである。

　このような明るい見通しに勇気づけられ、わが主人公は客人に席をすすめ、みずからは暖炉に数本の薪を投げ込み、テーブルを起こすと、そのうえにムースー(16)のボトルを何本かならべた。こういう準備を手早くおえると、ボン＝ボンは相手の真正面に椅子を引きよせ、先方が口火を切るのを待ちかまえた。しかし、熟慮のすえの計画にしても、いざ実行となると、そのとばくちで挫折してしまうことがよくあるものだ――わが料理店主も客人の最初のひとことでへどもどしてしまった。

「きみはわたしを知っているね、ボン＝ボン君」と客人は言った。「ハ！ハ！ハ！――へ！へ！へ！――ヒ！ヒ！ヒ！――ホ！ホ！ホ！――フ！フ！フ！」

――そして悪魔は、ただちに聖なるよそおいをかなぐりすてて、耳から耳まで大きく口をひらき、ギザギザした牙のような歯並みをあらわに見せると、頭をのけぞるようにして、長々と、大声で、邪悪そうに哄笑《こうしょう》した。腰を落としてしゃがんでいた黒犬は威勢よく声をはりあげて合唱に加わり、ぶち猫は横っ飛びに部屋のかなたの隅に逃げ、足で立ちあがって金切り声をあげた。

哲学者はさにあらず。世慣れた人間のつねとして、犬のごとく笑い、猫のごとく金切り声をあげて恐怖心を露呈するようなはしたないまねはしなかった。もっとも、正直なところ、この哲学者にしても、客人の胸ポケットにある本の「カトリック典礼」という白い文字が、刻々とその色と意味を変え、瞬時のうちに最初の題名が「地獄人名簿」という文字に変貌して赤々と燃え立つのを見たときには、さすがに驚きをかくせなかった。この驚くべき事態のために、ボン＝ボンが客人の指摘に答えたとき、その態度には当惑の色が見られたが、これは他の場合にはおそらく見られないことであったろう。

「まあ、そうですな」哲学者は言った。「まあ、正直に申しあげまして――つまりですね、あなたさまはですね――たしかに――呪われた――つまり、わたしの考えでは――わたしの想像ではですね――わたしにはかすかに――ごくごくかすかにそんな気配が

――きわめて名誉ある気配が――」

「おお！――ああ！――わかった！――もうよろしい」悪魔閣下は言った。「もう言うな！　言わんでもわかる」するとここで悪魔は、緑色の眼鏡をはずすと、上着の袖でレンズを念入りにふき、またポケットにしまった。

ボン＝ボンが本の一件でおどろいたのは事実だが、いま眼前に展開した光景《スペクタクル》にはすっかり度肝を抜かれた。客人の目の色をたしかめようという強い好奇心にほだされたボン＝ボンが目をあげてそこに見たのは、予想に反して黒とは無縁の色だった――想像しうるていの灰色でもなかった――はしばみ色でもなければ青でもなかった――黄色でもなければ赤でもなかった――紫でも――白でも――緑でもなく――天上にも地上にも、はたまた海底にもない色だった。つまりボン＝ボンは、閣下にそもそも目なるものがないことを明瞭に見てとったばかりか、これより以前のいかなる時期においても目なるものが存在したとおぼしき痕跡すら見出さなかったのである――目があってしかるべきところにはただ平坦な肉があるばかりで、これはどうしたって黙ってすますわけにはいかない。

かかる奇怪な現象の原因の探求をなおざりにするがごときは形而上学者のよくすると

ころではなかったし、それに対する悪魔閣下の返答は迅速にして、威厳にみち、まことに満足すべきものであった。

「目だって！　やれやれボン＝ボン君——目だと？　おお！　ああ！　わかった！　世間に流布している、あの図版がわたしの容貌についてのあやまった観念を植えつけたのだな、え？　目ね！——さよう。目はね、ピエール・ボン＝ボン君、しかるべきところにあってこそ結構なものだ——そのしかるべきところとは頭、ときみは言いたいところだろう？——さよう——うじ虫の頭ならね。虫けら同様、きみにとっても視覚器官はなくてはなるまい——だがね、わたしの視力はきみのなんぞより、はるかに透徹力があるのだ。証拠を見せてやろう。あそこの隅に猫が——なかなか可愛いのが——一匹いるのがわたしには見える——よーく見たまえ——よーく観察したまえ。ところで、ボン＝ボン君、きみには考えが見えるか——そう、思考だ——観念だ——思索だ——要するに、頭蓋骨内で生起していることが見えるかね？　そら、あれが——きみには見えんのだな！　あの猫はいまわれわれが彼女の尻尾の長さと精神の深遠さを賛美していると考えている。ほら、彼女はいま結論をくだした——わたしのことを世にもすぐれた聖職者で、きみのことを浅薄きわまる形而上学者だ、とね。これでわかったろう、わたしには目がなくとも見えるということが。わたしのような職業の者には、きみが言うような目はただ邪魔なだけなのさ。目なんてものは、いつなんどきパンの焼串やピッチフォークでほじくりだされないともかぎらん。もっとも、きみにとっては、その種の見る道具が必要なことはみとめるがね。ボン＝ボン君、そういう道具をせいぜい活用したまえ――ところが、わが視力は魂なのだ」

ここで客人はテーブルのうえのワインを自分で注《つ》いで飲み、ボン＝ボンのためには乾杯用のグラスに注いでやり、それを遠慮なく飲んで、くつろぎたまえ、とすすめた。

「きみのあの本はなかなかいいよ、ピエール」ボン＝ボンが客人のすすめるままにグラスのワインを飲みほしてテーブルに置いたとたん、悪魔閣下はしたり顔にボン＝ボンの肩をたたいて言った。「あれはなかなかいい本だよ、きみ。心情的にも、わたしにぴったりくる本だ。もっとも、構成には難がなくもなく、改良の余地はあるし、多くの点で、きみの見解はアリストテレスを想起させるがね。あの哲学者はわたしのもっとも親しい知人のひとりだった。あの男のひどく気の短いところが好きだったし、へまをやらかす稀有《けう》な才能も好きだった。奴が書いた膨大な著作の中には、たったひとつだけ、まともな真理があるがね、あれはあの男のあまりもの愚かさに対する純粋な同情心から、わたしがヒントを出してやったおかげなんだ。ところでピエール・ボン＝ボン君、きみはもちろん、いま話題にしている神聖なる道義的真理がいかなるものかはよく知っているだろうね？」

「わたしにはどうもよく――」

「ほんとかね！　人間はくしゃみをすることによって過剰な観念を鼻から追いはらう、というのをアリストテレスに教えてやったのは、このわたしだよ」

「それは――ヒック！――たしかにそうでしょうね」形而上学者は、自分にはムースーをもう一杯つぎ、客人の指のほうには、嗅《か》ぎタバコ入れをさしだしながら言った。

「それに、プラトンもいたな」閣下は嗅ぎタバコ入れと、それをすすめた好意とを慇《いん》懃《ぎん》に辞退しながらつづけた――「そのプラトンとは、いっとき、とても親しい仲だった。プラトンを知っているだろうね、ボン＝ボン君？――いやはや、これはたいへん失礼。ある日、プラトンにパルテノンのなかで会ったら、ある観念のことで行き詰まっていると言うんでね、とりあえず“*ο νους εστιν αυλος*”〔心は笛なり〕と書いておきたまえと言っておいた。そしたらプラトンはそうすると言って、さっさと家へかえってしまい、わたしのほうは、そのままピラミッドまで足をのばした。ところが、いくら友の窮状をすくうためとはいえ、真理を口にしてしまったことでわたしは良心の呵責《かしやく》にたえかね、急遽アテナイへとってかえし、哲学者の椅子の背後についたときには、ちょうどプラトンが“αυλος”〔笛〕と書いているところだった。そこで、わたしはラムダ〔λ〕を指ではじいて、さかさにしておいた。だからその文章は“ο νους εστιν αυγος”〔心は光なり〕というかたちで後世にのこり、知ってのように、これがプラトン形而上学の根本原理として通用しているのさ[17]」

「ローマにはいらっしゃいましたか？」料理店主は二本目のムースーのボトルを空《から》にし、棚からシャンベルタンの大瓶《おおびん》を取り出しながら、たずねた。

「一度だけだよ、ムシュー・ボン＝ボン、一度だけ」悪魔はまるで本の一節を朗読するかのように言いはじめた。「あるとき無政府状態が五年つづいたことがあった。その間、共和国にはいっさいの官吏が不在で、護民官のほかに統治をつかさどる者がおらず、護民官は法的にはなんら行政権をあたえられていなかった[18]――そういう期間にだ、ムシュー・ボン＝ボン――そういう一時期だけさ、わたしがローマにいたのは*。そういうわけで、ローマの哲学者たちとはまったく直接のおつきあいがないのさ」

＊彼ら（キケロ、ルクレティウス、セネカ）は哲学について書いたが、その哲学はみなギリシャ

哲学であった——コンドルセ。[19]（原注）

「あなたはどう評価されますか——どうお考えですか——ヒック！——エピクロス[20]のことを？」

「誰のことをだって？」悪魔はおどろいて言った。「きみはまさかエピクロスにけちをつけようってんじゃないだろうな！　わたしがエピクロスをどう考えてるかだと！　それがきみの訊《き》きたいことかね？——わたしがエピクロスだ！　ディオゲネス・ラエルティオス[21]によって顕彰された、あの三百篇もの論考の一冊一冊をものした哲学者こそ、このわたしなのだ」

「そりゃ嘘だ！」ワインがすこし頭にまわった形而上学者は言った。

「嘘でけっこう！——大いにけっこう！——まったくもって、けっこうだ」閣下はいかにも満足げに言った。

「そりゃ嘘だ！」料理店主は独断的に反復した。「それは——ヒック！——嘘だ！」

「まあ、まあ、きみの思いたいように思いたまえ！」悪魔はおだやかに言い、ボン＝ボンは、議論で一本とったからには、シャンベルタンの二本目のボトルを空にするのが義務だとこころえた。

「さっき言ったように」客人はつづけた――「すこしまえに言ったように、ムシュー・ボン＝ボン、きみの本にはきわめて奇異なる観念が散見される。たとえば、あの魂についてのくだらん議論、あの長広舌《ちょうこうぜつ》は何のつもりだね？　ずばり言って、魂とは何だね？」

「たま――ヒック！――魂とは」形而上学者は自分の原稿を思いだしながら答えた。「疑いもなく――」

「そうじゃない！」

「疑問の余地なく――」

「そうじゃない！」

「議論の余地なく――」

「そうじゃない！」

「明白に――」

「そうじゃない！」

「論議をまつまでもなく――」

「そうじゃない！」

「ヒック！」

「そうじゃない！」

「あらゆる疑問を超越した、ひとつの――」

「そうじゃない、魂はそんなものではない！」（ここで哲学者は、刺すような視線でシャンベルタンのボトルをねめつけ、この機会を利用して、その場で、その三本目にとどめを刺すことにした。）

「それでは――ヒック！――魂とはいったい何ですか？」

「大騒ぎするほどのものじゃないよ、ムシュー・ボン＝ボン」閣下は物思いにふけるように答えた。「これまでに――ひどく悪い魂、それに――かなりいい魂もいくつかは味わった――つまり知ったわけだ」ここで悪魔は舌なめずりをし、無意識に手をポケットの本にやったとたん、はげしいくしゃみの発作におそわれた。

悪魔はつづけた。

「クラティノスの魂は――まあまあだね。アリストパネスのは――風味がいい。プラトンのは――絶品だ――きみが知ってるプラトンじゃないよ――喜劇作者のプラトンだ。[22]きみが知っているプラトンのは地獄の番犬《ケルベロス》の胃袋でもうけつけない――げっ！　ええと、それからっと！　ナエウィウス、アンドロニクス、プラウトゥス、テレンティウスなんてのがいたな。それにルキリウス、カトゥルス、ナソ、クゥイントゥス・フラックスもいた――おお、親愛なるクゥインティ[23]よ！　純粋なる友愛の情から、金串に刺して火であぶってやっているあいだ、この親愛なるクゥインティはわたしのなぐさめのために頌歌《セクラーレ》[24]を歌ってくれたものさ。しかし、味にこくがないな、ローマ人たちは。ひとりの脂がのったギリシャ人はローマ人一ダース分のねうちがある。それにギリシャ人はもちがいい。ローマ市民のはそうはいかんからな。では、ひとつ、きみのソーテルヌを味わおうではないか」

　ボン＝ボンもそのときまでには何事にも驚かず《ニル・アドミラリ》という心境に達していて、乞われるがままにくだんのボトルを棚から下ろそうとしたが、部屋の中で尻尾を振るような奇妙な音がするのに気がついた。閣下ともあろう者が、まことに無作法なことではあったが、ボン＝ボンはこれを不問に付し――ただ犬に一発蹴りをいれ、静かにするように命じるだけにとどめた。客人はつづけた。

「ホラティウスはアリストテレスとそっくりの味がした――知ってのとおり、わたしは各種各様の味が好きでね。テレンティウスとメナンドロスは区別がつかない。ナソは、おどろいたことに、ニカンドロスの生まれ変わりなんだ。ウェルギリウスはテオクリトスの強い臭気がある。マルティアリスには大いにアルキロコスを思い出させるところがあったし――ティトゥス・リウィウスときてはポリュビオスと瓜ふたつで、選ぶところがない[25]」

「ヒック!」とボン=ボンは答え、閣下はつづけた。

「だが、もしわたしに好みがあるとすれば、ムシュー・ボン=ボン――もし好みがあるとすれば、だ、それは哲学者さ。しかしね、言っておきたいことがあるのだが、どんな悪魔――いや、どんな紳士にしても、哲学者の選び方をご承知とはかぎらん。冗長な哲学者はよくないし、とびっきりの哲学者でも、念入りに脱殻しないと、胆汁のせいで苦くなる」

「脱殻ですって!!」

「死体《もみ》から魂をはがすことさ」

「たとえば、医者なんかは――ヒック!――どうでしょうか?」

「医者のことは言ってくれるな!――げっ! げっ!」(ここで閣下ははげしく嘔吐をもよおす)「医者のはひとつしか食したことがないが――あのヒッポクラテスめ[26]! 鎮

痙剤(27)の臭《にお》いがして——げっ！　げっ！　げっ！　三途の川《ストユクス》で奴を水洗いしたら、ひどい風邪をひき——あげくのはてに、散発性コレラ(28)にかかった」

「ヒ——ヒック！——ひどい奴だ！」ボン＝ボンは絶叫した。「出来——ヒック！——出来損ないの丸薬箱め！」——ここで哲学者は涙をこぼした。

「つまり」客人はつづけた。「つまりだ、悪魔が——いや、紳士が生きてゆくためには、ひとつやふたつの才能では足らんのだ。われわれのあいだでは、脂ぎった顔は世渡りがうまい証拠だということになっている」

「どうしてそうなるのですか？」

「われわれはときにひどく食糧に窮することがある。われわれのところのように灼熱の土地柄では、霊魂を二、三時間以上生かしておくのは不可能なのだ。死んだら、ただちに酢漬けにしておかないと（酢漬けの魂はうまくない）、魂は——臭ってくる——わかるかな？　魂が通例の手順でわれわれの手にはいってくる場合には、つねに腐敗するおそれがある」

「ヒック！——ヒック！——おお、神よ！　どう対処するんですか？」

ここで鉄のランプはいつもに倍した激しさで揺れはじめ、悪魔閣下も椅子から腰を浮かしかけた――が、軽く溜息をつくと、気をとりなおして、わが主人公に小声でささやきかけるにとどめた。「ピエール・ボン＝ボン君、神の名を出すのはやめにしようぜ」

わが主人《ホスト》が、了解と同意のしるしに、ワインをまた一杯ぐっと飲みほすと、客人はつづけた。

「なあに、解決策ならいくつかあるさ。たいていの奴は餓死する。ピクルスで我慢する奴もいる。わたしは生体《ウイウエンテ・コルポーレ》のまま買いとることにしている。これだと、ずっともちがいいからね」

「しかし肉体は！――ヒック！――肉体は！」

「肉体、肉体――肉体がどうかしたかね？――ああ！　そうか！　わかった。肉体はだね、売買によってまったく影響をうけないのだよ。これまでわたしはその種の買い物を数えきれないほどやったが、相手に迷惑をかけたことはない。カインも、ニムロッドも、ネロも、カリグラも、ディオニュシオスも、ペイシストラトス(29)も――そのほか何千という人間が人生の後半を魂なしで何不自由なくやっていたのだし、そういう連中こそが社会の華《はな》だったのだ。いまだっているじゃないか、A＊＊＊みたいなのが――あれなんか、きみもよく知ってるだろう？　あの男は精神的にも肉体的にも、ちゃんとした能力を有していないかね？　あれほど切れ味のいい警句を書ける男がほかにいるかね？　あれほど機智にとんだ議論ができる男がほかにいるかね？　あれほど――いや、まった！　あいつの契約書がわたしの財布のなかにあるはずだ」

　そう言いながら悪魔は赤革の財布をだしてきて、なかから何通かの書類をとりだした。こういう書類に、ボン＝ボンはマキ――マザ――ロベスピ[30]――という文字ばかりか、カリグラとかジョージとかエリザベス[31]とかいう文字の列をちらりと見た。閣下はそこから幅細の羊皮紙を一枚えらびだすと、声高に読みあげた。

「ここに特記する必要のない知的諸能力および金貨一千ルイドールの対価として、生後一年一カ月を数えるそれがしは、この契約書の保持者に対して、それがしの魂と称する影にかかわるすべての権利、資格、および付属品をここに譲渡するものである。署名 A……*」（ここで閣下はその名を二度くりかえしたが、わたしとしては、これ以上はっきりと示唆することは遠慮する。）

　＊　アルー[32]のことか？（原注）

「頭のいい男だよ、あいつは」閣下はつづけた。「しかし、きみとおなじで、ムシュー・ボン＝ボン、奴は魂については思いちがいをしている。魂は影なりとね、ほんとかい！　魂は影なり！　ハ！　ハ！　ハ！——へ！　へ！　へ！——フ！　フ！　フ！　影のフリカセなんて考えられるかね？」

「考えられるかって——ヒック！——フリカセにした影を」われらが主人公は、悪魔閣下の深遠な議論の刺激をうけてかなり頭脳明晰になってきて叫んだ。

「考えられるかだって——フリカセにした影の料理を！　くそくらえ！——ヒック！——ふん！　おれさまだって——ヒック！——そこまで間抜けじゃないぞ！　わが魂はだな、閣下どのよ——ふん！」

「きみの魂がどうかしたかね、ムシュー・ボン＝ボン？」

「しかり——ヒック！——わが魂はですな——」

「きみの魂がどうかしたかね、ムシュー・ボン＝ボン？」

「さよう——わが魂は——」

「どうした？」

「影にあらず、べらぼうめ！」

「すると、なんだね——」

「しかり、わが魂は——ヒック！——ふん！——しかりなのである」

「きみの言わんとしていることは――」

「わが魂はですな――ヒック！――かくべつに向いているのである――ヒック！――あれに」

「何にだね？」

「シチューに」

「は？」

「スフレ(33)に」

「え？」

「フリカセに」

「なるほど！」

「ラグー(34)にもフリカンドーにも向いている――そこで、ひとつ、あなたと！　あれをひとつやりませんか――取引を」ここで哲学者は閣下の背中をポンとたたいた。

「そんなことは考えられない」閣下はそう静かに答えると、もう椅子から腰を浮かしかけた。形而上学者は狼狽《ろうばい》した。

「いまのところ足りている」閣下は言った。

「ヒック！――え？」哲学者は言った。

「資金の持合せもないし」

「なんだって？」

「それに、気がすすまんよ――」

「え？」

「弱みにつけこむのは――」

「ヒック！」

「きみの支離滅裂で、紳士らしからぬ現状につけこむのはね」

ここで客人は一礼して退散したが――どんなふうに消えたかは正確にはわからない――だが、この「悪漢」にボン＝ボンがボトルを投げつけようとしたとたん、天井からぶらさげてあった細い鎖が切れて、形而上学者は落下してきたランプの下敷きになってのびてしまったのである。

息の紛失

おお、息をすることなかれ、うんぬん
——ムーア『アイルランドの歌[1]』

"Loss of Breath" は、最初 "A Decided Loss" の題で『サタデー・クーリア』(フィラデルフィア、1832年11月10日号)に発表されたが、後に改題して『サザン・リテラリー・メッセンジャー』(リッチモンド、1835年9月号)に再発表された。新婚の初夜があけた朝、新妻を思いきり罵《ののし》ってやろうとしたとたんに息をなくし、「生きながら死者の性質を有し――死にながら生者の資格を有す」世にも奇っ怪な存在になりおおし、ために馬車に轢《ひ》かれたり、生体解剖されたり、絞首刑になったりしながらも死ぬことができず、とうとう生きながら地下墓地に埋葬され、息をもらいすぎたために死んだと見なされて同様に埋葬された男と出会って息をもらって生還するという、一見たわいない、寓意も何もない話であるせいか、英米ではあまり高く評価されていない。しかし、「息切れがする」を意味する "lose one's breath"(名詞化すれば "loss of breath")という英語の慣用句を字義どおりに「息を紛失する」というふうに脱修辞化することによって「意味」が無化され、ひいては世界の道理が「脱臼」するこの作品空間からは、生存についての、名づけようのない、あやしい「意味《センス》」が発生してくる。高橋康也は「ナンセンスが《意味のない状態》のことをさすとすれば、ノンセンスとは《意味を無化する方法》のことである」と言っているが、するとこれは「ノンセンス」な作品であり、ポオが生涯にわたって反復して再利用することになる有力なサブジャンルのひとつの原型を形成する、ただ笑ってすますわけにはいかない、人間生存にかかわる深刻な意味や深層心理を反映する笑劇《ファース》に属する作品のはしりなのである。(扉絵＝画家不明)

いかに名うての悪運にしても、条理のあくなき攻撃にさらされるなら、ついに降伏せざるをえないのは――いかに堅固な城砦《じょうさい》にもせよ、敵軍の不断の監視下におかれては、開城のやむなきにいたるのと同断である。聖書にもあるように、シャルマナサルはサマリアを三年間にわたって包囲し、ついに占領した。(2) サルダナパルスは――ディオドロスを見よ――ニネヴェに七年間籠城《ろうじょう》したが、その甲斐がなかった。トロイアも十年目が終わる時分には息絶え、(3) アシュドドも、アリステアスが君子の名誉にかけて言明するところによれば、城門を閉ざすこと五分の一世紀にわたりながら、ついにプサンメティコスにそれを開いたという(4)……

「このげす女め！――この女狐《めぎつね》め！　このじゃじゃ馬め！」新婚の初夜が明けたあくる朝、わたしは新妻に向かって言ってやった。「この魔女め！　この鬼婆め！　このお転婆《てんば》め！　この悪の掃き溜め女め！　この赤ら顔の、下司《げす》の権化め！――この――この――」ここでわたしは爪先立ち、妻の襟首《えりくび》をひっつかみ、耳もとに口をもっていき、さらなる新規の、これぞ悪口雑言の決定版というやつを——こいつさえぶちかましてやれば、いかな彼女も自分のくだらなさを思い知ること疑いなしという決定版を——思いっきり吐き出してやろうとしたとたん、慄然また愕然、わたしは息がなくなっていることを発見したのである。

「息切れがする」とか「息が切れた」とかは日常よく耳にすることばだが、かくもおぞましき事件がうつつの世に起ころうとは思いもよらなかった！　ひとつ想像してみていただきたい——ただし空想癖がおありならの話だが——想像してみていただきたいのである——わが狼狽《ろうばい》を——わが驚愕を——わが絶望を！

ところがこの世には守り本尊なるものがいて、このご本尊が小生を完全に見放したためしはなかったのである。だからどんなに始末におえぬ気分のときでも、わたしは節度の感覚を失うようなことはなく、かのエドゥアール卿が『ジュリー』(5)のなかで自分の体験に即して言っているように、わたしの場合も「受難の道は叡智への道」に通じるのである。

当座のところ、この珍事が小生におよぼした影響のほどを正確に測定するすべがなかったので、もうすこし経験をつみ、この前代未聞の災難の程度がつまびらかになるまで、この件は妻には絶対に内緒にしておこうと心を決めた。そこで、わたしは、ゆがんだふくれっ面《つら》をたちどころに茶目っ気たっぷりの愛想のいい顔つきに切り替えると、妻の片側の頬を軽くたたき、反対の頬には接吻し、それから何も言わずに（畜生！　言おうにも言えなかったのだ）、このおどけたしぐさに呆気《あっけ》にとられている妻を尻目に、わたしはパ・ド・ゼフィール(6)の微風《そよかぜ》のように軽やかなステップで爪先旋回《ピルエット》しながら部屋から出ていった。

こうして無事に私室《ブドワール》にひきこもったわたしの体《てい》たらくを見るがよい。これぞ短気がもたらす不吉な因果応報の恰好《かっこう》な見本なのである――生きながら死者の性質を有し――死にながら生者の資格を有す――この地上ではまたとない例外的な存在であり――きわめて平静でありながら、息を切らしているのである。

しかり！　息がなくなったのである。正真正銘、息が切れてしまったのである。いかに必死の覚悟でやってみたところで、羽根の一本とて息で震わせることも、すぐにも曇る鏡を息で曇らせることもならない事態だったのである。なんたる悲運！――だが当初の、あの身も世もない悲しみの激情もいまやいくらかおさまった。発声能力は、妻との会話がつづけられなくなったので、てっきり完全になくなったものと思い込んでいたが、ためしてみると、じつは部分的に発声機能が損なわれているだけで、さっきの珍無類の危機にさいしてさえ、声の調子をうんと落として独特の喉音《こうおん》を出してさえいたなら、なおも妻に自分の感情を伝達できたはずだったことが判明したのである。このたぐいの声(喉音)は、思うに、息の流れによって出るのではなく、喉頭の筋肉の一種の痙攣的《けいれんてき》動作によって出るのである。

わたしは椅子《いす》に身を投げかけ、しばし瞑想にふけった。むろん、そのとき頭に浮かんだ想念は心なごむていのものではなかった。漠然とした、涙をそそるていのおびただしい想念がわたしの心をとらえ——自殺という観念さえ頭をよぎった。明白にして卑近なるものをしりぞけ、遼遠にして模糊《もこ》たるものを求めてやまぬのが人間の詮ない性《さが》とみえる。わたしは自殺をもっとも明白な残虐行為として敬遠したが、その間にも、ぶち猫はカーペットの上でしきりに喉を鳴らし、水鳥用猟犬《ウオーター・ドッグ》はテーブルの下でハアハア息をしていた。こいつらがそういうことをしているのは、自分たちの肺の強さを自慢し、わたしの肺の弱さを嘲笑《ちようしよう》するためであることは明白だった。

漠然たる希望と漠然たる恐怖が交錯する混沌のさなかに、妻が階段を降りてゆく足音がした。これで妻がいなくなったことが判然としたわけで、わたしは胸をときめかせて、わが災難の現場へと取って返した。

内側からしっかりドアに錠をかけ、わたしは精力的に家宅捜索を開始した。わがお目当ての紛失物がどこかの薄暗い隅っこにかくれていたり、どこかの戸棚や引出しにひそんでいないでもない、というのがわたしの想定だった。それは水蒸気の形態をとっているかもしれない――ひょっとすると触知可能な形態をとっていることさえありうる。たいていの哲学者は、哲学上の諸問題について、いまだにきわめて非哲学的である。しかしウィリアム・ゴドウィンは、その『マンデヴィル』(7)で「目に見えないもののみが実在する」と言っているが、これがこのさい適切であることは、だれもが認めるところであろう。それゆえ、このような断定を愚の骨頂と一笑に付するまえに、読者諸賢のご一考をわずらわせたく思うのである。アナクサゴラス(8)が「雪は黒い」と主張したことはご記憶のことでありましょうが、爾来《じらい》わたしはこの主張に嘘がないことを肝に銘じて承知しているのであります。

長時間にわたって、わたしは熱心に捜索を続行したが、その刻苦精励の報いたるや、なんと、入れ歯一セット、お尻二セット、眼球ひとつ、それに満息氏《ウインドイナフ》が妻にあてた恋文数通だけだった。これでわが愚妻が満息氏に懸想していることは確実になったわけだが、断らせていただけば、だからといって、わたしはほとんど動揺することはなかった。わが欠息《ラックオブブレス》夫人が小生に似ていないものなら何でも好きだということは当然にして必要な悪であるにすぎない。わたしは、ご承知のように、がっしりした肥満体、そのうえ寸づまりとくる。となれば、わが知己がガリガリ亡者のように痩せこけ、ものの喩《たと》えになるほど背が高いことが、欠息夫人の目に好ましく映じたところで何の不思議があろうか。が、閑話休題。

いましがた言ったように、わが努力は水泡に帰した。戸棚から戸棚へ——引出しから引出しへ——隅から隅まで——丹念にしらべつくしたが無益だった。しかし一度など、化粧箱をひっかきまわしていて、あやまってグランジャンの大天使油(9)——これはなかなかいい香水ゆえ、ここであえて推奨しておきたい——のビンを割ってしまったときには、てっきりお目当てのものを見つけたと勘違いしたほどだ。

わたしは悄然《しょうぜん》として自室にもどり——この地を出奔する準備がととのうまで、どうすればその意図を妻に悟られずにすむか、その方法をあれこれ思案した。とにかく、この地を去ることだけは既定事実として心に決めていたので、それについて悩むことはなかった。異郷の空のもとでなら、こちらを知る人もいないのだから、わが身にふりかかった、この不幸なる災厄――乞食以上に人の愛情をしりぞけ、有徳の人士や幸福な人種の顰蹙《ひんしゅく》を買ってしかるべきこの災厄――をなんとか隠しおおせる可能性はなきにしもあらずなのだ。善はいそげ。生まれつき記憶力はよかったので、さっそく悲劇『メタモーラ』(10)全編を暗記することにした。それに幸運にも、この劇の発声法が、すくなくともその主人公に当てがわれた場面においては、わたしに現在欠落しているような声の調子をまったく必要とせず、終始一貫して低い喉音でとおす仕組みになっていたことを思いだしたからである。

わたしは行きつけの沼地のほとりでしばし練習にはげんだ――しかし、この練習法たるや、デモステネス(11)がやったとされる流儀とはまったく無関係で、正真正銘、わたしの創意工夫になるものであった。こうやって準備万端ととのえると、妻には、突如として演劇熱にとりつかれたものと信じさせることにした。これがまた、奇跡的にうまくいった。何を問われようと、何を言われようと、それはこっちの勝手、ただ蛙《かえる》のような、死人のような声調で、くだんの悲劇から適当なせりふを選んで答えておくことにした。具合のいいことに、あの芝居のせりふは、どの場面からとっても、どんな主題にもぴったり当てはまることが判明して、これには大いに気をよくしたものだ。だからといって、そういうせりふを口にするとき、流し目をつかったり――白い歯を見せたり――膝をわななかせたり――すり足をしたり――その他、今日《こんにち》、正当にも人気俳優の特色と見なされている、えも言われぬ優雅な所作の数々をわたしが活用しなかったと考えていただいてはこまる。たしかに、わたしに拘束衣を着せようと相談した輩《やから》はいた――だが、ありがたいことに、わたしが息をなくしたことに気づいた輩はいなかった。

こうしてようやく準備がととのうと、わたしはある朝早く某市行きの駅馬車に乗りこんだ。知人たちには、その市《まち》に急用ができたということにしておいた。

馬車は超満員であった。朝方のおぼつかない薄明かりのなかでは相客の顔は見わけがつかない。わたしは難なくふたりの巨大な男のあいだに身体を滑りこませることができた。ところがそこへ、第三のもっと体格のいい紳士が、これから自分がしようとしていることを承知のうえで、慇懃《いんぎん》に無礼をわびるようなことを口にしながら、いきなりわたしのうえにどっかと倒れかかってきたかと思うと、たちまちパラリスの牡牛(12)の咆哮《ほうこう》も顔負けの大いびきをかいて寝こんでしまい、助けを求めるわたしの喉音などはすっかり掻き消されてしまった。ただ幸運にも、わたしの呼吸機能はご承知の状態であったので、窒息する危険からは完全にまぬかれていた。

だが馬車が某市の郊外にさしかかり、夜もすっかり明け、あたりもかなり明るくなると、わが迫害者はやおら起きあがり、シャツのカラーをつけなおし、きわめて丁重にわたしの親切に対して礼をのべた。それでもわたしが身動きしないのを見てとると(わたしの手足の関節は脱臼し、頭は一方によじれていたのである)、紳士は不安になってきたとみえ、他の乗客をたたき起こし、きわめて断固たる口調で、自分たちは夜陰《やいん》にまぎれて、われわれのように生きているまともな乗客ではなくて、死人を押しつけられたのだ、という見解を表明し、その見解の正当性を証明するために、わたしの右目をしたたかなぐりつけた。

するると乗客一同は(全部で九人いた)わたしの耳を引っぱるのを義務と信ずるにいたったのである。そのうえ、居合わせた若い開業医がわたしの口に懐中鏡を挿入して、わたしに息がないことを発見するや、わたしを迫害した紳士の断言は真実であると認定したものだから、一同は、もうこの先こんな欺瞞をおとなしく我慢しているわけにはいかない、さしあたってはこんな死体とこれ以上同乗しているわけにはいかない、という決意のほどを表明したのである。

そういうわけで、わたしは、たまたま馬車がそこを通りかかっていた居酒屋「からす亭」の看板のところで投げ出されることになったが、さいわいなことに、馬車の左側の後車輪に轢《ひ》かれて両腕の骨を折る以上の事故はまぬかれた。ここで御者の名誉のために一言弁じておくが、御者はわたしを投げ出すと、即座にわたしのいちばん大きなトランクを投げ出すことも忘れなかったのである。ただし、これは不幸にもわたしの頭のうえに落下し、ためにわたしの頭蓋骨は珍無類な格好に打ちひしがれてしまった。

「からす亭」の亭主は親切な男で、わたしのために少々身銭をきって世話をしても例のトランクには出費をつぐなってあまりある中身があると見てとると、知合いの外科医を呼びにやり、十ドルの請求書兼領収書をそえてわたしの身柄を外科医の手にゆだねてくれたのである。

買手はわたしを自分の部屋に運びこみ、ただちに手術に取りかかった。ところが、わたしの両耳を切断したところで、外科医はわたしに生体反応があることに気づいた。そこで外科医はベルを鳴らして近所の薬剤師を呼びにやらせ、緊急事態について相談することにした。と同時に、わたしが生きているのではないかという疑念が最終的に正しいことが判明したときにそなえて、外科医は、薬剤師が到着しないうちに、わたしの腹部を切開し、あとで内密に解剖するために内臓の一部を切除した。

薬剤師の考えによれば、わたしはやはり完全に死んでいた。わたしはこの考えを粉砕すべく、あらんかぎりの力を発揮して、蹴ったり跳《は》ねたり、猛烈にからだをねじったりした——というのも、外科医の解剖のおかげで、身体の機能の一部が回復していたのである。しかし、こういうわたしの努力のことごとくは、最新の知識に通暁した薬剤師によって、最新式の電流装置(13)のせいにされてしまった。くだんの薬剤師はその装置を用いて何やら奇妙な実験を幾通りもやってのけたが、その成否には、わたしも当事者として大いに関心をもたざるをえなかった。そこで議論に口をはさむ努力はしてみたものの、なにせ発声能力が完全に停止しており、口さえあかない状態であったのは、なんとも痛恨のきわみであった。さもなければ、彼らの独創的だが根拠薄弱な理論に、わがヒッポクラテス病理学(14)に関する蘊蓄《うんちく》を傾けて、適切な反撃をくわえてやれたのにと、なおさら痛恨の思いであった。

　なかなか結論が出ないので、医者どもはわたしの拘留を延期し、再検査をすることにした。わたしは屋根裏部屋へ連れてゆかれた。外科医の細君がわたしにズボン下と靴下をはかせてくれると、医者ご本人はわたしの両手をしばりあげ、顎《あご》をハンカチでゆわえた——そしてドアに外側から錠をかけると、わたしを沈黙と瞑想にうちまかせて、いそいそと食事をとりに出かけてしまった。

顎をハンカチでゆわえられたのは、そうしておかないと、わたしがしゃべりださないともかぎらないからだ、と気づいたときには天にものぼる心地だった。この思いつきにみずからを慰めながら、わたしは寝るまえにいつもやるように、『神の遍在』[15]からの数節を心のなかでくりかえした。すると、二匹の貪欲で口ぎたなそうな猫が壁の穴から潜入してきて、カタラーニ[16]流のあでやかな身振りで跳躍したかとおもうと、たがいに向きあったままわたしの顔のうえに落下してきて、わたしのしがない鼻を種《たね》にあられもない口論をおっぱじめた。

耳をなくしたことがペルシャの魔術師をしてキュロスの王位につかしめたように[17]、また、自分の鼻をそいだ代償としてゾピュロスがバビロンを得たように[18]、わたしは顔の造作から肉を数オンス失うことで身体を救うことになった。あまりの痛さに正気を取りもどし、怒りに燃えたわたしは一挙に紐《ひも》とハンカチを断ち切ったのである。わたしは部屋を大股でよこぎり、いがみあう猫どもに軽蔑の一瞥《いちべつ》をくれてやり、恐れおののく猫どもの落胆をよそに、窓のサッシをさっと開け、きわめて巧妙に窓の外に落下していった。

郵便馬車強盗のW＊＊＊は奇妙なほどわたしに似ていたのであるが、このときたまたま、この男は市の監獄から処刑のために郊外に特設された絞首台へと移送されていく途中だった。ところがこの男、長の病《やまい》でひどく体力を消耗していたので、特別なはからいによって、手錠をつけることを免除されていた。W＊＊＊は処刑犯人用の服を着用し――これがまたわたしの着ていた服にそっくりときた――死刑執行人用の馬車（これがたまたま、わたしが落下していったときに外科医の窓の下を通りかかっていたのである）の床底に長々と寝そべっていたのだが、監視といえば、居眠りをしている御者ひとりと、酔いつぶれた第六歩兵連隊の新兵二名だけだった。

不運にも、わたしが降り立ったところが、この馬車のどまんなかだった。W＊＊＊は機転のきく男で、こうした好機を見のがすわけはなかった。彼はガバと跳ね起きると、馬車の後尾からころげ落ち、横丁に曲がりこみ、あっというまに姿をくらました。新兵たちはこの騒ぎにびっくり仰天して目をさましたが、彼らに事の真相がのみこめるはずはなかった。だが、自分たちの眼前にひとりの男が、しかも重罪犯人と瓜ふたつの男が、すっくと立っているのを見て、「悪党めは（W＊＊＊のこと）逃げるつもりだな」（彼らはたしかにそう言った）と思い込み、相互にその見解を確認しあうと、それぞれまた酒を一杯ずつぐっと飲みほし、それから小銃の台尻でわたしを叩きのめした。

やがてわれわれは目的地についた。むろん、わたしを弁護する声は聞こえなかった。絞首刑はわが避けがたき定めであった。なかば呆然、なかば痛恨の思いで、わたしは運命に身をゆだねた。わたしはいくらか犬儒派の気《け》があったので、犬の気持はよくわかる。ともあれ、首吊り役人がわたしの首に首輪をはめた。踏み板が落ちた。

絞首台上の感懐を述べるのはさしひかえる。もっとも、これを的確に述べることができる者こそわたしであり、またこれこそいまだろくなことが言われたためしのない話題ではある。事実、この主題について書くためには、絞首刑に処せられた経験がなければならない。物書きは自分が経験したことのみを書くべきである。マーク・アントニーが酩酊について論文を書いたのは、まさにそういう資格においてであった。

だが、わたしは死ななかったとだけは言っておこう。身体は宙にとまったが、とまるべき息がなかったからだ。綱の結び目が左耳のところにきていたこと(これは軍用襟巻きの感触に似ていた)をのぞけば、べつにさしたる不便はなかったと申しあげておく。踏み板が落ちたとき首に感じた衝撃にしても、乗合馬車で例の巨漢にねじられた首に対して矯正効果があったぐらいのものである。

ご足労いただいた観衆のために最善をつくしたことは申すまでもない。わたしのあがきようは凄惨《せいさん》をきわめたという。わたしの引きつけようは比類を絶したという。観衆からアンコールの声があがった。気絶した紳士もいた。ヒステリーをおこして家にかつがれていったご婦人はおびただしい数にのぼった。さる画家(19)はその場でものした素描をもとに、その名画「生きながら皮をはがれしマルシュアス(20)」を加筆修正する機会にめぐまれることになった。

観衆は、わたしの演技を堪能《たんのう》しおえると、そろそろ死体を絞首台からおろす潮時だと思案しはじめた――死刑が執行されているあいだに、真犯人が再逮捕され、本人であることが確認されたのだから、そう思案するのも当然なわけだが、不運にも、わたしはそのへんの事情を知らなかった。

むろん、わたしに同情する声は大いにあがったものの、死体の引渡しを要求する者がひとりも出てこなかったので、わたしはその筋の命令によって共同墓地に埋葬されることになった。

適当な間をおいて、わたしは埋葬された。墓掘り人夫も去り、わたし一人になった。そのときわたしの頭に浮かんだマーストンの喜劇『不平家(21)』からの一行、

死は好漢にして、来る者をば拒まず

は、見えすいた嘘に思われた。

ともあれ、わたしは棺桶の蓋《ふた》を蹴やぶって外に出た。そこはひどくじめじめした陰気な場所で、わたしは倦怠感《アンニュイ》にさいなまれはじめた。そこで退屈しのぎに、あたりにきちんと整頓されて並んでいる棺桶のあいだを手さぐりで歩きながら、棺桶のひとつひとつを持ち上げては下ろし、蓋を打ち破っては開け、なかに納まっている死者についてあれこれ想をめぐらせた。

「こいつは」、ふくれ、むくみ、ぱんぱんになった死骸を転がしながら、わたしはひとりごちた。「こいつは、正真正銘、不幸な——不運な男だったにちがいない。まともに歩くのではなく、よたよた歩くのが——人間のようにでなく象みたいに——人間のようにでなく犀《さい》みたいに——一生をすごすのが、この男の悲惨な運命だったにちがいない」

「前進しようとすれば頓挫し、曲進しようにもそうはいかない。一歩前進しようとすれば、右に二歩、左に三歩とよろけるのが悲しいさだめ。この男の研究対象はクラップ(22)の詩にかぎられており、ピルエットの爪先旋回の醍醐味《だいごみ》など知るよしもなく、パ・ド・

パピヨン(23)のステップは、この男にとって抽象観念にすぎなかった。山の頂上にのぼったこともなければ、尖塔から都市のすばらしい景観を眺めたこともない。暑さはこいつの不倶戴天《ふぐたいてん》の敵で、土用(24)のころともなれば鰻《うなぎ》さながらの苦しみよう。そんな日々には、焔《ほのお》(25)を思い、窒息を思い——重畳《ちょうじょう》たる山容を思い——ペリオンを越えてまたオッサを思う。この男は息切れがしていたのである——つまるところ、息がなくなっていたのである。吹奏楽器を吹くことなど、思いもおよばぬことだった。自動扇風機、通風筒《ウインドスル》、換気扇を発明したのはこの御仁だった。彼はふいご作りのデュ・ポン氏を重用し、あわれにも葉巻をふかそうとして死んだのであった。わたしはこの事情にはいたく興味を覚える者であり——その宿命には深甚なる同情を禁じえない者である」

「しかしここにいるのは」——わたしは言った——「ここにいるのは」——わたしはそう言いながら、瘦せこけ、背が高く、妙な格好をし、どこか見覚えがあるが、拝みたくないような特徴的な顔つきをしたやつを手荒に棺桶から引きずり出した——「ここにいるのは、世の同情を受けるにあたいしないやつだ」そう言いながら、もっとしっかりと対象を観察するべく、わたしは親指と人差指とでそいつの鼻をつまんで、地べたにすわるような格好にし、その姿勢がくずれないように腕をのばして支えながら、なおも独白をつづけた。

「世の同情を受けるにあたいしないやつだ」わたしはくりかえした。「いったい、影に同情する物好きがいるだろうか？　それに、こいつは生前には人間としての祝福を存分に享受しなかったとでもいうのか？　高い記念塔——弾丸製造塔[26]——ロンバルディ・ポプラ[27]など、みんなこいつの発案になるものだ。この男は『陰影と影』という論文をものして、その名を不朽にした。『サウス博士の骨格論[28]』の最後の版を抜群の力量を発揮して編集したのもこいつだ。こいつは若くして大学で気体力学を学んだ。それから帰郷すると、不断にしゃべりつづけ、フレンチ・ホルンを奏し、バグパイプを偏愛した。『時間』と競い合った、健脚で鳴らしたキャプテン・バークリ[29]でさえ、この男と競争しようとは思わないだろう。こいつのお好みの作家はウィンダムとオールブレスで、お好みの画家はフィズだった[30]。こいつはガスを吸いながら栄光ある死をとげたのである——ヒエロニュムス[31]の貞淑の誉れさながら、わずかばかりの息がもとで命をうしなったのである。*たしかにこいつは——」

* Tenera res in feminis fama pudicitiæ, et quasi flos pulcherrimus, cito ad levem marcescit auram, levique flatu corrumpitur, maxime, etc. ——Hieronymus ad Salvinam.〔女性の貞淑の

誉れは儚《はかな》きものにして、うるわしの花が微風によりて疾《と》く萎《しお》れるごとく、わずかばかりの息がもとで朽ち果てる云々《うんぬん》――ヒエロニュムスのサルウィナ宛書簡」（原注）

「あんまりだ――あん――まりだ――いったい、きみは？」――わたしの詮索の対象は、あえぎあえぎ、また死に物狂いで顎をしばっていた布を引き裂きながら、わたしのことばをさえぎった――「どうして、いったい、欠息さん、ひとの鼻をそんなにひどくひねるような、むごいことをなさるのですか？　口に猿ぐつわを嚙まされているのが見えなかったのですか――それに、まんざらの阿呆でもないかぎり――知っていてもらわなきゃこまるのですが――わたしはまことに大量の息を処分しなければならない立場にあるのですよ！　おわかりにならないというのなら、そこにおすわりになってください。教えてさしあげましょう。わたしのような立場の者にとっては、口をあけられるってことが――息を吐きだせるってことが――あなたのような人と口をきけるということができすよ、じつに大きな救いなのです。だって、あなたは、お呼びでもないのに、ひょいと、まかり出てきて、ひとの話の腰を折るようなお方ではない。他人の口出しってのはいらいらするものでして、絶対にやめるべきものです――そう思いませんか？――いや、返事は無用――しゃべるのは、一時《いっとき》にひとりでけっこう。そのうちにわたしの話はおわりますから、そしたらあなたがしゃべればよい。ところで、いったいぜんたい、どうやってここに？――どうぞ、おっしゃらないで――わたしは、ここへきてしばらくたちます――おそろしい事件でした！――お聞きになりましたか、わたしのことを？――とんでもない災難でして！――お宅の窓の下を歩いていたら――ちょっとまえのことですが――そう、あなたが演劇熱にとりつかれたころでしたね――なんとも、おそろしいハプニングで！――息をもらうなんて、聞いたことがありますか、え？――いいですか、黙ってろ！――どうやらわたしはだれかの息をもらってしまったらしい！――息ならありあまるほどあるというのに――街角でブラブ(32)に会いましたが――やつめ、立て板に水で、こっちにはひと言も口出しのすきをあたえない――横合いからはひと言も口をはさませない――それで、とうとう癇癪玉《かんしゃくだま》を破裂させてやったら――ブラブめ、一目散に逃げちまいました――まったく世のなか馬鹿ばっかしそろってるもんだ！　こちとらのことを死んだと思いこんで、ここへほうりこみやがった――ひどいことをするもんだ、どいつもこいつも！――みんな聞きましたよ、あなたがわたしについて言ったこと――ありゃ、みんな嘘です！　おそるべき――おどろくべき――けしからぬ――下劣な――言語道断な――うんぬん――うんぬん――しかじか――しかじか――」

このような思いもよらぬ議論を吹っかけられたときのわたしの驚きは、ちょっとお伝えしようもなく、この紳士(これがわが隣人満息氏であることはほどなく判明した)が運よくつかまえたという息が、まさしくわたしが妻と話をしている最中になくした息にほかならないことがだんだんわかってきたときのうれしさも、ちょっとお伝えしようがない。時間、場所、状況からして、もはや疑問の余地はなかったが、わたしは満息氏の鼻をつまんでいた手をすぐには放さなかった——すくなくともこのロンバルディ・ポプラを創出した男が長広舌《ちょうこうぜつ》をふるっているあいだは。

こういうところは、わたしの顕著な美質である日頃からの慎重さにもとづいて行動したおかげであった。生き長らえるためには、かいなでの努力ではとうてい克服しがたい困難の数々が前途に控えているものとわたしは考えたのであった。多くの人は自分の所有物を——その時その人にとっていかに無価値なものであろうと——いかに厄介で、面倒なものであろうと——そいつを他人が手に入れたら、どれほどの利益をその人にもたらすか、逆に、自分がそれを放棄したら、どれほどの利益が自分にもたらされるか、その度合いに正比例してその所有物の価値を評価する傾向がある。満息氏の場合がまさしくそれではあるまいか？　彼がいまあれほど手放したがっている息にすこしでも関心を示すことは、まんまと彼の貪欲の餌食になることではないか？　この世には隣人の弱みにさえ平気でつけこむ悪党がいるものだし、また（これはエピクテトス[33]が言ったことだが）自分自身の災厄の重荷を厄介払いしたいと切に願っているときには、他人の災厄の重荷を軽減してやりたいなどとはいささかも思わないのが人間であることを思い出して、わたしはふと溜息《ためいき》をついた。

　このようなことを考え、依然として満息氏の鼻はつまんだままだったので、この状況下ではつぎのような口調で返答するのが妥当であろうとわたしは判断した。

「この怪物《ばけもの》め！」わたしは深い憤りをこめて口火を切った――「この怪物にして息を二人分も持つ間抜けめ！　おまえはみずからが犯した罪ゆえに、天の采配により二重の息をさずかるという呪いを受けることになったというのに――いいか、なおもおまえは、このわたしに、むかしなじみの気安げなことばをかけるのか？――このわたしが嘘をついただと、とんでもない！　黙ってろだと！　ほざきやがって！　息が一つのまともな紳士にむかって、なんたる口のきき方だ！　しかも、自業自得とはいえ、おまえが苦しんでいる災難を免除し――おまえを悩ましている余分な息をもらい受けてやることが、このわたしにできるというのにだ」

ブルータスよろしく、わたしはしばらく間をおいて反応をまった[34]——すると、満息氏は、まるで旋風《せんぷう》のような返答の嵐をわたしに浴びせかけてきた。抗議につぐ抗議、弁明につぐ弁明。彼はどんな条件でも受け入れるかまえであり、こちらにとって有利でない条件など一つもなかった。

予備交渉がまとまると、わが友はわたしに息を引き渡してくれたが、それに対しては(よく調べたうえ)あとで領収書を書いてやった。

かような実体のない物件の交換について、そうあっさりとすまされては困るという非難があろうことは、わたしとて承知している。また、物理学のきわめて興味ぶかい分野に新しい光を多分に投げかけることになるであろう事件——いや、それに相違ないのだが——そういう事件については、もっと詳細に述べるべきであったと残念がられるむきもあろうかと思う。

そういうことについては、残念ながらお答えできない。わたしにできることは、答えのかわりに、ヒントをさしあげることだけである。ある事情があって——いや、このように微妙な事柄については、できるだけ語らぬほうが無難であるとは思っているわけだが——とにかく、くりかえすが、きわめて微妙な事情があり、しかも第三者の利害もからんでいて、いまのところ、この第三者の逆鱗《げきりん》に触れるようなことだけはご勘弁ねがいたいのである。

この必要な手続きをおえ、ふたりして墓場の地下牢から脱出するまでには、さほどの時間を要しなかった。ふたりで奪回した息をあわせて叫んでみると効果は覿面《てきめん》。共和党新聞の主筆シザー氏は「地下騒音の性質と原因」についてという論文を再発表した。これに対する返答――再回答――反論――論駁――弁護が民主党新聞の紙上をにぎわした。だが、双方の議論とも決定的にまちがっていることが証明されたのは、この論争に決着をつけるために地下墓地があばかれ、満息氏とわたしが出現してからのことであった。

人生というものは、いつだって波乱に満ちているものだが、その珍事中の珍事の詳細な記述を結ぶにあたって、見ることも、触れることも、またはっきり理解することさえならぬ「矢」に対する確実にして有効な「盾」ともいうべき無手勝流哲学の真価に、ふたたび読者の注意を喚起せずにはいられない。古代へブライ人のあいだでは、健全な肺と盲目的な信仰をもって「アーメン！」という一語を大声で叫ぶことさえできれば、罪びとにせよ聖人にせよ、天国の門はかならずやその人のために開かれると信じられていたのも、この叡智の精神にのっとっていたからである。またアテナイに大疫病が荒れくるい、その撲滅《ぼくめつ》のためにあらゆる手だてが講じられたものの、その甲斐なかりしとき、ラエルティオスがその著作の第二巻で言及している哲学者エピメニデス(35)が「その道の神のために」神殿を建立《こんりゆう》すべく進言したのも、この叡智の精神に則してのことであった。(36)

リトルトン・バリー

『ブラックウッド』誌流の作品の書き方／ある苦境

「マホメットの名において――イチジ～ク！」

――トルコのイチジク売りの呼び声

“How to Write a Blackwood Article” は、最初『アメリカン・ミュージアム』(ボルティモア、1838年11月号)に “The Psyche Zenobia” と題して発表された。煽情的《せんじょうてき》読物や風刺を売物にして成功を博していた当時の『ブラックウッド』誌流儀の作品の書き方を指南すると見せかけるこの戯作風の小説には、その実践篇とも称すべき小品 “The Scythe of Time”(「時の大鎌」)も一応独立したかたちで同誌同号に同時発表された。しかし、ポオ自身が1845年2月に編集に加わった『ブロードウェイ・ジャーナル』(ニューヨーク、1845年7月12日号)にこの小品が再発表されたときには、“The Scythe of Time” は “A Predicament”(「ある苦境」)と改題されたうえで、“How to Write . . .” の「内部」に取り込まれて一本化された。本訳書では後者の形式を採用した。この作品は、マガジニスト——読者の好みを熟知して雑誌のために書く者——としてのポオがセンセイショナリズムを存分以上に発揮し、同時に作家としての自己の手の内を開陳する「ハウ・ツーもの」と見せかけながら、真摯《しんし》な純文学者ポオの「ある苦境」をも表出する小説になっている。そればかりか、このサンプル作品という仕様の小説は、大時計の長針に首を切られた語り手ゼノビアが首をなくしたまま、そのセンセイションを語り、自己のアイデンティティについて真摯に思索する文字どおり分裂した人間の「苦境」を突き放したタッチで描く、悲しくも滑稽な忘れがたい笑劇《ファース》ないし「ノンセンスもの」の逸品である。ちなみに、W. H. オーデンは自分が編集した『ポオ選集』(1950年)にはこの作品を収録していないのに、その序文で、滑稽ものの中では「ある苦境」だけが「面白い」とわざわざ言及している。(扉絵 = A. E. スターナー画)

あたしのことを知らない人なんかいるはずないわ。あたしの名はシニョーラ・サイキ・ゼノビア(1)なんだもん。これほんと。正真正銘の真実よ。あたしのことをスーキー・スノッブズなんて呼ぶのは、あたしの敵に決まってる。スーキーというのは、サイキが訛《なま》ったもので、下品たらない。本来の「サイキ」は由緒正しいギリシャ語で「霊魂」を意味するのよ（あたしにぴったしの名だわ。あたしは全身これ霊魂ですもの）。このギリシャ語、ときには「蝶《ちょう》」を意味することもあるけど、それはきっと、あたしが新調の深《しん》紅《く》のサテンのドレスを身につけた姿がいかにも蝶に似ているからだわ。そのドレスには空色のアラビア風のケープ、緑色の飾りボタン、七段ものオレンジ色のすそひだ飾りがついてるの。よくも言ったわね、スノッブズだなんて――だれだって、あたしをひと目見たら、あたしの名がスノッブズじゃないことぐらい、すぐにわかるはずだのに。そういう噂はミス・タビタ・ターニップが嫉妬して言いふらしたに決まってるわ。タビタ・ターニップね、ふん！　あのやな女め！　あんなかぶらっぽい女からは鼻血も出ないわ。

「かぶらからは血も出ない」っていう昔からのことわざ、あの女、知ってるかしら。〔メモ。機会あり次第、教えてやること〕〔追加メモ――あの女の鼻を引っぱってやること〕どこまで話したっけ？　ああ、そうだ！　たしかスノッブズというのはゼノビアの訛りで、ゼノビアというのは昔の女王の名だってことまで話したわ――〔そう、あたしも女王よ。マネーペニー博士はいつもあたしのことを「ハートの女王」とお呼びになるわ〕――そのうえゼノビアというのは、サイキもそうだけど、由緒正しいギリシャ語だし、あたしのパパは「ギリシャ人」だったから、ゼノビアという父称を名乗る当然の権利があるのよ。スノッブズなんかじゃ絶対にない。あたしのことをスーキー・スノッブズなんて呼ぶのは、あのタビタ・ターニップぐらいのものよ。あたしはなんたってシニョーラ・サイキ・ゼノビアなんだもーん。

さっきも言ったけど、みんながあたしのことを知ってるわ。あたしは「人類、教化、のための、フィラデルフィア、公認、交換、絶対、禁酒、青年、純、文学、世界、実験、書誌学、協会」〔Philadelphia, Regular, Exchange, Tea, Total, Young, Belles, Lettres, Universal, Experimental, Bibliographical, Association, To, Civilize, Humanity〕の客員秘書として、当然ながら、その名も高きシニョーラ・サイキ・ゼノビアなんだもの。マネーペニー博士があたしたちのためにこの肩書きを考えてくださって——おっしゃったわ、これは空《から》っぽのラムの大樽みたいに、うつろな響きがするところがいいって。（博士はときどき下品なこともおっしゃるけれど——深遠なお方ですのよ。）あたしたちはみんな自分の名前のあとに、この協会の頭文字を署名しますの、「王立芸術協会」〔Royal Society of Arts〕の方がR. S. A.と、「有用知識普及協会」〔Society for the Diffusion of Useful Knowledge〕(2)の方がS. D. U. K.などと署名するように。マネーペニー博士がおっしゃるには、S. D. U. K.のSはstale、つまり「すたれ」の意味で、D. U. K.は「ダック」、つまり「アヒル」(3)のことだから（でも、ほんとは違うみたい）、S. D. U. K.は「すたれアヒル」の頭文字になって、ブルーム卿の「有用知識普及協会」のことなんて指さないとか。でも、マネーペニー博士はとっても変わったお方だから、いつ本当のことを言ってるんだか、あたしにはさっぱりわからないの。とにかく、あたしたちはいつだって自分の名前のあとに、P. R. E. T. T. Y. B. L. U. E. B. A. T. C. H.という頭文字を書き連ねますの——つまりPhiladelphia, Regular, Exchange, Tea, Total, Young, Belles, Lettres, Universal, Experimental, Bibliographical, Association, To, Civilize, Humanity——という文字列の一語につき一字というやり方だから、これがブルーム卿の頭文字より一段と進歩していることは間違いなしだわ。マネーペニー博士がおっしゃるには、このイニシャル(4)はあたしたちの真の性格を表わしているそうだけど――博士の真意は、あたしなんかにはわかりっこありませんわ。

博士のご尽力、それから知名度を高めようという協会の涙ぐましい努力にもかかわらず、あたしが参加するまで協会は大した成功をおさめませんでした。実際のところ、会員はじつに軽佻浮薄な議論にふけっていましたの。毎週土曜日の夜に発表される論文ときたら、深遠どころか、軽佻浮薄なものばっかし。みーんな気の抜けたサイダーみたいな議論だったわ。第一原因、第一原理にかかわる研究なんて皆無。どだい研究などと称する代物《しろもの》なんてまるっきりなく、あの重大な論点、「事物本来の目的性」〔fitness of things〕(5)なんて歯牙《しが》にもかけないんだから。要するに、いまあたしが書いているような洗練された文書は皆無なの。あるのは低俗な書き物ばかり――それも超低俗な！　深遠さもなく、学殖もなく、哲学もない――学のある人が精神性《スピリチユアリテイ》と呼び、学のない人が隠語〔cant〕と呼んで烙印を押すようなものは薬にしたくたってないのよ。〔M博士は"cant"は大文字のKで綴《つづ》るべきだとおっしゃるけれど(6)――あたし、そこまではいきませんわ。〕

入会このかた、あたしは協会の考え方と書き方のスタイルを改善しようとがんばってきたわ。幸い、世間もあたしの努力の成果をすごく認めてるのよ。いまでは、P. R. E. T. T. Y. B. L. U. E. B. A. T. C. H. には、『ブラックウッド』誌に負けないくらいの、いい論文が載るようになった。『ブラックウッド』誌を引き合いに出したのは、もちろん、あの正当にも名声を博している雑誌が、いろんな主題に関する超一級の文章を掲載しているからなのよ。あたしたちはあらゆる点であの雑誌をお手本にしてますのよ。おかげで、あたしたちの人気もうなぎのぼり。というのは、本物の『ブラックウッド』誌流の作品を書くのも、ちゃんとした手順さえふめば、そんなにはむずかしくないってこと。もちろん、政治論文は問題外。その種の論文がどんなふうにでっちあげられるかについては、マネーペニー博士が種明《たね》かしをしてくださったので、いまじゃだれだって知ってるわ。ブラックウッド氏は裁《た》ちばさみを一ちょう手にして、そばには命令を待ちもうける三人の見習い職人を立たせておくの。命令に応じて、第一の職人が『タイムズ』を、第二の職人が『エグザミナー』を、そして第三の職人が『ガリーズ・ニュー・コンペンディアム・オブ・スラング＝ワング』(7)をブラックウッド氏に手わたすの。するとB氏はただそれを切り抜いて、かき混ぜる。これだと、あっという間に一丁あがり――するとまた『エグザミナー』、『スラング＝ワング』、『タイムズ』の順番で作業がすすみ――次は『タイムズ』、『スラング＝ワング』、『エグザミナー』の順番になって――次はまた『タイムズ』、『エグザミナー』、『スラング＝ワング』の順番にもどるの。

ところで、あの雑誌の主要な価値は雑文にあり、そのなかでも最良のものはマネーペニー博士が言うところの「ビザールもの」(8)（どういう意味かしら？）、世人言うところの「グロテスクもの」にあるのよ。これはあたしがずっと以前からその鑑賞法をわきまえている種類の書き物ですけど、その書き方の極意を知ったのは、つい最近のこと、あたしが（協会を代表して）ブラックウッド氏にお目にかかってからのことにすぎないわ。その方法はとても簡単ですけど、でも、政治論文ほど簡単じゃありませんことよ。あたしがブラックウッド氏のもとをたずねて、協会の意図をお伝えすると、氏はとっても慇懃《いんぎん》にあたしを迎え入れてくださり、書斎にまで案内してくださって、書き方の一部始終を懇切丁寧に教えてくださいましたわ。

「わが親愛なるマダム」ブラックウッド氏は、あきらかにあたしの威厳ある容姿に胸打たれて、おっしゃいました。あたしは緑色の飾りボタンに、オレンジ色のすそひだ飾りのついた深紅のサテンのドレスを身につけていたものですから。「わが親愛なるマダム」あの方は言いました。「さあ、おかけください。問題はかくのごとくですぞ。まず第一に、グロテスクものを書こうとする者は、真っ黒のインクと、先がうんとつぶれた、ばかでかいペンを用意しなければなりませんぞ。それから、いいですか、サイキ・ゼノビアさん！」あの方は、ひと息ついてから、比類ないほど力のこもった声と威厳ある口調で言いました。「いいですか！――そのペンは絶対に修繕してはなりませんぞ！　この点にこそですな、マダムよ、グロテスクものの秘訣、真髄があるのです。わたしはあえて申しあげるが、いかなる偉大な天才といえども、よいペンでもって――いいですか――よい作品を書いたためしはないのでありますぞ。読めるような原稿は読むに値しない、とは妥当な真実だとお考えになってよろしい。これこそわが『ブラックウッド』誌が金科玉条としている信条でありまして、それにご同意いただけないのなら、この会談はこれにて打ち切りということにいたしましょう」

あの方はここでことばをお切りになったの。でも、もちろん、あたしは会談を打ち切りにするつもりなんて毛頭ありませんでしたから、このように明白な命題、しかもあたしがその信憑性《しんぴょうせい》について以前から充分に意識していたこの命題に同意を表明しましたところ、あの方はたいそうお喜びのごようすで、講義を続行されました。

「サイキ・ゼノビアさん、お手本または研究資料として、何か一篇の作品、あるいは一連の作品に言及させていただくのは、ひょっとして差し出がましいことかもしれませんが、にもかかわらず、二、三の事例に注意を差し向けさせていただくのも悪くはありますまい。えーと、そうですね。『生ける死者』(9)というのがありましたな——これぞ傑作です！ まだ息があるのに埋葬された紳士が経験した感覚の記録でありますが——品位に満ち、恐怖に満ち、情緒に満ち、哲学にも、学識にも事欠かないときた。作者は柩《ひつぎ》のなかで生まれ育ったにちがいない、とあなたが断言なさりたくなること請け合いです。それから『アヘン常用者の告白』(10)というのがありましたな——これは、じつに、じつに見事な作品ですぞ！——荘厳なる想像力——深遠なる哲学——鋭敏なる思索——火と怒りに満ち、不可解千万この上なしといった薬味もきいておる。上等のポタージュみたいなものでして、喉越しもよろしい。世間はコウルリッジがあれを書いたことにしたがっているようですが——さにあらず。あれは、わたしが飼っているヒヒのジュニパーが、お湯でわったオランダ・ジンの砂糖なしの熱いやつを大酒杯《おおざけさかずき》でちびりちびりやりながら書きあげたものです」〔こう断言された方がブラックウッド氏でなかったら、とても信じられませんでしたわ。〕「それから『不本意な実験主義者』(11)というのがありましたな。

これはオーヴンの中で焼かれ、こんがりと色づきながらも、つつがなく生還した紳士の体験の一部始終を記録したものであります。それに『物故した医者の日記』(12)というのもありましたな。その長所はみごとなまでの大言壮語と、でたらめなギリシャ語(13)にありましてね――そのふたつともが大衆に受けたのです。それにまた『鐘のなかの男』というのもありましたな。これは、ゼノビアさん、ぜひともあなたに推奨させていただきたいものであります。教会の鐘の舌の真下で眠りこけた若者が、鐘が葬式を告げる弔鐘《ちょうしょう》を鳴らしたために目をさます話なんですが、その音で若者は気が狂う。そこで若者は手帳を取り出して、そのときの感覚《センセイション》を記録するのですな。センセイションこそが肝心なのでありますぞ。あなたが水におぼれるとか、首をくるとかにさいしては、そのときの感覚を、センセイションをですな、ぜひとも記録なさることです――原稿料としては一枚一ギニーはかたいところです。迫力のあるものをお書きになりたいのなら、ゼノビアさん、センセイションに細心の注意をお払いになることです」

「きっとそういたします、ブラックウッドさん」あたしは言いました。

「よろしい！」あの方はおっしゃいました。「あなたはわたしの理想の弟子です。こうなったら、あなたには、本物の『ブラックウッド』誌流センセイションの名に恥じぬ作品を作成するのに必要不可欠な詳細を伝授しておかねばなりますまいて——そいつはですね、正真正銘、あらゆる目的にぴったりかなった種類のものであるとわたしが断言いたしましても、かならずや理解していただけるものと信じて疑わない種類のものであります」

「まず第一に必要なことは、ご自分で前代未聞の窮地に陥ってみることですな。たとえば、オーヴン——あれはヒットしました。だがもし、手もとにオーヴンもなく、鐘もなく、また都合よく気球から転落したり、地震の断層に呑みこまれたり、煙突のなかで身動きがならなくなるような不運に恵まれないばあいには、その種の災難をもっぱら想像することで満足するより他に手はありません。しかしながら、依拠すべき事実があるのに越したことはありませんぞ。実体験に即した知識ほど想像力の助けになるものはありませんからな。『事実は奇なり』と申します——『小説より奇なり』(14)とね——ですが、事実は奇なるばかりか、役にも立つというわけであります」

ここであたしは、丈夫な靴下留めを持っておりますので、すぐにでもそれで首をくくってお目にかけますわ、と請け合いました。

「よろしい」あの方はお答えになりました。「さっそく、おやりなさい——でもね、首吊りというのはいささか月並みですな。もっとましなのがあります。ブランドレスの丸薬[15]を一服やってから、その感覚を記録してみるのはいかがですか。とにかく、わたしがお教えしたことは、どんな災難のばあいにも役だつこと請け合いです。帰りみちで、頭をなぐられたり、乗合馬車に轢《ひ》かれたり、狂犬に咬《か》まれたり、溝に落ちておぼれたり、そんなことはざらに起こる。が、先を急ぎましょう」

「主題が決まったら、今度は物語の文体というか、語り口というか、それを考えなければなりません。教訓調、熱狂調、自然調などがありますが——そんなのはみんな陳腐ですな。最近では、簡潔体とか、短文体とかいうのがあって、ちょっとした流行《はやり》になっておる。短文を連ねたやつですな。まあ、こんなふうにです。短すぎることはない。ぶっきらぼうにすぎることもない。いつも句点を。段落は用いるべからず。

「それから高揚調、散漫調、絶叫調というのがありますな。わが国の最良の小説家のなかにもこの調子を好む者がおります。ことばはいっせいにうなり独楽《ごま》なみに猛旋回しなければならないばかりか、うなり独楽なみの音も立てねばなりません。このうなりがことばの意味をみごとに代弁するわけです。作家に考える暇がないときには、この文体が最適ですな。

「形而上学調というのも捨てたもんじゃない。なにか衒学的《ペダンティック》なことばを知っているなら、それを使う絶好のチャンスですぞ。イオニア派とかエレア派(16)とかを話題になさい――アルキュタスやゴルギアスやアルクマイオン(17)を引き合いに出しなさい。客観性と主観性にもちょっぴり言及なさることですな。ロック(18)とかいう男を誹謗《ひぼう》することをゆめゆめお忘れなく。下世話にわたること一般は鼻先であしらうこと。そして、ペンが滑っていいい、すこしばかり極端なことを書いてしまっても、わざわざ訂正するに及びませんぞ。ただちょっと脚注をつけて、上記の深遠なる見解については『純粋理性批判』に負うところ多し、とか、『自然科学の形而上学的原理(19)』に負うところ多し、とか書いておけばよろしい。こうしておけば学があるようにも見えるし、それに――それにですな――正直にも見えるではありませんか。

「同様に高名な各種の文体がありますが、もう二種類だけあげるにとどめましょう――超絶主義《トランセンデンタル》調と混成《ヘテロジーニアス》調のふたつです。前者の長所は、事物の性質をだれよりもはるかに透徹して見抜くところにあります。この千里眼というやつは、妥当に使用するなら、きわめて有効なものであります。『ダイヤル』をちょっぴり読めば、要領はすぐ身につきますよ。この調子で書くときは、衒学的なことばは避けることです。なるべく陳腐なことばを選び、支離滅裂に書くことです。チャニングの詩にざっと目をとおして、この御仁が『あやしげなる可能性をひけらかす肥《ふと》った小男[20]』について言っているところを引用なさい。天上の唯一者について何かひとこと述べなさい。地獄の二者[21]については、おくびにも出してはなりませんぞ。何よりも、ほのめかしの技法を研究することですな。何ごともほのめかすだけ――断定は禁物ですぞ。『バタつきパン』と言いたい気持になったとしても、それをずばり口にしてはなりません。『バタつきパン』に近接していることなら、何を言ってもかまいません。そば粉のパンケーキにそれとなく言及するのもよろしいし、オートミールのかゆをほのめかすぐらいのところまで言ってもかまいませんが、あなたが本当に言いたいことがバタつきパンであるときには、用心なさるのですぞ。わが親愛なるサイキ嬢よ、どんなことがあっても『バタつきパン』と言ってはなりませんぞ！」

　生きているかぎり「バタつきパン」なんて言いませんわ、とあたしはブラックウッド氏に断言しました。すると、あの方、あたしにキスをなさって、おつづけになりました。

「混成調というのは、この世のあらゆるその他の調子を、ただ均等にほどよくかき混ぜたものにすぎませんから、深遠なもの、偉大なもの、珍奇なもの、辛辣《しんらつ》なもの、穏当なもの、霊妙なものから成っていて、何でもありですな。

「さて、事件と調子が決まったとしましょう。となると、もっとも重要な部分――つまり、肝心要《かんじんかなめ》の仕事に心を致さねばなりませんぞ――つまり、中身を詰める仕事のことですな。むろん、世間の淑女および紳士がみんな本の虫のような生活をしているなどと想像なさってはなりません。が、にもかかわらず、書き物に不可欠なもの、それはなにがしか博識の気配があること、すくなくとも広範囲にわたる読書体験に裏打ちされているという心証をあたえることですな。この点を成就するための手ほどきをひとつ。これをごらんください！（ごくふつうの体裁をした本を三、四冊抜きとり、適当なページをお開きになり）「世の中のどんな本のどのページを開いても、まずまちがいなく学識やエスプリの断片がふんだんにちりばめられているものでして、それが『ブラックウッド』誌流の作風にうってつけの薬味になるのです。これからわたしが読んでお聞かせしますから、二、三書きとっておかれるとよござんすな。二つに分類します。第一は直喩制作のための気のきいた事実、第二は適宜挿入すべき気のきいた表現。さあ、書いて！」――そこであたしはあの方が口述されるがまま筆記しました。

「直喩のための気のきいた事実。『もともと美神《ミューズ》は三人しかいなかった――メリテ、ムネメ、アオイデなり——それぞれ瞑想、記憶、歌唱をつかさどる』をうまくあんばいすれば、このささいな事実も大いに有効利用できるものです。これは一般に知られていない事実ですから、気取った感じをあたえるので、注意すべきは、さりげなく、さらっとおやりになることです。

「もうひとつ。『アルペオス川は海の底を流れ、その水の清らかさを損なうことなく海上に出た[22]』とある。たしかにこいつは陳腐ですが、じょうずに料理して盛り合わせれば、かなり新鮮な感じになるはずです。

「もっといいのがありますぞ。『ある者に言わせれば、ペルシャのアイリスは甘く強烈な香りをもつが、他の者に言わせると、まったく香りをもたない』こりゃすばらしい！　なかなか繊細な言い方だ！　ちょっといじくれば、効果満点ですぞ。植物の線でいくと、なかなかいいのがありそうですな。ことにラテン語でちょっぴり風味をつけると、成功まちがいなしです！

「『ジャヴァのエピデンドルム[23]・フロス・アエリスはこよなく美しい花を咲かせ、根こそぎにしてもなお萎《な》えない。土地の者はそれを天井より紐《ひも》で吊るし、その芳香を何年にもわたってたのしむ』こりゃ最高ですぞ！　そのまま直喩として通用する。さあて、気のきいた表現に移りましょう。

「気のきいた表現。『シナの才子佳人小説《玉嬌梨》《ユイ・チャオ・リ》(24)』よろしい！　こういうシナ語を二、三うまく忍びこませると、あなたはシナの言語と文芸に通暁していることになる。そうなれば、あなたはもうアラビア語、サンスクリット語、チカソー語を利用しなくても、うまくやっていけること請け合いです。ところが、スペイン語、イタリア語、ドイツ語、ラテン語、ギリシャ語なしでは、とても合格点はとれませんぞ。それぞれの見本をさがしてさしあげねばなりませんな。どんな断片でもかまわない。それをいかにうまく作中で生かすかは、かかってあなたの発明の才にあるのです。さあ、筆記してください！

「"Aussi tendre que Zaïre"——ザイール(25)のごとく優し——フランス語ですな。そういう演題のフランス悲劇のなかで『優しきザイール』〔la tendre Zaïre〕というセリフが頻繁に出てくることに引っかけるわけです。これを作中にうまく取りこめば、あなたのフランス語の知識ばかりか、あなたの博識と機智を誇示することになるのです。たとえばですな、あなたが食べているひなどりの肉は(ひなどりの骨が喉につかえて死ぬという話をお書きなさい)『ザイールほどに優しくはなかった』とおやりなさい。さあ、次を筆記して！

Ven, muerte tan escondida,
Que no te sienta venir,
Porque el plazer del morir
No me torne a dar la vida.

「これはスペイン語——ミゲル・デ・セルバンテスからです。『とく来たれ、死よ！ されど、いつ来《こ》しともわからぬごとく、ひそやかに来たれかし。死のうれしさに、生き返ることなからんがために[26]』これなら、あなたがひなどりの骨で断末魔の苦しみをなさっている場面にまっことすんなり挿入することができますな。はい、次を筆記して！

Il pover 'huomo che non se'n era accorto,
Andava combattendo, e era morto.

「おわかりのように、これはイタリア語——アリオスト[27]からです。さる英雄が、激戦のさなかに、自分が名誉の戦死を遂げていることに気づかず、死んでいるにもかかわらず、なおも勇敢に戦いつづけた、というほどの意味です。このくだりをあなたご自身の場合にどう利用するかはもはや明白——と申しますのは、サイキ・ゼノビアさん、あなたはそのひなどりの骨を喉につまらせて死んでからも、すくなくとも一時間半はあがきつづけることまちがいなしですからね。そこで、これを筆記してください！

Und sterb' ich doch, so sterb' ich denn
Durch sie——durch sie!

「これはドイツ語——シラー[28]からです。『あたしは死ぬの、でもいいの。あなたのせいで死ぬのですもの——あなたのせいで！』ここにいたって、あなたは明白に、自分の死の元凶、すなわち、ひなどりにむかって呼びかけていることになるのであります。分別ある紳士(はたまた淑女にしても)、ケーパーとマッシュルームを詰め、モザイク模様に調合したオレンジ・ゼリーをそえてサラダ鉢に盛った、モルッカ[29]種のよく肥えた去勢鶏のためなら、死んでもいいと思わない者がいるのかどうか、知りたいものであります。さあ、筆記して！(レストラン・トルトーニ[30]にゆけば、そんなふうに料理したのにありつけますよ)——次を筆記してください、どうぞ！

「お次は気のきいた、ちょっとしたラテン語の文句。しかもあまりお目にかからない代物《しろもの》です（ことラテン語にかけては、どんなに気取《ルシエルシエ》ったところで、気取りすぎってことはなく、どんなに簡潔でも簡潔すぎることはないのです。これもよく使われる手になりつつありますがね）――たとえば“ignoratio elenchi”(31)です。きみは論点相違の誤謬《ごびゅう》を犯している、と言ってやるのですな、すると議論の相手に――おまえはこちらが提示したことばを理解したが、その思想を理解していない、と言ってやることになるのですな。つまり、相手を馬鹿呼ばわりすることになるのですな。ひなどりの骨で喉をつまらせていたときにあなたが話しかけた、あのどこの馬の骨だかわからん男は、あなたが言っていることの真意を理解しなかったということになるのですから。その男に面と向かって“ignoratio elenchi”を投げつけておやりなさい。それで、もう相手はおしまいです。小癪《こしやく》にもその男が口答えをしたら、ルカヌス(32)から引用しておやりなさい（ほら、ここにあった）――つべこべ言ったところで、そんなのは“anemonæ verborum”(33)すなわち、アネモネことばにすぎぬ、と言ってやりなさい。アネモネは見た目には華やかだが、さっぱり香りがないという意味です。そこで相手がたけり狂ったら、“insomnia Jovis”すなわち「ジュピターの夢」という文句をたたきつけて、始末をつけるのですな――これはシリウス・イタリクス[34](ほら、ここを見て)が大言壮語をいなすさいに採用した文句です。これが心臓にグサリとこないわけがない。男はその場に倒れて死に絶えることまちがいなしです。つづけて筆記をおねがいできますか?

「ギリシャ語にはおあつらえむきのがありますな――*Ανηρ ο φευγων και παλιν μαχησεται.*〔Aner o pheugon kai palin makesetai.〕これにはかなりいい訳が『ヒューディブラス[35]』にあります――

逃ぐる者はふたたび戦うこととあらんに、
殺されし者はふたたび戦うことなし

『ブラックウッド』誌流の作品では、ギリシャ語ほど引き立つものはありません。あの文字そのものに深遠の気風がありますから。さて、マダム、ごらんなさい、あのエプシロン〔ε〕のずるがしこそうなようすを。ファイ〔φ〕はさながらチェスのビショップ格ですな。オミクロン〔ο〕のようにスマートなやつはめったにありませんぞ。あのタウ〔τ〕を見て! つまり、煽情《センセイション》ものにギリシャ語は不可欠だということです。今回のケースで、あなたがこれを利用しない手はありませんね。ひなどりの骨に関するあなたの明快な英語を理解できないような無能無芸な男への最後通牒《アルテメイタム》として、最大級の悪口雑言のおまけとして、このギリシャ語の文章をたたきつけておやりなさい。かならずや男は意味を察して、退散することまちがいなしです」

以上が、B氏がこの問題についてあたしに教えてくださったことのすべてですが、あたしはこれで充分だと感じましたわ。あたしはとうとう本格的な『ブラックウッド』誌流の作品が書けるようになったのだし、しかも即座に実行するつもりでした。お別れにさいして、B氏は書きあげたら原稿を買い取ってしんぜようとおっしゃってくださったけれども、原稿用紙一枚につきたったの五十ギニーしか払えないとかでしたので、そんなはした金で原稿を安売りするより、原稿は協会に寄付するほうがましだと思いましたの。でも、この紳士はそういうケチな精神の持主であったとはいえ、他の点ではたいそう気をお使いになり、最高の慇懃さをもって接してくださいました。お別れにさいしてのおことばはじつに胸にしみるものでして、あたしはそのおことばをいつまでも感謝の念をもって記憶したいとねがっている次第です。

「わが親愛なるゼノビアさん」あの方は目に涙をおためになって言いました。「あなたの賞賛すべきお仕事の成功に寄与するために、何かほかにできることはありませんか？

えーとですな！　ひょっとすると、そうおいそれとはいかないかもしれませんね――たとえば――たとえばですよ――おぼれるとか――ひ、ひ、ひなどりの骨を喉につまらせるとか――首を吊るとか――咬まれるとか――ちょっと待ってください！　いま思いつきました、中庭にみごとなブルドッグが二匹いるのですが――断言しますが、まったくもって立派なやつらです――獰猛《どうもう》だし、その他もろもろ文句なし――あなたのお金儲けの種《たね》としてもね――やつらは、五分もあれば、あなたを食べつくしてしまいますよ、オレンジ色のすそひだ飾りなんかもいっしょにね（ほら、ここに時計があります！）――その間、もっぱら感覚《センセイシヨン》に注意を集中して！　さあ！――トム！　ピーター！――ディックの悪党め！――やつらを引きずり出すのだ」――しかし、あたしはひどく急いでいて、一刻の余裕もなかったので、不本意ながら即刻いとまごいをしましたが、これは厳密な礼儀作法の観点からすれば許されざる不躾《ぶしつけ》であったことを認めるのにやぶさかではございません。

ブラックウッド氏のもとを去るにさいしてのあたしの第一の目的は、あの方の忠告にしたがって、可及的すみやかに何らかの苦境におちいることにあったので、この目的にかなうよう、あたしはその日の大部分をすてっぱちな冒険を求めてエディンバラの街をさまよい歩くことについやした――あたしに強烈なセンセイションをもたらすにふさわしい冒険、あたしが書こうとしている作品のとほうもない性格に適した冒険を求めて。この散策には、フィラデルフィアから連れてきた黒人の召使ポンピーと小型犬のダイアナがあたしのお供をつとめました。しかし、あたしのこの容易ならざる企てがどうやらうまくいったのは、午後も遅くなってからのことでした。その頃になってやっと重大な事件が起こってくれたのですけど、つぎの混成調で書かれた『ブラックウッド』誌流の作品は、その内容と結果にほかなりません。

「ある苦境」

優しきご婦人よ、どうしてこのように一人はぐれてしまわれたのでございますか？

――『コーマス』(36)

麗《うるわ》しのエダイナの市《まち》(37)の散策に出かけたのは、ある穏やかで静謐《せいひつ》な午後だった。往来の喧騒は凄《すさ》まじかった。男たちはガヤガヤ。女たちはキーキー。子供たちはピーピー。豚たちはブーブー。車はガラガラ。牡牛たちはモーモー。牝牛たちはムームー。馬たちはヒヒーンヒヒーン。猫たちはギャーギャー。犬たちはダンス。ダンスした！　そんなことってあるの？　犬がダンスするなんて！　ああ、とあたくしは思った。あたくしのダンス時代はもう終わったのだわ！　永遠に終わったのだわ。天与の才と想像的な瞑想力に恵まれた精神にあっては、なんとおびただしい陰鬱《いんうつ》な追憶が折にふれて目覚めてくることか——とくに、永遠に、永劫に、不断に、いや、こう言うべきかしら——間断なく——そう、間断なく連続的に、むごく、つらく、くるしく、いや、こういう言い方が許されるならば、もっとも羨望《せんぼう》すべき、真に羨望すべきものと称してしかるべきものに宿命づけられた精神にあっては——いや！　もっとも慈愛にあふれて美しく、もっとも芳《かぐわ》しく霊妙な、つまり、いわば、この世でもっともきれいな(こんなに大胆な表現が許されるならの話ですが)もの(寛大なる読者のみなさん、お許しあれ！)の——静謐にして、神さび、天国のごとく歓喜にみち、魂を高め、浄化力にあふれる効果の——まことに当惑すべき影響下にある精神にあっては——あたくしは感情におぼれて脱線しちゃいそう。ともかく、このような精神にあっては、繰り返しますが、なんとおびただしい追憶が些《さ》細《さい》なことによって呼びさまされてくることか！　犬たちは踊った！　あたくしは——踊れなかった！　犬たちは跳《は》ねまわった——あたくしは泣いた。犬たちはじゃれあった

——あたくしは大声をあげて泣いた。なんという痛恨事！　この事態は、古典文学の読者をして、かの感嘆すべきシナの小説『徐行玉《ジョー・ゴー・スロー》』(38)第三巻冒頭に見られる事物の合目的性に関する、かの卓越した議論を想起させずにはいない。

この都市のわびしき逍遥《しょうよう》には、身分は賤《せん》なりといえども、忠実なる供の二人を従えた。まず、ダイアナ、わがプードル犬！　この世でいちばん可憐《かれん》なる生き物よ！　ダイアナはそのひとつしかない目の上に大量の毛を垂らし、首にはブルーのリボンをおしゃれに結んでいた。丈は五インチ足らずだのに、頭は胴よりもいくらか大きく、尻尾《しっぽ》は極端に短く切られていて、それがこの珍奇な犬に「損なわれた無邪気さ」という風情を付与していた。それゆえにこそ、万人の愛するところとなりしか。

それから、黒人のポンピー！——わがいとしきポンピーよ！　どうしておまえを忘れることができよう？　あたくしはポンピーの腕にすがっていた。背丈は三フィート(あたくしは正確を好む)、歳は七十か八十くらい。がに股で肥満型。口は小さいとはいえず、耳も短いとはいえない。歯は真珠のようで、そのギョロ目はすてきに白い。神はポンピーに首を与えず、くるぶしを(この人種では普通だが)足の上部の真ん中につけたもうた。衣裳はすこぶる簡素だった。身につけている唯一の上着は長さ九インチのストッキングと、かつてはあの背の高い、堂々たる、高名なマネーペニー博士の身を飾った、ほとんど新品同様の黄褐色の外套だけ。それは上等の外套だった。仕立てもよかった。ほとんど新品と変わらなかった。ポンピーは、泥がつかないように、それをいつも両手でたくしあげていた。

あたくしたち一行《いっこう》は三人で、そのうちの二人についてはすでに述べた。第三の人物――それはあたくし自身にほかならない。あたくしはシニョーラ・サイキ・ゼノビア。スーキー・スノッブズじゃない。あたくしは堂々たる風采をしていた。いまあたくしが語っているこの記念すべき現時点において、あたくしは空色のアラビア風のケープのついた深紅のサテンのドレスを着ていた。ドレスには緑色の飾りボタンと、七段もの優雅なオレンジ色のすそひだ飾りがついていた。かくしてあたくしは一行の三人目を形成していた。プードルがいた。ポンピーがいた。あたくし自身がいた。みんなで三人。かくして、もともと復讐の女神《フューリー》(39)は三人しかいなかったと言われる――すなわちメルティ、ニミィ、ヘティ――それぞれ瞑想、記憶、楽器演奏をつかさどる。

騎士的《ギャラント》なポンピーの腕にすがり、つつましやかな距離をおいてついてくるダイアナを従え、あたくしは、いまや人気《ひとけ》のないエダイナの、たいそう感じのよい繁華街のひとつをすすんでいた。突然、目の前に教会が——ゴシック風の伽藍《カテドラル》が——壮大で、神さびて、高い尖塔が空にそびえる大伽藍《だいがらん》が見えてきた。なんという狂気があたくしを捕らえたのだろう？　なぜ、あたくしは自分の運命に向かって突進したのだろう？　その目も眩《くら》むような尖塔にのぼり、そこからこの都市の広大な眺めを一望したいという抗しがたい欲望に捕らわれたのだ。伽藍の入口は招くがごとくに開いていた。運命が勝利を博したのだ。あたくしは不吉な拱道《アーチウエイ》に入っていった。わが守護天使や、いずこに？——もし《イフ》、そんな天使がいるとして。If!　なんとおぞましい単音節語《モノシラブル》！　そのたった二文字になんと多くの神秘と意味と疑惑と不安が隠されていることか！　我、不吉な拱道《きょうどう》に入れり！　あたくしは、入ったのである。あたくしは、オレンジ色のすそひだ飾りを損なうこともなく、正門をくぐり、入口の間《ま》に入ったのである。かくして、かの大いなるアルフレッド川は、なんら毀損《きそん》されることなく、なんら濡れることもなく、海の底を流れたとされるのである。

階段には果てがないのではないかとあたくしは思った。螺旋形を想像せよ！　そう、階段は一回転しては上へ、一回転しては上へ、一回転しては上へと際限なくつづくので——幼なじみの愛情に全幅の信頼を寄せて、聡明なポンピーの腕にしがみついているあたくしは考えざるをえなかったのである――果てしなくつづく螺旋階段の最上端は、偶然に、あるいはひょっとして故意に、取りはずされているのではないか、と。立ちどまって息をついた。するとそのとき、道徳的見地からしても、形而上学的見地からしても、すこぶる重大なるがゆえに軽率に看過すべからざる事件が発生した。それはどうやら――いや、あたくしはほぼ確信した――間違えっこない――ダイアナの挙動をしばらく注意深く、かつ熱心に観察していたのだから――間違えっこなかったのだ――ダイアナが鼠を嗅ぎつけたのだ！　その件について、あたくしはただちにポンピーの注意をうながした。すると彼は同意した――ポンピーも同意見だったのだ。するとその点について、もはや合理的な疑問の余地はなかった。鼠を嗅ぎつけたのだ――ダイアナが。そう悟った瞬間の強烈な興奮を忘れられようか？　鼠が！――いたのである――つまり、どこかにいたのである。ダイアナが鼠を嗅ぎつけたのだ。だが、あたくしには――あたくしには嗅ぎつけられなかったのである。プロイセンのイシス(40)は、ある者には甘美にして強烈な香りを有すれども、ある者にはまったく香りを有しない。

　階段をのぼりつめると、いまやあたくしたちと頂上のあいだには、段は三つか四つしかなかった。あたくしたちはなおものぼりつづけ、あと一段だけになった。一段！　小さな小さな一段！　人生という大きな階段のそうした小さな一段に、いかに多くの人間の幸と不幸がかかっていることか！　それからあたくし自身のこと、ポンピーのこと、あたくしたちをがんじがらめにしている神秘的で説明しがたい運命のことについて考えた。あたくしはポンピーのことを考えたわ！——ああ、愛のことを考えたわ！　これまであたくしが採用した、そしてこれからも採用するかもしれない、たくさんの間違った手段のことを考えたわ。これからはもっと慎重に、控え目にやろう。あたくしはポンピーの腕を振りはらい、ポンピーの助けを借りずに、最後の一段をのぼり、鐘楼《しょうろう》のある部屋にたどりついた。プードルがすぐ後につづいた。ポンピーだけが後に取り残された。あたくしは階段の頂上に立って、のぼってくるようにとポンピーを励ました。ポンピーは片手を差し伸べてきたけれど、不幸なことに、そのはずみに外套をしっかり握っていた手を放さなければならなくなった。神々はついにその迫害の手を緩めたもうことがないのであろうか？　外套はだらりと落ちて、ポンピーはその片方の足で長くひきずる外套のすそを踏みつけ、つまずいて転んだ——これは避けがたい帰結であった。ポンピーは前方に倒れこみ、その呪わしい頭を、こともあろうに、あたくしの——あたくしの胸にまともにぶつけてきたので、あたくしの身体はポンピーの身体とともに、あの固くて不潔な鐘楼の床にまっさかさまに落下した。だが、わが復讐《ふくしゅう》は正確にして迅速、かつ完璧だった。あたくしはポンピーの縮れ毛を両手でむんずとつかみ、その黒く、チリチリした縮れ毛を大量にむしりとると、満腔の侮蔑を込めて投げ捨ててやった。それは鐘楼の引綱のあいだに落ち、そこに滞留した。ポンピーは無言で立ちあがり、あの大きな目で悲しげにあたくしを見つめ――ため息をついた。ああ、神々よ！――あのため息！それはあたくしの心に沁《し》みた。あの縮れ毛に手が届くものなら、後悔の証《あかし》に、それを涙で濡らしてあげたのに。だが、悲しいかな！　それはもはやあたくしの手の届かないところにあった。毛は鐘の紐に絡まっていて、まるで生き物のように見えた。毛は怒りのために逆立っているかのように思えた。かくして、ジャヴァのハッピー・ダンディ・フロス・アエリスはこよなく美しい花を咲かせ、根こそぎにしても萎《な》えない、という。土地の者はそれを天井より紐で吊るし、その芳香を何年にもわたってたのしむ。

あたくしたちは仲直りをし、エダイナの市《まち》を眺望できる隙間がないものかと部屋を見まわした。窓はなかった。この陰気な部屋に射しこむ唯一の光は、床から七フィートほどのところにある直径一フィートの四角い開口部からのものだ。だが、真の天才の力をもってして成しえないことなどあろうか？　あの開口部までのぼろう、あたくしはそう決心した。開口部からは、おびただしい数の大小の歯車や秘教的な雰囲気をたたえた機械類が、穴のあちら側のさほど遠くないところにびっしりと立ち並び、その機械類のあいだから一本の鉄の棹《さお》がその開口部をとおって部屋に突き出ていた。歯車類とその開口部のある壁とのあいだには、やっとあたくしが身体を滑り込ませることができる程度の隙間があった——あたくしはいのちがけで、そこで我慢する決心をした。あたくしはポンピーをかたわらに呼んだ。

「あの穴が見えるわね、ポンピー。あそこから覗いて見たいの。穴の真下に立っておくれ——そう。片手を出しておくれ、ポンピー、そしてあたくしをその上に立たせておくれ——そうよ。それからもうひとつの手をお出し、ポンピー。あたくしをその上にのせておくれ——そうそう。こんどは、もう片方の手よ、ポンピー、その手の助けを借りて、おまえの肩の上にのるわよ」

ポンピーはあたくしの言うがままにしてくれた。肩にのると、簡単に頭と首を開口部に入れることができた。眺めは崇高だった。これほど壮麗な眺めは見たことがなかった。あたくしはちょっと息をついて、ダイアナにおとなしくしているように命じ、ポンピーには、肩の上ではできるだけ軽くなるようにしているからね、と約束してやった。テンダーな気配りも見せてやった――ビ、ー、フ、ス、テ、ー、キ、の、よ、う、に、テ、ン、ダ、ー、に、ね、(41)と言って。かくのごとくわが忠実なる友に対して公平な措置を講じたうえで、かくも気前よくわが眼前に展開する風景を、あたくしは大いなる歓喜と情熱をもって堪能《たんのう》した。

しかしながら、この主題について詳述するのは控えたい。エディンバラの市街についてくだくだしく述べるのはやめにしたい。どなたもエディンバラには行ったことがおありなのだから――かの古典的なエダイナには。あたくしは自分の悲しむべき冒険にかかわる重大な細目について述べるにとどめたい。市街の広がり、位置、および全体の外観についてほぼ好奇心を満足させてはじめて、あたくしは自分が現在いる教会と、その尖塔の繊細な構造を詮索する余裕が出てきた。その観察の結果、あたくしが首を突き出しているこの穴は巨大な時計の文字盤にあけられた穴にほかならず、通りから見れば、フランス製の懐中時計の文字盤にある鍵穴に相当するものに見えたにちがいない。だが、その穴のほんとうの目的は、必要に応じて、時計番が腕を突っこんで、内側から時計の針を調整するためのものだった。あたくしはまた、その針の途方もない大きさにびっくりした。長針の長さは十フィートをくだるまい。幅はいちばん広いところで八、九インチはある。見たところ、針は固い鋼鉄で出来ており、その両縁は諸刃《もろは》の剣《つるぎ》のように鋭利だった。こうした仔細や、その他のことを観察してから、あたくしはふたたび下界の眺望に目をやり、やがて瞑想に沈潜した。

それから数分たったころ、ポンピーの声で我に返った。もうこれ以上我慢できない、どうか降りてください、と言うのだ。それは理不尽なことだ。そこでその旨一席ぶってやった。ポンピーは返事はしたものの、その主題に関するこちらの思想を明らかに誤解して返事をしてきた。そこであたくしは怒り心頭に発して、明晰なことばで、おまえは馬鹿だ、おまえは“ignoramus e-clench-eye”(42)を犯した、おまえの考えは“insommary Bovis”(43)にすぎず、おまえの言うことは“an enemywerrybor'em”(44)にほかならない、と言ってやった。これでポンピーは納得したらしいので、あたくしは瞑想をつづけた。

この口論がおわってから三十分ほどしてからのことだった。眼下の天上的な風景に陶然として忘我の境にいたとき、何かひどく冷たいものがうなじをそっと圧《お》すのを感じて、ハッと我に返った。あたくしがひどく驚愕したことは言うまでもない。ポンピーはあたくしの足もとにいる。ダイアナはあたくしの命令にしたがって、部屋のいちばん遠い片隅できちんとお坐りをしている。それがわかっているだけに、気味がわるい。いったい何が触れたのだろうか？　ああ！　正体はすぐわかった。頭を片側にそっとひねって、慄然として見てとったのは、あの巨大な、キラキラ光る、偃月刀《えんげつとう》のような時計の長針が、一時間かけて一周するその途中で、いまやあたくしのうなじに落ちかかろうとしている、ことだった。もう一瞬の猶予《ゆうよ》もない。あたくしは身を引いた――が、すでに遅すぎた。かくも見事にあたくしの頭を捕らえてしまった恐るべき罠《わな》の口から頭を抜き取る可能性は千に一つもなかった。それどころか、開口部は考えるのも恐ろしい速度で狭《せば》まってゆく。その瞬間の恐怖は想像を絶していた。あたくしは両手をさしのべ、あらんかぎりの力を振りしぼって、その重々しい鉄の棒を押しあげようとしてみたが、それは伽藍そのものを持ちあげようとするのと同様に無益だった。下へ、下へと、それはじりじり迫ってきた。ポンピーに助けを求めた。だがポンピーは「無学な老いぼれの藪《やぶ》にらみめ」〔an ignorant old squint-eye〕とあたくしに言われたことで気分を害していると答えただけだった。ダイアナにもわめいてみたが、「ワン、ワン、ワン」と鳴き、「どんなことがあっても、その隅から動いてはだめ」と言ったのはどなた？ と口答えをするありさま。かくして、あたくしはすべての仲間に裏切られたのだった。

そうするうちにも、どっしりとして戦慄すべき「時の大鎌(45)」は(この期《ご》におよんではじめて、あたくしはこの古典的文言の文字どおりの意味を発見した)その動きを止めず、止まるけはいもない。刻一刻、それは下へ下へと降りてくる。すでにその鋭い刃はあたくしのうなじに、たっぷり一インチは食い込み、意識は朦朧混沌《もうろうこんとん》としてきた。ある瞬間には、あたくしはフィラデルフィアにいて、かの堂々たるマネーペニー博士と同席しているような気がし、次の瞬間には、ブラックウッド氏の奥の間《おくま》で貴重な教えを授かっているような気がした。それからまた、古きよき昔の甘美な記憶がよみがえり、世界がいずこも砂漠というわけではなく、ポンピーが残酷なばかりでなかった、かの幸せなときのことを思った。

　時計が時を刻む音に興をおぼえた。興をおぼえた、と言うのは、あたくしの感覚は至福の境にさしかかり、どんなささいな刺激にも快感をおぼえたからだった。チック・タック、チック・タック、チック・タックという果てしない時計の音は、あたくしの耳には見事な旋律の音楽と聞こえたし、ときおりはオラポッド博士(46)の優雅な説教調の長広舌《ちょうこうぜつ》さえ思いおこさせた。それから文字盤上の大きな数字——数字たちはどれもこれもなんと聡明そうに、知的に見えたことか！　やがて数字たちはマズルカを踊りはじめた。なかでもあたくしをいちばん満足させる踊りをして見せたのは数字のVだった。彼女はあきらかに育ちのいい婦人だった。彼女の動きには、そこいらに掃いて捨てるほどいる尊大な女たちの粗野なところは微塵《みじん》もなかった。V夫人はみごとな爪先旋回《ピルエット》をやってのけた――頂点を軸にクルリとまわった。彼女は演技で疲れたように見えたので、あたくしは彼女に椅子《いす》をすすめようとしたが――そのときになってはじめて、あたくしは自分がおかれている嘆かわしい事態を完全に理解した。まことに嘆かわしい事態であった！針は首に二インチも食い込んでいる。あたくしは陶然たる激痛にみまわれた。あたくしは死を祈り、その苦痛のもなかに、詩人ミゲル・デ・セルバンテスのかの秀逸なる詩行を口ずさまずにはおれなかった――

Vanny Buren, tan escondida
Query no te senty venny
Pork and pleasure, delly morry
Nommy, torny, darry, widdy!(47)

だが、いまやまた新たな恐怖が出来《しゆつたい》した。どんなに強靭《きようじん》な神経の持主だって、ひるまずにはいられないような。あたくしの両の目が、機械の残酷な圧力のために、完全に眼窩《がんか》から飛び出そうとしていたのである。目なしでどうやってゆこうかと考えているうちに、片方の目がほんとうに顔からこぼれ落ちて、尖塔の急斜面をコロコロ転がってゆき、母屋《おもや》の軒に沿ってついている雨樋《あまどい》にひっかかって停止した。目玉をなくしたこと自体よりも、その目玉が、あたくしから独立分離したあとで、これでもうおまえとは縁が切れたぞ、といった目つきであたくしを眺める、その不遜な態度が我慢ならなかった。目玉はあたくしの鼻の真下でのさばっていたが、そのふてくされた態度の胸糞わるさもさることながら、それは滑稽千万なことでもあった。あのようなウインクやまたたきは前代未見のものであった。雨樋のなかの片目のこの行為があたくしをいらだたせたのは、その明白な尊大さと恥ずべき忘恩もさることながら、どんなに遠くはなれていようと、おなじ頭に付属する二つの目につねに存在する共感から発生する不都合のせいだった。あたくしは自分の意思とは無関係に、すぐ鼻の真下に横たわっている悪党めと、いわば調子をあわせて、ウインクをしたり、またたきしたりせざるをえなかったのである。だが、やがてもうひとつの目も落ちてくれたので、あたくしは救われた。そいつは仲間とおなじ方向をたどって（共謀していたにちがいない）落ちていった。目玉はふたつとも仲よく雨樋を転がり姿を消したが、正直なところ厄介ばらいができてせいせいした。

いまや時計の針はうなじに四インチ半も食い込み、残るはほとんど薄皮一枚だけだった。あたくしは至福の状態にあった。せいぜいあと三分もすれば、この不愉快な状況から解放されるはずだったから。そして、この期待に裏切られることはなかった。午後五時二十五分きっかりに、巨大な長針はその凶暴なる回転を容赦なくおしすすめて最後の薄皮一枚を切断した。厄介千万だった頭がついに胴体から切断される段になっても、あたくしはべつに悲しまなかった。最初、頭は尖塔の斜面を転がってゆき、ほんの数秒、雨樋に滞留してから、一挙に道路の真ん中に落下した。

　率直に告白するが、いまやあたくしの感覚はまったくもって奇っ怪そのもの――いや、もっとも神秘的、もっとも曖昧模糊《あいまいもこ》として理解不能な性格をおびていた。あたくしの感覚は同時にここかしこに分在した。ある時には、頭であるところのあたくしこそがシニョーラ・サイキ・ゼノビアであると頭で考えた――またあるときには、胴体であるところのあたくしこそがほんとうのあたくしであると確信した。この問題に関する思考を明晰にするために、ポケットに手をいれて嗅ぎタバコ入れをまさぐったが、いざそれを手に入れて、いつもやるように、そのけっこうな中身をひとひねり鼻にあてがおうとしたとたん、あたくしは自分の特異な欠落に気づいたので、ただちにタバコ入れを自分の頭めがけて投げつけてやった。頭は大喜びでそれを一服すると、感謝のしるしにあたくしに微笑を送ってよこした。それから間もなく、頭はあたくしに一席ぶちはじめたが、なにしろ耳がないものだから、よく聞きとれなかった。だが、よろしく忖度《そんたく》してみてわかったことだが、頭は、あたくしがこんな状況になってもなお生きたがっていることに驚いているらしかった。頭はその演説の結びとして、アリオストのあの高貴なことばを引用した――

Il pover hommy che non sera corty
And have a combat tenty erry morty ;(48)

こうしてあたくしを、激戦のさなかに自分が死んだことに気づかず、なおも勇敢に戦いつづけた英雄になぞらえたわけだが、いまやこの高みから降りるのをさまたげる理由がまったくなくなったので、あたくしは降りることにした。変わり果てたあたくしの姿をポンピーがどう見たか、いまだに想像しかねているのだが、とにかくポンピーは顔じゅうを口にし、まぶたでクルミを割ろうとするかのように力をこめて両目をとじた。そして、とうとう、外套を投げすてると、階段に跳《と》びつき、あっという間に姿を消した。あたくしはこの悪党のうしろから、デモステネス(49)のあの激烈なことばを投げつけてやった——

　アンドリュー・プレゲトーン[50]よ、なんと逃げ足の速いことよ。

それから、わが愛《いと》しの愛しの片目ちゃん！　あの毛むくじゃらのダイアナを見た。ああ！　なんという無残な眺めか！　さっき穴に逃げこむのを見かけた鼠の仕業だろうか？　これはあの怪物に無残にもむしゃぶり食われた、あの小さき天使の骨のなごりなのだろうか？　ああ、神々よ！　いまあたくしが見ていいるのは何なのですか——いまあの隅にわびしげに優雅な姿で坐っているのが見えるあれは、わが愛する小犬の亡骸《なきがら》をはなれた魂、影、亡霊なのでしょうか？　聞け！　彼女が語るのを。ああ、天よ！　それはシラーのドイツ語ではないか——

　Unt stubby duk, so stubby dun
　Duk she! duk she![51]

ああ！　そして彼女のことばはあまりにも真実ではなかろうか？

あたしは死んだの、でもいいの。
あなたのせいで死んだのですもの。[52]

いとしき者よ！　彼女もまたあたくしのせいで死んだのだ。犬もなく、黒人もなく、首もない不幸なシニョーラ・サイキ・ゼノビアには、いったい何が残っているのだろう？　何も残っていない。あたくしはもうおしまい。

リジーア

さて、ここに不滅の意思なるものあり。何びとが、その生気に満てる意思の神秘を知らんや？　神とは大いなる意思に他ならず、その性《さが》の強烈さにより、森羅万象にあまねく浸透するものなり。意思の弱さによらざれば、人間は天使にも、はたまた死にも完全に、屈服するものに非《あら》ず。

——ジョゼフ・グランヴィル(1)

"Ligeia" は『アメリカン・ミュージアム』(ボルティモア、1838 年 9 月号)に発表された。ポオのいわゆる美女再生譚《たん》を代表する 1 篇であり、傑作の誉れが高い。辛口の批評家として知られるバーナード・ショーでさえ、「この作品は文学世界の驚異のひとつであるばかりでなく、比類を絶し、模倣を拒む作品である。この作品にはとやかく言うべきものは何もない。われわれはただ脱帽して、ポオ氏に道を譲るよりほかない」(1909 年)と言っているが、詩人、批評家、推理小説家、そして雑誌編集者でもあったジュリアン・シモンズは、そのポオの評伝『告げ口心臓』(1978 年)で、「この 20 年間にポオは貴重な学問的財産となりおおせて、その作品はアメリカの大学の文学研究コースで際限なく分析され論じられることになったが、その結果生まれた各種の理論は、ポオの作品を説明するというより作品をぶち壊すのに寄与した」と言い、その理由として、「ポオの優れた作品の特質は漠然とした意味と明確な細部が結合しているところにあり、それを明確化しようとするあらゆる試みは作品を損なう危険を犯すことになること必定である」からだと断じている。また、アレン・テイトは、ポオをすべての近代人、ことにアメリカ人の「うとましい従兄弟《いとこ》」と認めて、『われらが従兄弟ポオ氏』(1955 年)と題する本を書き、「ポオでは一切が死んでいる——自然は言うに及ばず、家も部屋も家具も。彼はまるで子供のようだ——欲望ばかりで感性に欠けている。だが、欲望と意思ばかりで感性に欠けた大人は怪物《ばけもの》だ。現実の世界は共にせず、精神的にだけ人間を養分として生きることは、精神的吸血鬼主義だ。リジーアの顔の描写は死んだ女のそれだ」と述べている。(扉絵 = J. F. フォーゲル画)

リジーアなる女性を、いかにして、いつ、正確にはどこで知ったのか、私にはどうしても思い出せない。すでに長い歳月がたち、打ちつづく苦悩に私の記憶力は萎《な》えている。それとも、いま、そういうことを心に思い起こすことができないのは、じつのところ、あの人の性格、たぐいまれなる学識、独特ながらも静謐《せいひつ》な容貌、人の心をゆさぶり、魅了せずにはおかぬ、あの低い楽《がく》の音《ね》のような語り口が、まことすんなりと、まこと忍びやかに私の心に浸透したので、いつ、どこでなどとは気づくいともも、知るよすがもなかったからだろうか。それでも、はじめのころ、私がしげしげと彼女に会ったのは、たしかライン河畔の、大きく、古さびた都市であったことは憶《おぼ》えている。彼女の家系――それについてはたしかに彼女に口ずから聞いたことがある。なんでも古く由緒ある家系で、そのことに疑問の余地はない。リジーア！　リジーア！　私は外界からの印象を遮断するのに好都合な性質の学問に沈潜しながらも、あの甘美なことば――リジーア――だけは別で、その名を口ずさむと、いまは亡き彼女の姿がたちまち眼前に彷彿《ほうふつ》としてくるのであった。いまこう書いていて愕然として気づくのは、最初は友にして婚約者、やがては学問の伴侶、そして最後には心の妻ともなった人の父方の姓を、私はついぞ知らずにきたことである。私がこの点の詮索をひかえたのは、リジーアが戯れにそれを禁じたからだったか、それとも私の愛情の強さを示す手立てとしてだったのか？　いや、むしろ私自身の気まぐれのせい――もっとも熱烈な愛の神殿にささげる狂おしくもロマンティックな供物《くもつ》のつもりだったせいなのか？　私はそのこと自体さえ漠然としか思い出せない――そうなら、それにまつわる端緒や経緯をすっかり失念していることに、なんの不思議があろうか。またもし、あの「ロマンス」と称される精霊――かの偶像崇拝の地エジプトの霧の翼をもつ蒼面《そうめん》の女神アシュトフェット(2)が、人もいうように不吉な婚姻をつかさどるのが習いなら、私の婚姻をつかさどったのはこの女神を措いてほかにあるまい。

しかし、けっして忘れられない、いとおしい思い出がひとつある。それはリジーアの容姿であった。背は高く、いくらか細身だったが、晩年にはむしろ痩せこけていた。その容姿が放つ気品、その物静かさ、またその足取りの言いようのない軽やかな弾《はず》みは、とうてい筆舌に尽くしがたい。彼女は影のごとく来たり、また影のごとく去った。彼女が閉めきった書斎のなかに入ってきても、その大理石のような手を私の肩にかけ、あの低く甘美な楽の音のような声で私に語りかけるまで、私は彼女の存在に気づくことはなかった。その容貌《かんばせ》のうるわしさにかけては、彼女にかなう乙女はいなかった。それはさながらアヘンの夢(3)の光芒《こうぼう》のように輝き――デロス(4)の娘たちの眠れる魂に去来する幻想よりもなお神さびて魂を高揚させてやまぬていの容貌だった。それでいてその目鼻立ちは、異教徒の芸術作品によってあやまって崇拝するように教えこまれてきたギリシャ・ローマ風の均整美とは別ものだった。「どこかに均整をやぶる奇異なところがない至高の美はない」とは、ヴェルラム卿ベーコン(5)があらゆる形態や種類の美についていみじくも言い当てたことばである。ところで、リジーアの目鼻立ちは、なるほど、古典的な均整美の典型でないことは見てとれたけれども――また、その美がまさしく「至上の」美であることも感得できたけれども、そしてまた多分に「奇異なところ」が遍在していることに気づいてはいたけれども、いざその不均整の所在を求めるとなると見つからず、その「奇異」の感がよって来たるゆえんをたずねようとしても見つからなかった。私は高く秀でた蒼白な額《ひたい》を吟味した――それは完璧だった――が、そのような神々しい気高さを表現するためには、「完璧」ということばも、なんと冷ややかな響きしかもたぬことか！純白の象牙をもあざむく肌の色、その凛々《りり》しい広がりと静かさ、こめかみ上部のなだらかな隆起(6)、そして鴉《からす》の濡れ羽のように黒く、つややかで、おのずと波打つゆたかな髪は、ホメロスの「ヒヤシンスにさも似たり(7)」という形容がぴったりだった。私はまた繊細な鼻の輪郭を見た——私はこれと比肩する完璧な鼻梁《びりよう》をヘブライの大メダルの浮彫以外で見たことがなかった。その肌のきめこまやかさも、その鼻梁がかすかに鷲《わし》のくちばし状に湾曲しているところも、その調和を保持して褶曲《しゆうきよく》するふたつの鼻孔も、ことごとくヘブライの大メダルの浮彫同様に精神の自由を物語っていた。私はやさしい唇を眺めた。ここではなべて天上的なものが凱歌をあげていた。短めの上唇はみごとに湾曲し——たおやかな下唇は肉感的にまどろみ——えくぼは戯れ、その色は語り——歯は、彼女がおだやかに、だが歓喜にあふれてほほ笑むとき、そこにこぼれ落ちる清らかな光の一条一条を、おどろくばかりの明るさで反射した。私は顎《あご》のつくりを詮索した——そこにもまた、ギリシャ人に見られるおおらかな広がり、柔和さ、威厳、充実性、そして精神性があった——それはアポロン神がアテナイびとの息子クレオメネス(8)に夢のなかでのみ啓示した輪郭であった。それから私はリジーアの大きな目をのぞきこんだ。

その目については、遠いむかしに典型を見いだすことはできなかったが、わが恋人の両の目にこそヴェルラム卿が示唆した秘密がひそんでいたのかもしれない。その目は、たしかに、わが人種の平均的な目よりずっと大きかった。その目はヌールジャハドの谷間(9)に住む、羚羊《かもしか》の目をした種族のつぶらな目よりもなおつぶらだった。しかし、このリジーアのきわだった特徴がいくらかでも目立つのは、ときおりのこと——つまり感情が異常に高ぶったとき——だけだった。そして、そのようなときの彼女の美しさは——私の空想力が燃え立つあまりそう見えたのかもしれないが——地上より高みにある、または地上とは別次元に属する美——トルコの伝説的な妖精フーリ(10)の美であった。瞳の色はつややかに輝く漆黒で、そのはるか上部には黒曜石のように黒いまつげが長いひさしを張っていた。まつげは輪郭がいくらか不揃いだが、やはり同じ色つやをしていた。しかし私がその目に見とがめた「奇異なところ」とは、目鼻立ちの配置や色や輝きといった性質とは別種のもので、つまるところ目の表情にあるとせねばなるまい。ああ、なんたることばの無力さよ! ただ純粋な音の茫洋《ぼうよう》たるひろがりの背後に、われわれは精神についてなんとおびただしい無知を隠匿していることか。リジーアの目の表情! どんなにか長い時間、私はその目に思いふけったことか! 真夏の夜もすがら、その正体をとらえようと、どんなに悶《もだ》え苦しんだことだろうか! いとしい人の瞳の底に——デモクリトスの井戸(11)よりもなお深いその底に——ひそむもの、それは何なのか? いったい何なのか？　私はそれを知りたいという情熱のとりこになった。あの目！　あの大きな、輝く、神聖な瞳！　その両の眼《まなこ》は私にとってはレダが生んだ双子星となり(12)、私自身はといえば、双子星を占う敬虔な占星術師となりおおした。

精神に関する学問は理解しがたい変則的な事例に事欠かないが、なかでもことさらに関心をそそるのは——学問の府ではさっぱり注意をひかないらしいが——長いあいだ忘れていたことを思い出そうとするとき、いまにも思い出せそうでいて、結局は思い出せずにおわることがよくあるという事実である。それに似て、リジーアの目を一心に観察しているときなどに、その表情の秘密がいまにも全面的にわかりかけていると感じながら——いまひと息と感じながら——完全にはつかみきれず——そうするうちに、またとうとう取り逃がしてしまうことが、いくたびあったことだろうか！　そして(奇妙なことに、まことに奇妙なことに！)この宇宙のごくありふれた対象のなかに、私はあの表情を連想させる一連の類似を見いだすのだった。つまり、リジーアの美が私の精神に忍びこみ、そこを宮居《みやい》に鎮座ましましてこのかた、私は物質世界の多くの存在物に、彼女の大きくつややかな瞳がいつも私の心に掻き立てた情緒によく似たものを感じとったのだった。しかし、だからといって、その情緒をそれだけ明晰に定義したり分析したりできるようになったわけでも、それだけじっくり観察できるようになったわけでもなかった。くりかえすが、私はすくすくと成長する葡萄《ぶどう》の蔓《つる》を見ても——蛾《が》を、蝶《ちょう》を、流れる水を観察しても、そういう情緒をときとして覚えたのである。私はそれを海にも感じ、流れ星が尾をひくさまにも感じた。ひどく年老いた人のまなざしにもそれを感じた。望遠鏡で天体を観察しているとき、ひとつ、あるいは、ふたつの星——(とくに、琴座の巨星の近くに見つかる対をなして変光する六等星)(13)にくだんの情緒を感じた。弦楽器のある種の音色にもそれを感じたし、本の章句にそれを感じることもまれではなかった。数あるその他の事例のなかでも、私が印象深く記憶しているのはジョゼフ・グランヴィルの本の一節で(一風変わっているせいだけかもしれないが)、その文言がくだんの情緒を私の心中に掻き立てないことは絶えてなかった——「さて、ここに不滅の意思なるものあり。何ぴとが、その生気に満てる意思の神秘を知らんや？　神とは大いなる意思に他ならず、その性《さが》の強烈さにより、森羅万象にあまねく浸透するものなり。意思の弱さによらざれば、人間は天使にも、はたまた死にも完全に、屈服するものに非《あら》ず」と。

長い歳月の経過と、つれづれの思索のおかげで、私は、このイギリスの哲学者《モラリスト》が語るところとリジーアの性格の一面とのあいだには、かすかながらあい通ずるところがあることを確認することができた。思考、行動、言語の熾烈さは、彼女の場合、あの強大な意思の結果か、すくなくともその表われにちがいなかったが、私たちの長いむつび合いのあいだには、そういう意思の存在を示唆する、その他のもっと直截な証拠を露呈することはなかった。私が知りえたあらゆる女性のなかで、外見こそ穏和で、つねに端正そのものであったとはいえ、貪婪激烈《どんらんげきれつ》な禿鷲のような情熱にリジーアほどはげしく身をこがしていた者はなかった。そして、こういう情熱を評定するためには、私を歓喜させたと同時におびえさせもした奇跡のように大きく見開かれた目――彼女の低音のほとんど魔術めく声の旋律と抑揚、明晰性と静謐さ――それに彼女がいつも口にする熾烈《しれつ》なことばが――そのおだやかな語り口との対比によって二重に効果的なそのことばが――かもす強烈な効果に依存するよりほかなかった。

　リジーアの学識についてはすでに述べた。その該博さは――他の女性には類を見ないものだった。古典語に精通し、ヨーロッパの現代語についても、私の知識の範囲内で、彼女があやまちを犯したことはなかった。学府がほこる学問で、難解をもって鳴るだけで世の賞賛を博しているところの、いかなる主題についても、リジーアが誤謬《ごびゅう》を犯したことがあっただろうか？　妻の資質のとくにこの一点が、今日このごろになってはじめて、なんと奇妙に――なんと強烈に、私の心をとらえてやまないことか！　彼女の学識がついぞ女性には類例を見ないものであることを私はさきに述べたが――男性にしても、哲学、自然科学、数学の広範な全領域をかくも満遍なくきわめつくした者がいるだろうか？　いまでこそ肝に銘じて承知していることであるが、当時はまだ、彼女の学殖がそれほど該博かつ驚嘆すべきものであることに私は気づいていなかった。それでも私は彼女のほうが自分よりかぎりなく卓越した存在であることは承知していたので、結婚当初には、まるで幼児《おさなご》のように彼女を信頼し、そのころ私が没頭していた混沌たる形而上学の研究指針のすべてを彼女にあおいだのだった。学ぶ者とてほとんどなく――ましてや世に知られることなどさらにないたぐいの――学問にいそしむ私に、彼女が身をかがめて寄りそってくれたとき、私はいかばかりの大きな凱歌を、いかばかりのはげしい歓喜を、いかばかりの天上的希望とともに感得したことか――眼前にうるわしい前途が徐々にひらけ、その長く、荘厳で、人跡未踏の道をすすめば、あまりにも神聖にして高貴なるがゆえに人知が到達することが禁じられないのが不思議である叡智の蘊奥《うんのう》をきわめることができるのではないか！　と。

それゆえ、数年ののち、まんざら無根拠でもない希望が翼をつけて飛び去るのを見たとき、私の悲嘆がいかほど絶望的なものであったかは想像にかたくあるまい。リジーアがいなくなれば、私は闇夜をまさぐる幼児と変わるところがなかった。彼女がいてくれるだけで、本を読んでくれるだけで、われわれが没頭していた超絶主義哲学《トランセンデンタリズム》のあまたの神秘が陸離たる光彩を放って輝いたものだが、彼女の目のつややかな輝きが失せるや、金色《こんじき》に輝く文字も黒鉛よりもなお暗澹《あんたん》たる様相を呈するのだった。そして今や、私が読みふける書物のページの上にそのような目の光が注がれることはますますまれになっていったのであった。リジーアは病む身となったのである。狂おしい目はあまりにも――あまりにも爛々《らんらん》と燃えさかり、血の気の失せた指は屍蠟《しろう》のように透きとおり、その秀でた額の青い静脈はかすかな感情の波にもはげしく脈打った。リジーアは死ぬにちがいない、と私は悟った――心のなかで、あの冷酷な死の天使アズラエル(14)と絶望的にあらがいながら。情熱的なわが妻の死との抗争は、予想外のことだったが、私の抗争よりもはるかに激烈であった。彼女の峻厳な性格からして、死におびえることはあるまいという印象を私はいだいていたのだが、そうではなかった。彼女が「死の影」とあらがう抵抗の熾烈さを正確にことばで言い表わすことはとうていできない。その痛ましいありさまに、私も苦しみ悶《もだ》えた。私は情で慰めてやりたかった――私は理で悟らせてやりたかった。

しかし、生きる——ただひたすらに生きるという——生への執念の強烈さをこうもまざまざと見せつけられては、慰安も理屈も愚の骨頂に思われた。だが、内心のはげしい悶え苦しみにもかかわらず、彼女のうわべの身ごなしの平静さは、ついに今際《いまわ》のきわにいたるまで乱れることはなかった。声色はいよいよ優しく——いよいよ低く——しかし、その物静かに発せられることばにひそむ妖しい意味については、ここであれこれ述べる気になれない。人のものとは思われぬ口調《メロディー》で語られる——ついぞ人間の頭に宿ることのなかったと思われる憶測や渇望に、私は陶然と耳を傾けながらも慄然とした。

彼女が私を愛していたことは疑うべくもなかったが、彼女のように人並はずれた女性の胸中に宿る愛が人並の情熱にあらざることぐらい、もっと早く承知していてしかるべきであった。ところが、今際のきわになってはじめて、私はその愛情の真の強烈さに心打たれたのだった。いつまでもいつまでも私の手をにぎったまま、彼女は心のうちを吐露するのだったが、その並はずれた献身的な愛は偶像崇拝の域に達していた。はたして私はこれほどの告白に恵まれるにあたいする人間なのか？——そして、これほどの告白を耳にしながら恋人を奪われてゆくのにあたいする呪われた人間なのか？　しかし、このような主題を縷々《るる》述べるのは私のよく堪《た》えうるところではない。ただこれだけは言っておこう――女の純情などとは言うも愚かなリジーアの献身的な愛に――ああ、まさしく過分な、そのうえ無益にささげられた愛ではあったが――そこに私がついに認めたのは、いまや疾《と》く消えなんとする生命に狂おしいばかりにすがる彼女の願望の根源だった。この狂おしいばかりの願望――生命にすがる――ただひたすら生きなんとする、この熾烈な欲望について――私は表現する力をもたず――ことばをもたぬ。

彼女が死んだのは真夜中だった。そのとき彼女はおごそかに私を自分のかたわらに呼んで、つい数日まえに彼女自身がつくった詩のさわりを読んで聞かせるよう私に命ずるのだった。それは次のような詩(15)であった。

見よ！　祭りの夜ぞ、
　さみしき末の世の。
天使の群れは翼をそろえ、着飾って、
　ヴェールをかぶり、涙とどめあえず、
テアトルに坐して見る、
　希望と不安のいりまじる芝居を。

オーケストラはとぎれがちにつぶやく、
　天上の楽《がく》の音《ね》を。

道化たちは、高きにいます神の形につくられ、
ほそぼそとつぶやき、ひとりごち、
あちこちと走りまわれど——
傀儡《あやつり》にすぎぬ、その行き来は
巨大なる形なきものの命ずるがまま
　舞台もたちまち変わる。
そのコンドルめく翼のはばたきのままに
　見えざる「悲哀」よ！

そのどたばた劇を——おお
　よも忘れまじ！
その「まぼろし」をいつまでも追いゆく

群集、いつまでも捉え得ず、
ひとめぐりして戻るは
つねに出発点、
おおいなる「狂気」、それにもまさる「罪」と
「恐怖」こそ、このプロットの中心。

だが、見よ、道化の群れに
地を這《は》う形の物の入り来たるを！
舞台の外より
血のように赤き物の、のたうち来たるを。
のたうつ！――のたうつ！――死の苦しみ、
道化たちはその餌食となる。
天使たちは泣く、悪《あ》しき牙が
人の血に血ぬられてゆくがゆえに。

消える！——照明が消える——残らず消える！
　震える形のひとつひとつに
カーテンが、柩《ひつぎ》の覆いが、降りる、
　殺到する嵐のように。
天使たちは蒼然《そうぜん》として
　立ちあがり、ヴェールをとりて言う、
この芝居は「人間」という悲劇、
　その主役は「征服者、蛆《うじ》」、と。

　私がこの詩を読みおえると、リジーアは立ちあがり、その両の腕を発作的に高くさしのべ、悲鳴にも似た声をあげて半《なか》ば叫んだ——「ああ神よ！　父なる神よ！——このようなことがいつまでもつづくのでしょうか？　この征服者はいつまでも征服されることがないのでしょうか？　私どもはあなたさまと一心同体ではないのでしょうか？　何びとが——何びとが生気に満てる意思の神秘を知っているのでしょうか？　人間は意思の弱さによらぬかぎり、天使にも、はたまた死にも完全に、屈服するものではありません」

そしてついに、感情の高ぶりに疲れはてたのか、彼女はその白い腕をぐったりと垂らし、おごそかに死の床《とこ》にもどっていった。そして彼女が最後の息を引き取るとき、その吐息にまじって、唇からは低いつぶやきが洩れ出た。私は身をかがめて、唇に耳をよせた。私が聞きとったのは、またしてもあのグランヴィルの結びの文句だった——「意思の弱さによらざれば、人間は天使にも、はたまた死にも完全に、屈服するものに非ず」。

リジーアは死んだ。私は悲しみに打ちひしがれ、もはやこのライン川のほとりの暗鬱《あんうつ》で朽ちかけた都市に立つ荒涼として寂寞《せきばく》たる住居のわび住まいには耐えられなくなった。私は世間のいわゆる富に事欠くことはなかった。リジーアは世の常の人が望みうるより、はるかに過分な富を私に遺《のこ》していった。いく月にもまたがる、あてどもない、わびしい放浪の旅路の果てに、私は「うるわしのイングランド」の、荒涼をきわめ、人気とぼしい僻地にたどりつき、名はふせておくが、ある僧院を買い求め、それにいくらか手を加えた。建物の古色蒼然たる威容、その領地の荒れ果てた景観、それら両者にまつわる古く陰鬱な因縁ばなしの数々は、遠く人里はなれたこの地に私を追いやった索漠たる気分とあい通じるところが多分にあった。蔦《つた》の緑に侵蝕された僧院の外壁《そとかべ》にはほとんど手を加えなかったのに、子供じみたがんぜなさに、悲しみをまぎらわそうというはかない望みも手伝ってか、寺院の内部を宮殿をもあざむく豪華さに飾り立てることにもっぱら意を用いた。そのような耽溺《たんでき》趣味は、すでに幼少のころから萌芽《ほうが》があったものの、悲しみに呆《ほう》けはてたせいか、いままた私によみがえってきたのだった。絢爛《けんらん》にして幻妖な壁掛け、沈鬱にして荘重なエジプトの彫刻、奇矯な趣味の蛇腹《コーニス》や家具調度、黄金の房飾りのついた異様な文様のカーペット！――ああ、いまにして思えば、そこにはすでに狂気のきざしが多分に見いだせたはずなのだ。そのときすでに私はアヘンの枷《かせ》にしばられていて、私のなすこと指図することのすべてが、アヘンの幻想に彩られていたのだ。しかし、このような愚行についてくだくだと述べているいとまはない。ただ、あのひとつの部屋についてだけは述べさせていただくが、その永遠に呪われた部屋に、私は、心が錯乱したはずみにか、花嫁として――あの忘れがたきリジーアの後釜として――トレメインの金髪碧眼《へきがん》のロウィーナ・トレヴァニオン姫(16)を祭壇から拉してきたのである。

あの花嫁の部屋の建てつけ、飾りつけのどれひとつとして、いま私の眼前にありありと浮かばぬものはない。黄金に目がくらんでか、愛しい処女なる乙女にあのように飾りたてた部屋の敷居をくぐらせた花嫁の一族は、その誇り高い魂をどこへやってしまったのか？　いま私は部屋の細部のことごとくをはっきり記憶していると言った――しかし、もっと重大なことになると、不埒《ふらち》なことに、すっかり忘れているのだ――ところが、部屋の狂気じみた飾りつけのほうは、記憶をつなぎとめるに足る統一原理があったわけではないのに、はっきり覚えている。その部屋は城郭風に建てられた僧院の高い塔にあり、形は五角形で、間取りはゆったりとしていた。その五角形の南に面した部分は一面が窓になっていて――そこにはヴェネチアから取り寄せた大きな一枚ガラスがはめこまれていたが、薄墨色《うすずみいろ》に着色されていたせいで、日光にせよ、月光にせよ、それを透して射しこめば、室内のものはことごとく不気味な光沢をおびる趣向だった。この巨大なガラスの上部には、年へた葡萄の蔓がからみあって格子模様をなして塔の分厚い壁を這いのぼっていた。渋い色の樫《かし》材で出来た天井はおどろくほど高く、ドーム状をなし、なかばゴシック風、なかばドルイド風とでもいうか、奇々怪々な意匠の格子模様が入念に彫り込まれていた。この憂鬱な円天井の奥まった中心部から、長い環《わ》をからみあわせた一本の金の鎖が垂れ下がり、それにはやはり金製の大きな香炉が吊り下げられていたが、その香炉にはサラセン風の模様がほどこされ、無数の孔《あな》もうがたれていて、そこから色さまざまな焔《ほのお》が生きた蛇のようにのたくり出たり、のたくり入ったりする仕掛けになっていた。

東洋風の長椅子と金の燭台《しょくだい》が数個、あちこちに点在し、それから、もちろん寝台――花嫁の床――もあった。これはインド風のつくりで、丈は低く、硬い黒檀《こくたん》の木部には装飾が彫りこまれ、柩の覆いのような天蓋《てんがい》をいただく。部屋のどの隅にも黒みかげ石づくりの大きな石棺が直立し、それらはエジプトの都市ルクソル(17)の真向かいにある王たちの墳墓から運び出されたもので、その年さびた蓋《ふた》には一面に古代の彫刻がほどこされていた。しかし、この部屋の壁掛けにこそ、幻想趣味の眼目があった。ひどく高い壁面――不釣合いに高いその壁面は、天上から床まで重々しくずっしりした感じのタペストリーが深々と襞《ひだ》をつくって垂れ――これと同質の生地のタペストリーは床のカーペット、長椅子や黒檀の寝台の覆い、寝台の天蓋、窓の一部をかくすカーテン上部のフリルにも使われていた。その生地は金糸入りの豪奢な布で、その一面には直径一フィートほどのアラベスク模様があちこちと不規則に縫いつけられて漆黒の絵模様を形成していた。しかし、これらの模様がアラベスク模様として真骨頂を発揮するのは、ある一点から眺めたときだけであった。いまでこそありふれているが、その起源を太古にたどることができる伝統的趣向によって、それらがつねに視点の変化によって様相を変えるように工夫されていたのだ。部屋に足を踏み入れたばかりの者には、ただなんとなく奇異な感じをあたえるだけだが、歩をすすめるにつれて、はじめの見かけは次第に消え、そのかわりに、部屋のなかで一歩一歩位置を変えるごとに、あたりを取りまくのは、ノルマン人の迷信が生んだか、罪業《ざいごう》深い修道僧の夢に立ち現われるような、おどろおどろしい異形《いぎよう》の者の果てしない行列なのである。この走馬灯《ファンタズマゴーリア》(18)のような効果は、壁掛けの背後からたえず人工的に送り出される強い風によっていっそう強められ——部屋全体に不気味で不安な動きをあたえる仕掛けになっていた。

このような部屋で——このような婚姻の臥所《ふしど》で——私はトレメインの姫とともに、祝福されざる蜜月《みつげつ》の刻一刻を、格別の心さわぎを覚えることもなく過ごしたのである。妻が私のむらぎな気質に怖れをなしていたこと——彼女が私を避け、べつだん私を愛してもいなかったこと——そんなことに私とて気づかないわけにはいかなかったが、私はかえってそれに喜びを感じたほどだった。人間を憎むというより悪魔を憎むような憎しみをもって、私は彼女を憎悪した。私の追想は、(ああ、なんたる痛恨!)リジーアのもとに、愛する人のもとに、威厳ある人のもとに、美しき人のもとに、墓に眠る人のもとに飛翔してゆくのだった。彼女の純潔、彼女の叡智、彼女の気高い——あの天使のような資質、あの情熱的な、あの献身的な愛の追憶にふけるのであった。すると、いまこそ、私の心は、かつての彼女の情熱にもまして熾烈かつ奔放に燃えさかるのであった。アヘンの幻想に心たかぶらせ(私は麻薬の足枷に常住つながれる身になっていた)、夜のしじまに、また白昼の谷間の窪《くぼ》みで、声も高らかに彼女の名を呼んだ――まるで、いまは亡き人へのひたすらな思い、真摯《しんし》な情熱、身を焼きつくす思慕の念をもってすれば、その人が見捨てた――ああ、永遠にだろうか?――地上の道に彼女をふたたび連れもどすことができるかのように。

結婚二カ月目のはじめ、突如ロウィーナは病《やまい》に襲われ、病からの回復ははかばかしくなかった。彼女は消耗性の熱のために安らかな夜の眠りを奪われ、浅く不安なまどろみのさなかに、塔の部屋の内外に、物音がする、物の動くけはいがする、と口走るのだったが、それはもっぱら彼女の乱心のせいか、その部屋自体の幻想性のせいであって、それ以外の根拠はないと私は判断した。やがて彼女は快方にむかい――ついに全快した。しかし、それもほんの束の間、二度目の、もっとはげしい発作が彼女をみまい、またしても彼女を苦悶《くもん》のベッドに拘束した。日頃からかよわい彼女が今度の発作から回復する見込みはなかった。この時期以降の彼女の病状は発作をともなう憂慮すべき性質のもので、そのうえ発作は憂慮すべき頻度で起こり、侍医たちの知識も努力もなすところを知らなかった。これが宿痾《しゅくあ》となり、それが彼女の肉体に深く根をはり、とても仁術をもってしては根治不能の状態にまで高じると、彼女の気分も苛立ちやすくなり、些細なことにもすぐおびえ、神経を高ぶらせるようになってゆくのに気づかないわけにはいかなかった。彼女はまたしても、以前口にしたような、物音のことを――あのかすかな物音のことを――あの壁掛けの影のあやしい動きのことを、以前にもまして頻繁に、また執拗に私に訴えるのだった。

九月も末のある夜のこと、彼女はいつもよりよほど語気を強めて、この厄介な問題を持ち出し、私を悩ますのだった。彼女は不安なまどろみから目覚めたばかりで、私は心配と漠然たる恐怖の入りまじった気持で、そのやつれた顔の表情の動きを見守っていた。私は彼女の黒檀の寝台のそばにあったインド風の長椅子のひとつに腰かけていた。彼女は身を半ば起こし、真剣な小声で、いま彼女が聞いた音、いま彼女が見た動きのことを口にするのだったが、私には何も聞こえず、何も見えなかった。風はタペストリーの背後であわただしく吹いていた。ほとんど聞きわけられないほどの息吹が聞こえたり、壁の物影がごくかすかに変化《へんげ》したりするのは、例の風のさわぎが引き起こす当然な現象にすぎないと、（自分自身でも半信半疑のことを）彼女に信じ込ませようとした。しかし死人のように蒼白な彼女の顔を見ると、そんな気休めを言ってみてもはじまらないことは明白だった。彼女はいまにも気を失いそうだった。しかも召使は声のとどく範囲内にはいない。医者が取り寄せておいた度の弱いワインのデカンターのありかを思い出したので、それを取りに私はいそいで部屋を横ぎった。ところが、吊り香炉の光の直下に来たとき、驚くべき性質の事態が二度まで起こり、私の注意をひいた。目には見えないが、何か実体ありげなものが、私のそばを軽やかにかすめていったように感じた。そして見たのだ――黄金の絨毯《じゅうたん》のうえの、香炉から降りそそぐ、ゆたかな光のもなかに、ひとつの影が――かすかな、ぼんやりとした天使のようなものの影が――いわば影のまた影といったものが佇《たたず》んでいるのを。だが私はアヘンを過分に摂取していて、気分がひどく高揚していたせいか、そんなことはあまり気にならず、それについてはロウィーナにも話さなかった。ワインを見つけると、また部屋にとってかえし、それをゴブレットになみなみと注ぎ、気を失っている妻の唇に当てがった。しかし彼女はいくぶん意識をとりもどしていたとみえ、酒杯《さかずき》を自分の手で受け取ったので、私は近くの長椅子に身を沈め、彼女の所作をじっと見守った。そのときだった、私は寝台のそばの絨毯のうえを歩くかすかな足音をたしかに耳にした。そしてその直後、まさにロウィーナがワインを唇に持っていこうとしているそのとき、ゴブレットのなかに、まるで部屋の虚空のなかにひそむ目に見えぬ噴水から降ってきたかのように、あざやかなルビー色の大粒の液体が三、四滴こぼれ落ちるのを私は見た――いや、夢のなかで見たような気がしたのかもしれない。かりに私がそれを見たとしても――ロウィーナは見なかったのだ。彼女はワインを一気に飲みほしたが、私はそのときの状況を彼女にはしゃべるまいと思った。というのは、結局のところ、彼女のおびえよう、アヘン、それに時刻のせいで異常に活発になった私の想像力のなせるわざであったかもしれないと思ったからだ。

しかし、ルビー色のしずくが注がれることがあった直後から、妻の様態が急激に悪化したことに気づかないわけにはいかなかった。それから三日目の夜には、召使たちが彼女の野べおくりの支度をし、四日目の夜には、かつて彼女を花嫁として迎えた怪奇趣味に彩られたあの部屋で、私は経帷子《きょうかたびら》をまとった彼女の亡骸《なきがら》とひとり対座していた。アヘンが生み出す放縦な幻想が影のように眼前にちらついた。私は不安なまなざしで、部屋の隅の石棺、壁掛けのさまざまに変化する模様、頭上の香炉で色さまざまにのたくる焔を見た。それから私は過ぎし夜のできごとを思い出し、かすかな影のようなものがたたずんだ、あの香炉の下の、あかあかと照らしだされた一点に目をやった。しかし、もはやそこに影はなかった。私は安堵の吐息をつき、こんどは寝台の上の青ざめて硬直した女体に目を転じた。するとリジーアにまつわる千もの思い出がどっとばかり私を襲った――と、こんどは、彼女をおなじように経帷子につつんで眺めたときの、口にするもおろかな万感の思いが、怒濤《どとう》のように私の心に押し寄せてきた。夜はふけていった。が、私はなおも、こよなく愛した唯一の人に対する痛恨の思いに胸をふさぎながら、ロウィーナの死体を凝視しつづけた。

真夜中だったか、それとももっと早かったか、もっと遅かったか、はっきりした時間は知るよしもなかったが、とにかくそのころ、低く、やさしい、しかし非常にはっきりとしたすすり泣きの声がしてきて、私の夢想は破られた。それは黒檀の寝台――あの死の床《とこ》からしてくるような気がした。私は迷信的な恐怖にとらわれながらも耳をすましたが、二度とその音はしなかった。私は目をこらして死体を見た――が、動くけはいは微塵もなかった。だが、幻覚だったはずはない。かすかではあったが、私はたしかにその音を聞いた。だからこそ、私の魂はめざめたのだ。私は忍耐強く注意を集中することに心をさだめた。かなりの時間が経過しても、この謎に光明を投ずるような事態は何ひとつ起こらなかった。しかしついに、かすかな、まことにかすかな、そしてほとんど目にもとまらぬほどの赤らみが、彼女の両頰に、その落ちくぼんだ両の目のまぶたの細い血管にそって、兆しているのが歴然としてきた。口にするのもおろかな、人間のことばではとうてい充分に表現しきれぬ恐怖の念にとらわれ、私の心臓は鼓動を停止し、私の手足はその場で凍《い》てつく思いだった。しかし、義務の観念がとうとう私を正気にもどしてくれた。埋葬の準備を早まったことはもはや明白だった――ロウィーナはまだ生きている。さっそくなんらかの処置が必要だ。だが、この塔は僧院の召使たちが住んでいる場所からは完全に隔離されている――呼んで声のとどくようなところには誰もいない――助けを求めて彼らを呼びにゆくとなれば、かなりの時間この部屋を留守にしないわけにはいかない――が、それだけはしたくなかった。そこで、私はひとりやっきになって、まだ宙にさまよう霊魂を呼びもどそうとあがいた。だが、しばらくたつと、容態はまた悪化しているではないか。まぶたからも、頰からも血の気は失せ、残るは大理石の白にもまさる蒼白さのみ。唇は以前にもまして萎縮し、おそろしい死の形相《ぎょうそう》にひきつっている。嫌悪をもよおすていの、じっとりとした冷たさが全身に急速にひろがり、死につきものの硬直がそのすぐあとにつづいた。私はさきほど驚愕して立ちあがった長椅子に、こんどは打ち震えながらがっくりと崩れ落ち、またしてもリジーアの夢想にひたすら身をゆだねた。

　こうして一時間が経過したころ、(ありうべきことだろうか?)私はまたしても寝台のあたりから漠とした物音がしてくるのに気づいた。私は耳を傾けた――極度の恐怖にとらわれながらも。また音がする――溜息《ためいき》だった。死体に駆けより、私は見た――はっきり見たのだ――唇がかすかに震えているのを。が、一分もすると、唇はまた弛緩し、真珠のように白く輝く一列の歯並みを見せた。それまで私の心を領していたのは恐怖ばかりだったが、あらたに驚異の念も加わり、両者は心のなかで葛藤した。目がかすみ、理性が萎《な》えてゆくのを感じたが、最後の力をふりしぼり、義務が再度私に命じた仕事にやっとの思いで着手することができた。今度は額、頬、喉にかすかな赤みがさし、身体全体にもそれとわかる温《ぬく》もりがゆきわたり、心臓はかすかながらも鼓動しているではないか。姫は生きているのだ。私は以前に倍する熱心さで蘇生の作業にとりかかった。こめかみや手を摩擦し、湿布をし、つまるところ、私の経験と、すくなからぬ医学書の知識から思いつくあらゆる手当てをこころみたのだった。だが、無益だった。突然、生気は失せ、鼓動は停止し、唇はふたたび死人の様相を呈し、そして一瞬ののちには、全身は氷のように冷えきり、肌は土気色《つちけいろ》をおび、全身は硬直し、その輪郭は陥没し、要するに、幾日も墓に埋められた者に見られるいまわしい特徴のことごとくを取りもどしていたのである。

また私はリジーアの思い出に耽溺していった――すると、またしても(こう書きながら私が戦慄するのに何の不思議があろうか?)またしても黒檀の寝台のあたりから低いすすり泣きがしてくるのであった。しかしその夜の、えもいわれぬ恐怖をこれ以上ことこまかに書く必要などあろうか? 夜が白みかけるまで、この凄惨《せいさん》な蘇生劇がいくたびとなく繰り返されたことを、それが繰り返されるたびに一段と仮借《かしやく》なく、一段とあからさまに不可逆的な死に後退してゆくさまを、反復が回を重ねるごとに、その苦闘が何か目に見えぬ敵との苦闘であるかのような様相を深めてゆくようすを、そしてまた、そのような格闘が一段落するごとに死体がなんとも言いようもない外見上の変貌をとげたことを、いまさらこまごまと語る必要などあるだろうか? 結末をいそがせていただく。

恐ろしい夜もほとんど明けなんとするころ、死んだはずの妻がまたしても身じろぎしたのである――もはや絶対に蘇生の見込みなしとみえた凄惨な壊死《えし》状態から、これまで以上の活気をおびて起きあがったのである。私はといえば、もう先刻からたじろぐこともやめて、ただひたすら身を固くして長椅子に坐ったまま、激情の渦になす術《すべ》もなく身をまかせていたのだが、そのおどろおどろしい情景も、もはや私には恐ろしくもなく、苦痛でもなくなっていた。繰り返すが、死体が動き、しかもこれまでにないほど生気をおびて動いたのである。顔にはこれまでになく活気と血の気がよみがえり――手足はしなやかさを取りもどしていた。まぶたが重く閉ざされ、身に白い布を巻きつけて死の装束をまとっているところが、その姿態が死者のものであることを物語っていたが、もしそうでなければ、私はロウィーナがついに死の桎梏《しっこく》を振り切ってしまったものと信じ込んでいたかもしれない。よし、そのときそうと信じきれなかったにせよ、経帷子をまとった者の姿が、寝台からよろよろと起きあがり、ひよわな足取りで、目を閉じたまま、まるで夢遊病者のようではあったが、たしかな実体をそなえて大胆にも部屋の中心部へとすすみ出てくるのを見ては、もはや私は事態を疑う能力を失った。

　私は震えなかった――身じろぎもしなかった――それというのも、その姿がそなえる風情、威厳、身ごなしにまつわる言いようもない一連の幻想が私の頭のなかになだれこみ、とたんに私を麻痺させ——石と化してしまったからである。私は微動だにしなかった——が、その姿から目を離しもしなかった。心は千々《ちぢ》に乱れた——しずめようもない混沌。私のまえに立っているのは、ほんとうの生きているロウィーナだろうか？　はたして、あの金髪碧眼のロウィーナ——トレメインのロウィーナ・トレヴァニオン姫なのか？　なぜ、なにゆえに、私はそれを疑うのか？　たしかに、口のまわりには死の巻き布が重々しく巻きついている——だが、その口は息をしているトレメイン姫の口でないというのか？　それに、あの頬は——娘盛りの薔薇色《ばらいろ》をして——しかり、それこそ生きているトレメイン姫のうるわしの頬そのものではないか？　また、健康なときそのままのえくぼを浮かべたその顎——その顎が彼女のものでないというのか？——が、それにしても彼女は病気になってから背が伸びたというのか？　そう思ったとたん、言いようもない狂気が私をとらえた。ひと跳《と》びしたと思うと、私はもう彼女の足もとに来ていた。私から身を避けたはずみに、彼女はその頭部をつつんでいた不気味な死の装束を払い落とした。と、あたりの空気をどよめかし、滝のように垂れかかってきたのは、長くゆたかな乱れ髪であった。それは闇夜の大鴉の羽根よりも黒かった。そしていまや、私のまえに立つ者の両の目はしずかに見開かれていった。「ああ、とうとう」私は大声で叫んだ。「いや、もう――もう絶対にまちがいない――これこそ、あのつぶらな、黒い、あやしい目――逝《い》ったわが愛《いと》しの恋人の目――あの姫の――あのリジーア姫の目に他ならない」

アッシャー家の崩壊

心は懸《か》かれるリュートにて
触れなばたちまち鳴り響く。(1)
——ド・ベランジェ

"The Fall of the House of Usher" は『バートンズ・ジェントルマンズ・マガジン』(フィラデルフィア、1839年9月号)に発表された。この作品はおそらくポオ最良の短篇小説であるばかりか、もっとも高名な作品のひとつであり、ポオ自身がもっとも愛した作品のひとつでもある。物語は沼の出現とともに始まって沼とともに終わり、建物が沼の中に消滅することによって完結し、小説作法としてはポオが批評で強調した物語の統一性をみごとに実現している。また、本編ほどポオが標榜した「グロテスク」と「アラベスク」という概念が示唆する主題、文体、技法をみごとに具現化した作品も他にはない。この両概念の本質は異次元の混交にあり、まずは現実と非現実の混交、現世と異界との曖昧化、両者の境界ないし閾《しきい》が問題となるだろうが、現実世界から非現実世界へ滑り込む、その妖しげな境目の領域の問題を、本編の冒頭におけるほど意識的にテクスト化して成功している例はまたとあるまい。物語の「私」は、読者ともども日常世界から作品冒頭の非現実世界へ入ってゆく。季節は、理性をイメージする光あふれる夏と、不合理をイメージする暗鬱《あんうつ》な冬とが相互に侵犯しあう秋。時刻は、意識をしのばす昼と無意識をしのばす夜との「はざま」のたそがれ。理性の揺らぎ、意識から無意識への落下を予感する「私」は、周囲の建物や風景の「実像」と沼に逆さに映るそれらの「虚像」とを相互に見つめて、合理と不合理、意識と無意識のあいだをたゆたう。このようにして語り手は読者を作品の幻想世界に「アッシャー・イン」してゆくのだが、最後の最後で「私」および読者は日常世界に脱出できる仕掛けになっている。これは幻想小説を読むときの比喩としても読める作品である。(扉絵＝H. クラーク画)

雲海は重く低く空に垂れこめ、ひと日、ひねもす、けだるく、日の光とてなく、ひっそりとひそまり返った或る秋の日、私はひとり馬に跨《また》がり、奇妙に人気《ひとけ》のない地方を通りすぎ、ようやく宵闇《よいやみ》せまる頃、陰鬱《いんうつ》なアッシャー家が見える辺りにさしかかった。何故かは知らぬ——が、その建物を一瞥《いちべつ》したとき、耐え難い憂鬱の気が私の心に沁《し》みわたった。耐え難い、と私は言う、何故なら、この感情は、荒寥《こうりょう》として恐ろしいものが仮借ない自然の姿をとるときには誰の心にも感じられる、あの詩的なるが故に半《なか》ば愉《たの》しい情緒によってさえ、いささかも心和むところがなかったからである。私は眼前の光景を眺めた——さりげない建物の佇《たたず》まい、辺りの素っ気ない風景——虚《うつ》ろな目をなす窓——ひょろひょろと伸びた菅《すげ》——朽ち果てた木々の白い幹などを、まこと滅入《めい》り切った心地で眺めたが、この心地を何か現世の感覚に譬《たと》えるとするならば、まずは阿片《あへん》常用者の酔いざめ心地——日常生活復帰への辛《つら》い推移——ヴェールが落ちるときのおぞましい感じ、といったところか。心は凍《こご》え、沈み、吐気をもよおし——いかに想像力に鞭《むち》打とうと、とうてい崇高の域には達し得ぬ態《てい》の、救いようもない沈鬱な思いであった。その正体は何か——と、私は立ち止まって考えた——アッシャーの邸《やしき》を眺めているうちに、かくも私を意気消沈させるものの正体は何か、と。それはまさしく解けざる謎であったし、そのとき私を襲った妄想の大群には抗《あらが》うべくもなかった。そこで不本意ながら次のような結論で満足しておくよりほかなかった——すなわち、極めて単純な自然の事物も、その結合の仕方によっては以上に述べたような効果を我々に及ぼすことがあるが、その力の正体を分析することは我々の知力の及ぶところに非《あら》ず、と。そうならこの風景の細部を、この絵の細部を、ただ組み換えるだけで、あの物悲しい印象を与えている力を削減、あるいは消滅させることが出来るのではなかろうか、と私は考え、その考えに力を得て、邸のそばにひっそりと輝き渡る、黒く毒々しい沼の、切り立つ岸辺に馬を進め、灰色の菅、不気味な木の幹、虚ろな目をなす窓などの、水面《みなも》にそのまま逆さに映し出された姿を眺め下ろした——が、前にもまして劇《はげ》しい戦慄を覚えるばかりであった。

にもかかわらず、私はこの陰気な邸に数週間滞在するつもりなのである。この家の主《あるじ》のロデリック・アッシャーは私の少年時代の親友の一人であったが、ここのところ何年も会っていなかった。ところが最近のこと、遠く離れた土地に住む私のもとに一通の手紙が届き——それが彼からの手紙で——しかもひどくせっぱつまった哀願調ときては、こちらから出向いていくほかなかった。神経の高ぶりは筆跡にも如実であった。手紙はまず極度の肉体的衰弱——苦しい精神の錯乱を訴え、ほとんど唯一の親友である私とともに愉快な時を過ごし、いくらかでも病状を好転させたいので、是非とも会いたいという切々の情を披瀝《ひれき》していた。こういうことだけでなく、その他のことも書かれていたが、とにかくその書きっぷりが——その願望を貫く露《あらわ》な心情が——私に躊躇《ちゅうちょ》を許さなかったのである。そこで私は直ちに求めに応じたのではあるが、それが奇妙な招待だったという思いは今なお拭《ぬぐ》えない。

少年時代の我々は親密な仲だったとさえ断定できるが、この友の真の姿を私はほとんど知らなかったのである。彼はいつも極端に内気で、しかもそれがすっかり身についてしまっていた。しかし、私の知るかぎりでは、ごく古い彼の家系は、久しい昔から或る特異な感受性の故に際立っており、それが幾世代にもわたって、あまたの芸術品の中に顕現《けんげん》し、近年では、それが音楽の正統的で理解しやすい美にではなく、むしろその錯綜《さくそう》した美に対する傾倒、および鷹揚《おうよう》だが目立たぬ慈善行為の反復という形で現われていた。私が承知しているもう一つの特筆すべき事実は、アッシャー家の血統は極めて由緒あるものながら、どの時代にもせよ、永続する傍系を出さなかったこと、つまり、この一族は直系だけで成り立ち、問題とするに足りぬほどの、ごく一時的な例外はあったにせよ、これまで連綿としてそうであったということである。この建物の特徴と、世間がそうだとしているこの建物の住人の特徴とが完全に一致しているのは何故か、また何百年にもわたる時間の経過のうちに、一方が他方にいかなる影響を及ぼし得るものか、などと思いあぐねたり、考えつめたりしているうちに、家系に傍流が欠けているということ、したがって家名とともに世襲財産が、父から子へと、横流れすることなく相続されて来たということ、それがついに建物と住人との二つを同一視せしめ、その結果、元来が領地の名称でしかなかったものを「アッシャー家」という旧弊で曖昧《あいまい》な名称の中に溶解せしめることになったのではなかろうか、と私は思った——事実、この名称は、それを用いる小作人たちの心中では、その一族と一族の建物の両義を含んでいたのであった。

沼を覗《のぞ》き込んでみる——といった、いささか子供じみた試みの唯一の効果が、最初の奇怪な印象を補強するだけに終わったことはすでに述べた。ただ確かなことは、私の迷信かつぎ——そう呼んでいけない理由などどこにあろうか？——が急速にその度を加えつつあるのを意識したことが、そうした傾向そのものを増大させるのに大いに貢献したということである。つとに私の承知していたところではあったが、そういうことこそ、根底に恐怖を秘めるあらゆる感情についての逆説的法則である。そして、水面《みなも》の映像から、私が目を再び建物そのものに移したとき、奇妙な幻想が私の心中に湧き起こったのは、ひとえにこの理由によるに相違なかった――かくも不可解な幻想についてわざわざここで言及するのも、そのとき私を圧倒した感情の熾烈《しれつ》さについて言っておきたいからに他ならない。想像力がどう働いたものか、とにかく私は本気で信じ始めていたのだ――建物と敷地の辺り一帯に、それらとその周辺の土地に固有なガス（2）が澱《よど》んでいることを――また、そのガスが空の大気とは無縁で、朽ちた木、灰色の壁、ひそまり返った沼などから滲《にじ》み出て来るもの――どんよりした、動きの鈍い、微《かす》かに目につくばかりの鉛色をした有毒の神秘的な蒸気であることを。

夢であったに違いないこのような思いを心から払いのけ、私は建物の実相をもっと詳細に眺めてみた。その主要な特質は古さにあるように思われた。年代による褪色《たいしょく》現象が甚だしい。微細な菌類が建物の外側を蔽《おお》い尽くし、それが細かくもつれた蜘蛛《くも》の巣状をなして軒から垂れ下がっている。しかし、こういうことのすべてが建物の顕著な荒廃とは無関係なのであった。石組みで崩れている箇所はなかった。ただし、石組みの各部がしっくりと馴染《なじ》み合っているところと、個々の石がぼろぼろの状態になっているところが、いまだ奇妙な違和感を与えていた。その有様には、どこかの忘れ去られた地下の貯蔵庫で、長らく外気に晒《さら》されることなく朽ち果てた、外見だけは完璧な木工細工を偲《しの》ばせるものが多分にあった。しかし、こういう全般的な侵食の兆しを除けば、建物の構造そのものの不安定性を示す徴候はまずなかった。しかし鋭い観察眼の持主ならば、ほとんど目にも留まらぬほどの一条の亀裂が屋根から正面の壁をジグザグ状に伝いくだって、ついには陰気な沼に呑み込まれているのを見逃しはしなかっただろう。

こういうことを観察しながら、私は短い土手道を邸へと馬を進めた。そして、待ち受けていた下僕に馬の轡《くつわ》をとらせ、玄関のゴシック風の拱道《アーチウエイ》へ入った。そこから先は忍び足の執事が案内にあたり、無言のまま、暗く入り組んだ廊下をいくつも通り、私を主人の書斎へと導いた。途中で目にした多くのものは、理由はともかく、先に言及したあの漠たる恐怖心を募らせるばかりであった。まわりの事物――天井の彫刻、壁に掛かるくすんだ色のタペストリー、歩くにつれてカタコト鳴り、走馬灯《ファンタズマゴーリア》のように変化する紋章入りの戦利品などは皆、私が小さいときから見慣れたもの、或いはそれに類するものばかりだったのに――つまり、これらがみな私には先刻承知のものばかりだとは分かっていたのに――なおも私に分かりかねたのは、かくも尋常なるものの姿が私の心に掻き立てる幻想の馴染みの無さであった。階段の袂《たもと》ではこの家の侍医に出遇った。この男の表情には卑しい狡猾《こうかつ》さと当惑の色が入り混じっている、と私は思った。彼は虚ろな声で私に挨拶《あいさつ》し、すぐさま立ち去った。すると執事は扉をさっと開き、この家の主人の面前に私を招じ入れた(3)。

私が通された部屋はとても大きく、天井も高かった。窓は細長く、先端が尖っており、黒い樫《かし》材の床からはかなり高い所に位置し、部屋の内側からはとても手が届きそうになかった。深紅《しんく》色《いろ》の鈍い光が格子のはまった窓から射し込み、辺りの目ぼしいものはかなりはっきりと見分けがついたが、部屋の遠くの隅々、格子細工が施された円天井の奥まった辺りは、どんなに目を凝らそうと、何も見えなかった。黒ずんだ壁掛けが壁に掛かっていた。家具は数多く、侘《わび》しく、古めかしく、また擦《す》り切れてもいた。本や楽器があちこちに散在していたが、その場に活気を添える役には立っていなかった。私が吸収しているのは悲しみの雰囲気だ、と私は感じた。厳しく、深く、救いようのない憂鬱の気が辺りに漂い、すべてに浸透していた。

私が入ってゆくと、アッシャーは長々と寝そべっていたソファーから身を起こし、快活な温情を示して迎えてくれたが、その態度には、私の最初の感じでは、一種過剰な鄭重《ていちょう》さ——人生に倦怠した世慣れた男の無理な努力といったものが多分にあった。しかし、その顔を一瞥したとき、彼の心情には嘘偽りのないことが納得できた。我々は腰を下ろし、彼が口を噤《つぐ》んでいた暫《しばら》くの間、私は半ば憐憫《れんびん》、半ば畏怖《いふ》の念をもって彼を見つめた。まさしく、かくも短期間に、かくも驚くべき変貌を遂げた人間は、ロデリック・アッシャーを措いてまたとあるまい！　眼前の蒼《あお》ざめた人間が少年時代のあの友人と同一人物だとは、とても信じ難かった。しかし、彼の容貌の特質はいつに変わらず際立っていた。死者のように蒼ざめた顔色、大きく、潤み、比類ない輝きを放つ目、いくらか薄く、血の気はまったくないが、こよなく美しい曲線を描く唇、ヘブライ型ながら上品で、その種の型には珍しく幅のある鼻孔をそなえた鼻、見目よい出来ながら、角ばったところの欠如がいくぶん意思力の欠如を偲ばせる顎《あご》、蜘蛛の巣よりなお柔らかで繊細な髪——このような特質が、こめかみ上部の並はずれた広さと相俟《あいま》って、(4)容易には忘れ難い容貌を形成していた。しかし、自分が話し掛けている相手が別人ではないかと思えたほどの変わりようも、目鼻立ちのそういう主要な特質や、そういう特質が往時醸《かも》していた表情が、ただ誇張されて感じられたところに由来していた。今やぞっとするほど色の褪《さ》めた肌の色、今や妖しい輝きを帯びた目が、何よりも私を驚かせ、戦《おのの》かせた。その絹のような髪は伸び放題に伸び、しかも蜘蛛の巣なみにもつれにもつれて、顔に垂れ掛かるというよりは宙に漂い、この奇異《アラベスク》(5)な印象は、努力はしてみたものの、並の人間という観念とは容易には結びつかなかった。

わが友の態度にどことなく辻褄《つじつま》が合わないところ——つまり矛盾があることに私はすぐに気づいた。そしてそれが、習慣性の痙攣《けいれん》——極度の精神的緊張を克服しようとする彼の非力で無益な努力——に起因することにも程なく気づいた。この種のことがあろうとは、彼の手紙からだけでなく、彼の少年時代の性癖を思い出したり、彼の特異な体質から推測して、いくらか予期はしていた。彼の動作は、ひどく敏捷だったり、ひどく鈍重だったりした。彼の声は(動物的精気が完全に枯渇したときの)優柔不断な震え声から、どうしようもない酔っぱらいや、救い難い麻薬中毒患者が極度に興奮したときに発するような、あの一種活気あるぶっきらぼう調《ぶり》——あの唐突で、重々しく、間延びした、虚ろに響く声——そしてあの無気力で、完全に抑圧と調節のきいた喉音《こうおん》へと変化したのであった。

アッシャーはこの調子で、私を呼んだ目的、私との再会を欲した切々の情、私に期待している慰みについて語ったのである。それから自分の病気についての彼なりの所見をかなり詳細に語り始めた。彼によると、それは体質的な遺伝病で、根治療法を見つけることはまず絶望的ということであった――が、そう言っておいて、すぐさま前言を翻《ひるがえ》して、それは単なる神経症で、きっとすぐよくなるはずだ、と付け加えた。病気は一連の異常感覚の形をとって現われた。それらのいくつかについて彼が詳しく話してくれたことには、興味をひかれたものもあったし、当惑させられたものもあったが、それはおそらく彼の用語や語り口に左右されたのであろう。彼は感覚の病的な過敏性に悩まされていて、ごく淡白な食物しか喉を通らず、特定の生地の衣類しか着られず、あらゆる花の匂いは耐え難く、目は微かな光にさえ痛み、音も、恐怖を起こさせないものといえば、弦楽器の音しかない、と言うのだった。

彼が一種異様な恐怖の奴隷になりおおしていることが、私には分かった。「僕は死んでゆく」と彼は言った。「こんな惨《みじ》めったらしい羽目で死んでいくのが僕の宿命《さだめ》さ。こんな風に、これ以外のどんな風にでもなく、僕は身を滅ぼすのだ。僕はこれから起ることが怖い。そのこと自体がではなく、その結果が怖い。それがどんなことでも、どんなにささいなことでも、そういう耐え難い心の動揺に加担するどんなことでも、考えるだに身震いがするのだ。僕は無論、危険を恐れているのではない。恐ろしいのはその避け難い効果――その恐怖なのだ。この無気力な、この情けない状態が続けば、あの陰気な幻想『恐怖』との戦いに疲れ果てて、生命《いのち》も理性もともに放棄しなければならないときが、いずれ訪れるだろう」

さらに、彼の断片的で曖昧な言葉のはしばしから、その精神状態のもう一つの奇妙な側面が見えてきた。彼はある迷信的な観念の虜《とりこ》になっていたのだ。それは、彼が現に住み、また敢えて長年そこから一歩も足を踏み出そうとはしなかった住居にまつわること――或る影響力についてのことであって、その迷信的な力について語った彼の言葉は余りにもとりとめなく、とてもここでは再現すべくもないが――とにかくその影響力とは、先祖伝来の邸の形態や実質に潜む特異性が、彼の言葉によれば、長らく無為に放置されてきたせいで、ついに彼の精神を支配するに到ったもののこと――つまり、灰色の壁や小塔、その両者が見下ろす暗い沼などの物象《フィジーク》がついに彼の精神《モラール》に猛威を揮《ふる》うに到った効果のことであった。

しかし、躊躇《ためら》いながらも彼が認めたところによれば、かくも彼を悩ましている特異な憂鬱も、もとを正せば、もっと自然で遥かに明確な原因に帰することが出来――それは彼の長年にわたる唯一の伴侶、地上における最後にして唯一の身内である愛《いと》しの妹が長らく重い病気を患《わずら》っており、しかもその病気が明らかに終焉《しゅうえん》に近づきつつあるという事実に求められるというものであった。「妹が死ねば」と彼は、とても私には忘れかねる悲痛な口調で言った――「この僕が(絶望して弱り切ったこの僕が)由緒あるアッシャー家の末裔《まつえい》になるのだ」。彼がこう語っている間に、マデリン姫(彼女はそう呼ばれていた)が部屋の遠くの隅をゆっくり通りかかり、私のいることには気づかずに、そのまま姿を消した。私は啞然《あぜん》としてその姿を眺めたが、その驚きに恐怖の念が入り混じっていなかったと言えば嘘になる。だが、いざその感情を説明しようとしても、とうてい出来るものではなかった。去りゆく姫の姿を目で追いながら、私は一種の無力感に襲われていたのだった。やがて扉が閉じ、彼女の姿が消えたとき、私の目は本能的に、また熱心に、その兄の顔を求めたが、その顔は両の手に埋《うず》められていて、見えたのは、いつにもまして血の気がひいて蒼ざめた肉の削《そ》げた指から滴《したた》り落ちる熱い涙ばかりであった。

医師たちもマデリン姫の病気には久しい以前からなす術《すべ》を知らなかった。慢性の無感覚状態、漸進的《ぜんしんてき》な身体の衰弱、頻発する一過性の硬直性疾患が、その稀有《けう》なる症状であった。これまでのところ、彼女は病気の重圧に健気《けなげ》にも耐え、寝たきりになることはなかったのだが、私がこの家に来た日の夜も更けそめる頃、(その晩、名状し難い興奮状態で彼が語ったところによれば)彼女もついに病魔の脅威に屈してしまったのである。そして、あの一瞥がおそらく彼女の姿の見納めであり、少なくとも、生命《いのち》ある彼女に再び相まみえることはあるまい、と私は悟った。

それから数日間、アッシャーも私も彼女の名をついぞ口にしなかった。そしてその間、私は友の憂鬱を軽減しようと懸命な努力を繰り返した。ともに絵を描《か》き、ともに書を読み、またときには、友の奔放で即興的なギターの弾き語りに夢見心地で耳を傾けた。こうしているうちに親密の度はいやましに募り、私はいっそう大胆に彼の心の奥まった隅々にまで立ち入っていくことになったが、それにつれ、このような友の心を引き立てようとする努力の無益さ加減をいっそう痛切に思い知った。この心からは、暗黒が、まるで生得の詮ない資質でもあるかのように、止《や》むことを知らぬ一条の陰惨な放射線となって物心両世界のあらゆる対象に注がれていたのであった。

こうしてアッシャー家の当主と水入らずで過ごした幾多のうら寂れた時間の記憶は、私の脳裏から消え去ることはあるまい。しかし、彼に誘《いざな》われ、或いは手ほどきを受けて、ともに従事した研究ないし仕事の性格についての正確な観念を伝達することは、如何にも困難なのである。高揚して極度に病的になった想像力がすべてのものに燐光《りんこう》を投げかけていた。彼の長い即興の挽歌はとこしえにわが耳に鳴り響くことであろう。中でも、フォン・ウェーバーが最後に作曲したワルツ(6)の奔放な旋律を彼が奇妙に誇張して編曲した調べなどは、いまだに痛ましく私の心に残って離れない。彼の奇想が宿り、一筆ごとに模糊《もこ》としてゆく友の絵にも、理由が分からないだけになおさら劇しい戦慄を覚えた——そういう絵(その映像《イメージ》はいま私の眼前にありありと浮かんでいる)から抽《ひ》き出せるものを言葉で表現しようとしてみても、それは所詮無理で、ほんの一部を伝達するにとどまろう。それは透徹した単純性、粉飾性の欠如によって人目をひき、威圧する態のものであった。観念を絵にした人間がいたとすれば、その人間こそロデリック・アッシャーであった。あのような環境にあったせいか、少なくとも当時にあっては、この憂鬱症患者が画布上に投げかけた抽象観念から、耐え難いほど強烈な畏怖の念が湧き上がって来るのが感じられ、その思いは、かのフューズリ(7)描くところの、確かに熾烈ながら具体的に過ぎる幻想画を眺めたときでさえ、ついぞ覚えることがなかったものであった。

友のそういう幻想的な作品の中で、それほど厳密に抽象性を帯びていないため、漠然とだが、どうやら言葉で伝達できそうなものがあった。その一幅《いっぷく》の小品は非常に奥深い長方形の地下室ないしトンネルの内部を描いており、それは滑らかで、白い、区切りも模様も無い低い壁で囲まれている。或る種の構図上の付随的特徴から、この洞窟が地表から極めて深い所にあることが分かる。その広い空間のどこにも出口らしきものはなく、また篝火《かがりび》のような人工的光源も見当たらないのに、辺り一面には強烈な光が充満し、全体が不気味で不自然な明るさに燦《きら》めいていた。

聴覚が病的に敏感な状態にあったので、弦楽器の或る種の音色《ねいろ》を除き、あらゆる音楽がこの病人には我慢ならなかったことについては、今しがた述べたばかりだが、そういうわけで、ギターを奏でるにしても、厳しく音色を限定することになり、それが彼の演奏に幻想味を加えることに大いに寄与したのではないかと思われる。しかし、彼の即興《アンプロンプテユ》の白熱的な流暢さはとてもこれでは説明がつきかねた。彼の即興は、その熱狂的な幻想曲《ファンタジア》の旋律と歌詞が相俟ったもの(彼はしばしば韻を踏む即興詩を口ずさみながら演奏した)、つまり、既に言及したような、高度に人工的な興奮状態の特定の瞬間にだけ認められる、あの精神の極度の沈静と集中との産物であったに違いなく、また事実そうであった。そういう狂想曲《ラプソディー》の一つの歌詞を私は難なく覚えた。彼がそれを口ずさんだとき、歌詞が私の心に強烈に刻み込まれたのは、その底に流れる神秘的な意味に、アッシャー自身が己の理性がその高御座《たかみくら》でよろめいているのをはっきり見て取っていることに、私が初めて気づいたように思ったからだった。その詩は「幽霊宮」(8)と題されていて、多少の相違はあるにしても、おおよそ以下のようなものであった。

I

緑したたる山あいに
　よき天使らの住みなせる
いにしえの、愛《は》しけし、いかめし、宮《みや》——
　輝きの宮——頭《こうべ》をあぐる。
王なる「思考」の治むる宮ぞ——
　そこに聳《そび》えし。
熾天使《セラフ》とてかく美《うる》わしき宮の上《え》を
　翔《か》けしことなし。

Ⅱ

旗たちは黄なり、燦爛《さんらん》、黄金《きん》の色
　屋上に棚引き、流る。
(こは――こは、なべて、いにしえの
　その昔《かみ》のこと)
そよ吹く風のそよ吹けば、
　その愛《は》しき日に、
黄によそわれし城壁は
　気高き香こそ走りゆく。

Ⅲ

幸《さきわ》う山あいさまよえば
　双《そう》なる光の窓のうち
天使らぞ見ゆ、小琴《ギターラ》の
　ととのう法《のり》の楽《がく》にぞ乗りて

玉座をめぐるを。玉座には
　菫色《きんじき》の御子《みこ》！
いかめしき衣《ころも》いと神さびて
　国の王とぞ見ゆるなれ。

Ⅳ

真珠、紅玉《こうぎょく》ちりばめし、
　愛《は》しけし、宮の戸口より
溢《あふ》れるよ、溢れるよ、溢れ出《い》ずるよ、
　とことわの光あふれて、
一群の木霊《エコー》たちは。その勤め
　ひたすらに、こよなく朗《ほが》ら、
声美しく歌うなり、
　王の智《ち》と王の慧《けい》とを。

V

しかあれど、邪悪なる者、悲しみの衣《ころも》身につけて
　襲いたり、王の高御座《たかみくら》。
（ああ悲しみ深し――とこしえに
　王の旦《あした》は明くるまじ、すさびたり）
この宮めぐりて花咲ける
　昔の光いま亡《な》くて
去《い》にしその昔《かみ》思うとも
　霞《かすみ》にのみぞ偲ばるれ。

VI

いま山あいを行く者は
　赤く染みたる窓のうち
異形《いぎょう》なるもの、おどろしく
　けたたましき音に躍るを見む。

おぞましき早瀬の如く
　色褪《あ》せし戸口より
忌《い》まわしの群れとどめなく走り出《い》でては
　声高に笑えども――微笑《ほほえ》みの絶えてなし。

忘れもしない、この歌謡《バラッド》から湧き出た連想が我々を一連の思考に誘《いざな》い、その過程でアッシャーの見解が明白になったことを。だが、私がここでそれを言うのは、その見解の斬新さのせいではなく(そんなことを考えた者は他にもいる)*、彼がそれを繰り返した執拗さのせいである。その見解は、要するに、あらゆる植物には知覚があるとするもの。しかし錯乱した彼の脳裏では、この考えはさらに大胆な性格を帯び、ある条件のもとでは、それが無機物の世界にも適用されるというのであった。彼の主張の全容ないしそのひたむきな傾倒ぶりを語る言葉を私は持たない。が、とにかく、この信念は(先に示唆したように)彼の先祖代々の邸の灰色の石と関わりがあった。彼の想像するところによれば、無機物が知覚を持つに到る諸条件は、これらの石の布置結構に――つまり、石の上に繁殖する無数の菌類、そのまわりに立つ朽ち果てた木々のみならず、石の配列の仕方そのものに――とりわけ、その配列が久しく手つかずのままの状態に維持されてきたことに、さらにはその複製が静かな沼の水面《みなも》に映し出されていることにあるという。その証拠――無機物にも知覚があるとする証拠は――彼の語るところによれば（そしてそれを聞いて私は慄然としたのだが）、沼や水や壁にまつわる独自の妖気がじわじわと、だが確実に凝縮しつつある事実に求められる、という。そしてその結果は、幾世紀にもわたって彼の一族の宿命を形成し、アッシャーをして現に私が見ている通りの人間に――つまり現在のアッシャーにしたところの、あの無言でありながら執拗にして強力な影響力《インフルーエンス》の中に見出せる、と彼は付け加えた。かような見解に注釈をつける必要はあるまいし、そのつもりもない。

＊ ワトソン、パーシヴァル博士、スパランツァーニ、特にランダフの主教など――『化学論集』第五巻参照。(9)（原注）

我々が読んだ書物(10)――多年にわたり、この病人の精神生活の少なからざる部分を占めてきた書物は――想像もつくように、かような幻想的性質にぴったり合致する態のものばかりであった。二人がともに愛読したのは、グレッセの『ヴェール＝ヴェール』と『シャルトル修道院』、マキアヴェッリの『ベルファゴール』、スウェーデンボリの『天国と地獄』、ホルベアの『ニルス・クリムの地下旅行記』、ロバート・フラッド、ジャン・ダンダジネやド・ラ・シャンブルの『手相学』、ティークの『青き彼方《かなた》への旅』、カンパネッラの『太陽の都』などであった。ドミニコ修道会のエイメリック・ド・ジロンヌの『宗教裁判法』という小さな八つ折り判《オクテーヴォ》も愛読書の一つだった。ポンポニウス・メラの著作に古代アフリカの半獣神《サテユロス》や山羊男《オエギパン》のことが書かれている箇所があるが、アッシャーはそのくだりを何時間も夢見心地で読み耽《ふけ》った。しかし、何といっても彼の最大の喜びは、ゴシック字体の四つ折り判《クオート》の極めつきの奇覯本《きこうぼん》――ある忘れ去られた宗派の祈《き》禱書《とうしょ》――『マインツ教会聖歌隊による死者のための通夜』に目を通すことであった。

この本に記されている奇怪な儀式がこの憂鬱症患者に与えたかも知れない影響について考えてみざるを得なかったのは、ある晩のこと、突然、彼が私にマデリン姫の死去を告げ、その亡骸《なきがら》を「正式に埋葬するまでの」二週間、この建物の母屋《おもや》にあまたある地下室の一つに安置する意向だと述べたときのことであった。しかし、かかる奇怪な式次第も、それについて彼があげた世俗的な理由を聞いてみると、敢えて反対する気にはなれなかった。兄としてかように決断するに到ったのは(と彼は私に言うのであったが)故人の病気の性質が世にも稀《まれ》なるものであったこと、それに一族の墓地が遠くに野ざらし状態になっていることなどを考慮したからであった。私も、正直なところ、この家に到着した日に階段で出遇った男の陰惨な人相を思い出し、せいぜいが無害で、決して理不尽なほど猜疑《さいぎ》深いというのでもないこの処置(11)に反対する気はしなかったのである。

アッシャーの求めに応じ、私はこの仮埋葬の準備に直接手を貸して彼を助けた。亡骸を柩《ひつぎ》に納めると、それを二人だけで安置所に運んだ。柩を安置した地下室(それは長らく開け放たれたことがなかったので、その重苦しい妖気のために松明《たいまつ》が消えそうになり、辺りを調べてみることもままならなかった)は小さく、湿っぽく、光を採る方途は一切なく、この建物は私の寝室がある場所の直下のかなり深い所に位置していた。地下室の床の一部、及びここに来るまでに通過してきた拱道《きょうどう》の内側の全面は丁寧に銅板で裏打ちされていた。この地下室は、封建時代のその昔には、地下牢という世にも忌まわしい目的に使用され、その後は、火薬ないし高度の可燃性物質の貯蔵庫として利用されてきたものと思われる。重厚な鉄製の扉にも、同様に銅板が張ってあった。その並はずれた重さのために、扉が蝶番《ちょうつがい》を軸に回転するとき、それはひときわ鋭い音を発して軋《きし》んだ。

この恐ろしい場所の架《トレッスル》台に悲しみの荷を下ろしてから、我々はまだねじ釘がとめてない柩の蓋《ふた》を少し横にずらし、そこにいます人の顔にじっと見入った。この兄と妹が驚くほど似ていることに私は初めて気づいた。するとアッシャーは私の心を読んだらしく、ぼそぼそと言葉少なに呟《つぶや》いたが、それで分かったことは、故人と彼とが双生児《ふたご》であったこと、二人の間には常に何か微妙な性質の共感が存在していたことなどであった。しかし、我々はそれほど長く死者を見つめていたわけではなかった——畏怖の念なしにその姿を見つめることは出来なかったからである。青春の盛りにかように姫を墓場に送り込んだ病気は、純然たる硬直症の場合の常として、胸と顔にうっすらと紅《べに》をさしたような跡をとどめ、口もとには微かな笑みを湛《たた》えていたが、それは死ぬと薄気味の悪いものである。我々は蓋を閉め、ねじ釘をとめ、鉄の扉をしっかり閉じ、足取りも重く建物の上部の部屋へと向かったが、そことて陰気な点ではさほど代わり映えはしなかった。

さて、悲しみの数日が過ぎた頃、わが友の精神異常の様相に際立った変化が兆した。いつもの態度が消えた。平生の仕事はなおざりにされ、忘れ去られた。気ぜわしい、心許ない、当てどもなげな足取りで、彼はただ部屋から部屋へと渡り歩いた。あの蒼白な顔色が、あり得ることか、いっそう不気味な色あいを帯び——目の輝きのほうはまったく消え失せていた。かつては時おり耳にしたあの嗄《しやが》れ声ももはや聞かれず、極度の恐怖のせいか、小刻みな震えが彼の発声法の特徴となりおおした。乱れに乱れて止むことを知らぬ彼の心が何か重苦しい秘密と戦っていて、それを告白する勇気を足掻《あが》き求めているのではないか、とふと思うことがあった。ところがまた、架空の物音に耳を傾けているらしく、極度に意識を集中して、何時間となく虚空《こくう》を凝視している彼の姿を見ると、すべてを不可解な狂気の沙汰《さた》に帰してしまうよりほかないのではないかと思うのであった。こういう彼の状態が私を不安がらせ――私に伝染したのは不思議ではなかった。空想じみてはいるが、なお無視できぬ力を秘めた彼自身の妄想の狂おしい魔力がゆっくりと、しかし確実に私に忍び寄って来るのを感じたのだった。

このような気持を特にひしひしと感じたのは、マデリン姫を地下牢に置いて来てから七日目か八日目の夜も遅く、床《とこ》に就いてからのことであった。眠りはわが臥所《ふしど》に訪れる気配もなく――夜は刻々と更けゆくばかり。私は自分を支配している神経の高ぶりを何とか鎮《しず》めようとはかった――すべてではないにせよ、いま自分が感じていることのかなりの部分は、部屋にある陰気な家具調度の不可解な影響力のせいだ――あの黒ずんでほつれた壁掛けが、吹きつのる嵐の息吹《いぶき》に煽《あお》られて、壁の上ではたはたとのた打ちまわり、寝台の飾りの辺りで不気味にざわめいているせいだ、と。しかし、空《むな》しい努力だった。抑え難い戦《おのの》きが徐々に五体にしみわたり、ついには何か故知らぬ夢魔のような不気味なものが心臓の真上に座を占め、私を恐怖に陥れた。喘《あえ》ぎ、身悶《みもだ》えしながら、私はどうにかこれを払いのけ、枕の上に身を起こし、部屋の深い暗闇にじっと目を凝らし、耳を傾けた――本能に促されてと言うよりほかないが――嵐の合間合間に、長い間を置き、いずこからともなく聞こえて来る、低く、何とも定かならぬ物音に耳を傾けた。説明はつかないが、耐え難いことには変わりない強烈な恐怖にとらわれ、(もはやこの夜は眠れまい、と観念して)私は急いで服を身につけ、自分が陥った情けない状態から脱出せんものと、部屋の中をあちこちと足速に歩きまわった。

こうしてほんの二、三度、部屋を行きつ戻りつしているうちに、近くの階段で軽い足音がするのに気づいた。それがアッシャーの足音であることは、すぐに分かった。と、すぐさま扉を軽くノックする音が聞こえ、ランプを手にしたアッシャーが入って来た。その顔は例によって屍《しかばね》の蒼さ――だが、目には一種の狂気じみた歓喜の色を湛え――物腰全体には、明らかに病的興奮《ヒステリー》を抑えている徴候が見てとれた。その様子に私は慄然とした――が、どんな事態も、長らく耐えてきた孤独に較べれば、まだましだった。私はアッシャーの出現をむしろ歓迎したのだった。

「じゃ、君はあれを見なかったんだね?」彼は辺りを無言のまま見回してから、出し抜けに言った。「あれを見なかったんだね？——が、待て！——すぐに見せてあげよう」彼はそう言い、ランプに注意深く覆いを被《かぶ》せると、窓の一つに駆け寄り、それをいきなり嵐に向かって開け放った。

吹き込む風の猛烈な勢いに、二人はすんでのところで足をすくわれそうになった。荒れ模様ながら、それは荒寥として美しい夜であった——特異な恐怖と美を兼ね備えた奇異なる夜であった。明らかに旋風《せんぷう》はこの辺りで勢力を結集しているらしく、風向きは目まぐるしく急激に変化したのに、ちぎれ雲はあらゆる方向から飛来しながら、遠くへ飛び去ることもなく互いにぶつかり合い、その生あるものの如き動きが、極めて濃密な雲海(それは建物の小塔を圧せんばかりに低く垂れこめていた)にも邪魔されることなく、はっきりと見てとれた。極めて濃密な雲海にも邪魔されずに、これが見えた——といま私は言ったが、月や星がちらとでもその姿を見せたわけでもなく、また稲妻が閃《ひらめ》いたわけでもなかった。にもかかわらず、我々の周辺の地上にあるあらゆる物体ばかりか、騒ぎ立つ巨大な雲海の底までが、邸のまわりに漂い、それを蔽い尽くす、あの微かな蛍光を発する、目にも定かに見える蒸気体のただならぬ輝きに映えていた。

「いけない——こんなものを見てはいけない！」私は身震いしながらそう言い、穏やかに、しかし強引にアッシャーを窓際から椅子《いす》へと引き戻した。「君は驚いているらしいが、こんな現象は珍しくもない電気現象に過ぎないのだよ――それとも、ひょっとして、あの沼から立ちのぼる強烈な瘴気《しょうき》がこのおぞましい現象の原因かも知れないがね。窓を閉めようじゃないか――冷えてもきたし、外気は君の身体によくない。さあ、ここに君のお気に入りの物語がある。僕が読むから、まあ聞き給え――そして、ともにこの恐ろしい夜を明かそうじゃないか」

取り上げた古い書物とは、ランスロット・キャニング卿の『狂おしの出遇い』(12)であったが、これを私がアッシャーのお気に入りと呼んだのは、本気というより苦し紛れの冗談だった。というのは、正直なところ、この本の野暮ったさ加減、想像力に欠けた冗漫さには、わが友の高邁《こうまい》にして観念的な興味を掻き立てるほどのものはまずなかったからである。だが、手もとにあったのはこの本だけだった上に、この憂鬱症患者の心を掻き乱している興奮が、ひょっとして、私が読もうとしている愚の骨頂といった物語にさえ慰みを見出すかも知れない(精神病の記録はこのような変則的事例に充満しているではないか)というはかない希望を抱いたからでもあった。事実、アッシャーが物語の文句に耳を傾けた――或いは傾けていたかに見えた――異様に張りつめた活気ある態度から判断してよいものならば、私は自分の意図の成功を自ら祝福してよかったはずであった。

この物語の高名なくだりで、主人公エセルレッドが隠者の住居に穏便《おんびん》に入れてもらおうとしたのに、それが叶えられず、力ずくで闖入《ちんにゅう》しようとするところまで、読み進んだ。そこは、周知のように、次のような文句で綴《つづ》られている。

「さてエセルレッド、その性《さが》、生来豪胆なるに、先ほど召したるワインの効能あらたか、身体に力の満ち満ちて、まこと頑迷邪悪なる隠者との談合、もはや待つべきに非《あら》ずと念ぜしに、折しも雨の両の肩に落つるを覚え、嵐の近からんを畏《おそ》れ、やにわに矛《ほこ》をば振りかざし、はっしはっしと打ちつけしかば、戸口の羽目板たちまちにして手甲はめたる手をば通すべき穴をぞ穿《うが》ち、さればとて、エセルレッド、そこに手を掛け、満身の力を込めて引きたれば、戸口の破れ、裂け、千々《ちぢ》に砕けて、乾きたる、また虚ろなる音、森の中に轟《とどろ》き、谺《こだま》しぬ」

この一文を読み終えたとき、私は一瞬はっとして言葉を呑んだ。というのは（もっとも、私はこれを直ちに神経の高ぶりのせいにしたのだが）――邸のどこか遠くから、ランスロット卿が入念に描写したあの破れ裂ける音の谺のような物音が（確かに、これはもっと陰にこもった鈍重な物音ではあったが）微かに聞こえて来るような気がしたからである。私の注意をひいたのは、無論この偶然の一致という一事にとどまる。というのは、窓枠のガタガタ鳴る音、なお吹きつのる嵐のざわめきに通例いり混じる音自体には、私の関心をそそり、私の心を攪乱《かくらん》する態のものは皆無だったからである。私は物語の先を続けた。

「されど優れたる勇者エセルレッド、今は戸口に入りたるに、邪悪なる隠者の影だに無く、そが代わりに、鱗《うろこ》つけ火の舌もてるおどろおどろしき竜の一頭、銀《しろがね》の床敷きたる黄金の宮の前を護《まも》りて控えいるを見しかば、かつ怒り、かつ驚きたれど、壁に掛かりし燦《さん》たる真鍮《しんちゅう》の盾ありて、銘のかくは記されてありき——

ここに入る者、そは勇者。
竜を殺《あや》むる者、そはこの盾を得ん。

さればとてエセルレッド、矛振り上げ、竜の頭に打ちすえしに、そは即ち勇者が前に打ち伏して、毒ある息をば吹き上げつ、恐ろしくもおぞましき大音声、耳をつんざかんばかりに上げたれば、エセルレッドにてもあれ、かかる恐ろしき叫び声の聞きたる例《ため》しなかりせば、両の手にて耳ふたぎたり」

ここでまた私はふと読むのをやめたが、今度は異常な恐怖に駆られてであった——というのは、今度こそ（それがどの方角からして来るかは定かでなかったにせよ）確かに聞こえて来たからである——低く、明らかに遠くからだが、かすれ、長く尾を引く、叫びとも軋みともつかぬ不思議な物音が——既に私が空想の中で作り上げていたあの物語作者描くところの竜の異様な叫び声とそっくりの物音が聞こえて来たからである。

またしてもの偶然の一致に、正直なところ、私はすっかり圧倒され、胸中様々な思いがせめぎ合い、なかんずく驚愕と極度の恐怖が勝ちを制しそうな気配であったが、それでもなお、そんなことを口にして、友の過敏な神経を刺激することだけは避けたいと念ずる程度の心の余裕はあった。ここ数分のうちに友の容貌に微妙な変化が兆していたことは確かであったが、彼が問題の物音に気づいていたかどうかは知る由《よし》もなかった。私と面と向かっていた位置から、彼は少しずつ椅子を回してゆき、ついには部屋の扉を正面にして坐る格好になっていたので、私には顔の一部しか見えなくなったが、聞き取れぬほどの声で何やら呟いているらしく、唇が小刻みに震えているのが見えた。彼の頭は胸に深くうなだれていた——しかし眠っているのでないことは、横顔からちらりと覗いた片方の目が大きくしっかりと見開かれていることから知れた。身体の動きも眠っているとするには当たらなかった——彼は身体をゆっくりと左右に揺すっていたが、その動きは規則的で乱れがなかった。こういうことを素早く見て取ってから、私はまたランスロット卿の物語に戻ったが、それはこう続く。

「さればこの勇者、竜の恐ろしき怒りを免れしにより、真鍮の盾を得んものと、またそこにかかりし魔力解かんものと、行く手はばめる屍《しかばね》押しのけ、勇なるかな、銀《しろがね》なる床をば踏みしめ踏みしめ、盾の掛かれる壁へと進みゆきたるに、盾は勇者のそばに行き着くを待たばこそ、そが足もとなる床に落ちかかり、金声喧然《きんせいけんぜん》、いとど恐ろしげなる様にて鳴り渡りにけり」

この文句が私の口をついて出るか出ぬかに——真鍮の盾が本当にその瞬間、銀の床に喧然と落ちかかったかのように——明澄にして虚ろなる金属性の音が耳を聾《ろう》さんばかりに、それでいてどこか押し殺したように、響き渡った。すっかり度肝を抜かれて、私は飛び上がったが、アッシャーの規則的な身体の揺れは少しの乱れも見せていなかった。私はアッシャーが坐っている椅子に馳《は》せ寄った。その目はじっと前方を見据え、顔全体は石のように硬直していた。しかし、私が彼の肩に手を掛けると、彼の全身に鋭い戦慄が走り、唇は不気味な微笑を浮かべて戦慄《わなな》いた。そして、まるで私の存在に気づいていないかのように、早口の小声で、何やらとりとめのないことを口ずさんでいるのだった。彼の口もとに身を屈《かが》めて、やっと私はアッシャーが口にしている言葉の恐ろしい意味を悟った。

「あれが聞こえないかだって？　聞こえるとも、聞こえていたとも。ずっと――ずっと――ずっと以前から――何分も、何時間も、何日も前から、聞いていたのだ――でも、僕にはどうしても――ああ、憐《あわ》れんでくれ給え、世にも惨めな人間さ、この僕には――この僕には――どうしても――どうしても言えなかったのだ！　僕らは妹を生きながら墓に葬ってしまったのだ！　僕の感覚が鋭敏なことを、言わなかったかい？　なら、今こそ言うが、僕には妹があの虚ろな柩の中で微かに動く音を聞いたのだ。聞いたとも、あれが動く物音を――何日も何日も前から――だが、どうしても――どうしても言えなかった！　そして今――今夜――エセルレッドだって、は！　は！　隠者の戸口が破れる音、竜の断末魔の叫び、盾が床に落ちる響きだって！　むしろこう言ってくれ、妹が柩を破る、地下牢の鉄の蝶番が軋る、妹が銅板張りの地下道でもがく、と。おお、どこへ逃げたらいいのだろう？　もうすぐ妹はここに来るのではあるまいか？　早まったことをしてくれたわね、と僕を詰《なじ》りに、ここに急いでいるのじゃあるまいか？　あれが階段を昇る足音を僕が聞かなかったとでも言うのかね？　妹の鈍重な恐ろしい心臓の鼓動が、僕には聞こえないとでも言うのかね？　この狂人め！」――ここで彼は狂おしく立ち上がり、満身の力を込めて絶叫した――「この狂人め！　妹はいま扉の外に立っているのだ！」

彼の絶叫の超人的な力は呪文の力も秘めていたのか、彼が指さした大きく古風な扉は、たちまち、その黒檀《こくたん》のあぎとをゆっくりと後退させていった。それは吹き込む風の仕業ではあったが――そのとき扉の外にすっくと立っていたのはまさしく背の高い、死装束をまとったアッシャー家のマデリン姫の姿であった。その白い装束には血が滲み、その痩せ衰えた体の至る所には苦闘の跡をとどめていた。しばらくの間、彼女は閾《しきい》の上で身を震わせ、前後によろめき――やがて低い呻《うめ》き声を上げると、前のめりに兄の身体に覆いかぶさるように倒れかかり、断末魔の苦悶に身悶えしながら、兄を屍《しかばね》と化し、かねてアッシャー自身が予期していた恐怖の生贄《いけにえ》とも化して、床の上に横たわらせたのである。

その部屋から、その邸から、私は必死で逃げた。気がつくと、私はあの古い土手道を走っていたが、辺りにはいまだに嵐が猛り狂っていた。突然、一条の怪しい光が土手道を照らし出したので、そのただならぬ光がどこから来たものか、それを確かめようと、私は振り向いた。私の背後には、大きな建物とその影しかなかったはずなのに、見ると、その光は沈みゆく血のように赤い満月からのもので、その光がいま赤々と射し出しているのは、かつてほとんど目にも止まらぬ程のジグザグ状をなして建物の屋根から土台に走っていた、あの亀裂からであった。見つめているうちに、亀裂は急速に広がり——一陣の旋風が巻き起こり——と同時に、月の全輪がぱっと私の視界に飛び込んで来たかと思うと——巨大な壁はまっぷたつに裂けて崩れ落ち、私は眩暈《めまい》に襲われ——幾千もの怒濤《どとう》の轟きにも似た、長く轟々《ごうごう》たる叫喚が轟き渡り——足もとの深く澱んだ黒い沼は「アッシャー家」の残骸を呑み込み、陰惨に、音も無く、その水面《みなも》を閉じた。

群 集 の 人

孤独であることに耐えられぬという、この大いなる不幸。
——ラ・ブリュイエール(1)

“The Man of the Crowd” は、『バートンズ・ジェントルマンズ・マガジン』(フィラデルフィア、1840 年 12 月号) と『キャスケット』(同) とに同時発表された。ひたすら人混みを求めて夜っぴてロンドンの街をひとり歩きまわる名無しの老人の姿は「内部」に「虚無」をかかえた現代の「大衆」の孤独をみごとに先取りしているばかりか、「個人」としての人間がいつの時代にも心の奥底に秘める実存的な「秘密」の存在をも示唆している。ただし、「示唆」されているだけで「開示」されるわけではない。また、この老人の正体が「暴露」されるわけでもない。いや、この老人には「正体」さえない、本編の題名がいみじくも言い当てているような抽象的な観念にすぎない。この抽象的な観念にすぎない老人にふと注意をひかれて、これまた夜っぴて老人を追跡する人物が、病気あがりで、まだ熱っぽい肌に雨が降りかかるのさえ心地よく、「いわゆる倦怠《アンニユイ》とは正反対の爽快な気分」になっているように設定されているところに、この小説の不思議な日常的リアリティがあるように思われる。非日常性と現実性との不思議な混交と対比をはらむ、この幻想的リアリズムの小説は、語り手を探偵とする一種の「探偵小説」としても読めるが、本編の探偵はついに謎を解明することはなく、その意味で「群集の人」は「謎マイナス謎解き」といったユニークな探偵小説でもある。この作品では何も解明されないのである。老人は裕福そうな身なりもしていないが、貧乏人の装いもしていない。犯罪者めいた人物やペテン師じみた人物は出てくるが、その具体的な犯行やペテンは何も描かれていない。この老人は群集の中で生きているが、群集には属していないのである。(扉絵 = J. B. ライト画)

あるドイツの書物について、「それは読まれるのを拒む」〔er lasst sich nicht lesen〕(2)という評言があったが、言い得て妙である。この世には、語られるのを拒む秘密というものがあるのと同断である。夜ごとに、いまわの床で懺悔《ざんげ》聴聞僧の手を握りしめ、悲しげにその目を見つめながら――明かされるのを拒む秘密の恐ろしさのあまり、心に絶望の念をいだいたまま、喉を引きつらせて死んでゆく者は絶えることがない。ああ、人間の良心というものは、時として、墓穴のなかにしか下ろすことのできない恐怖の重荷をしょいこむことにもなるものだ。かくしてあらゆる罪の真相は露呈されることなくおわるのである。

すこし前のことになるが、ある秋の夕暮れ、私はロンドンの喫茶店D＊＊＊の大きな張り出し窓のそばに坐っていた。ここ数カ月、健康を害していたのが快方に向かい、体力も回復してきたせいか、いわゆる倦怠《アンニュイ》とは正反対の爽快な気分――心の目から膜がとれて――αχλυς ος πριν επηεν(3)――生気が充溢《じゅういつ》してくるあの感じで、知性も、いわば充電状態になり、生々潑剌《せいせいはつらつ》として公明正大なライプニッツの理性、ゴルギアスの奔放かつ軽妙な修辞さながら、日常的な状態をはるかに凌駕していた。呼吸をしているだけですでに幸福だった。本来ならば苦痛の種《たね》であってしかるべき多くのものさえが積極的な愉悦の種だった。あらゆるものに穏健な、それでいて熾烈《しれつ》な興味を覚えた。葉巻をくわえ、新聞をひざにのせたまま、広告に目を走らせたり、店内の雑多な客種の品定めをしたり、曇った窓ガラスごしに街を眺めたりしながら、私はその日の午後の大半をゆったりと心たのしくすごした。

この街はロンドンの目抜き通りのひとつで、終日かなり混雑していた。だが、日没が近づくにつれ、人出は刻々とふえてきて、街灯がすっかり灯《ひ》をともすころには、絶えまないふたつの人の流れがあわただしく店のまえを往来していた。夕方のこの時刻に、この特定の場所に居あわせたことはついぞなく、したがって、このように壮大な人海が滔々《とうとう》と移動するさまを目撃したことがなかったので、私はその物珍しさにすっかり興奮してしまい、店の内部のことなどすっかり失念し、もっぱら外で展開する情景に心奪われていた。

最初のうち、私の観察は抽象的で、また一般的な傾向をおびていた。通行人を集団としてとらえ、かつ集団との関連において考えた。だが、そのうちに、私の関心は細部におもむくようになり、通行人の容姿、服装、態度、歩き方、容貌、表情などの無限の多様性を細心の注意をはらって観察するようになった。

通行人の大多数は満ち足りた、事務的な態度で、念頭にあるのは、ただ人混みを押し分けて前進することだけであるように思われた。いずれも眉をひそめ、せわしげに眼球をきょろつかせ、他人に衝突されても別に意に介するでもなく、ただちょっと身なりをととのえるだけで先をいそぐ。そのほか、これもなかなか数が多いのだが、動きに落着きがなく、顔を上気させ、まわりの人混みがひどいので、かえって孤独を感じているといった風情で、ブツブツひとり言をいい、ひとり芝居をやっている者もいる。こういう連中は、行く手をはばまれると、とたんにひとり言はやめるものの、手振りのほうはいっそう活発になって、口もとに放心したようなわざとらしい笑みをうかべながら、前進をせきとめている人の流れがひくのを待つ。押されても、押した相手にやたらペコペコおじぎをして、周章狼狽《しゅうしょうろうばい》のそぶりを見せる。この二種類の大集団には、いま私が述べたようなことのほかに、とりたてて言うほどのきわだった特徴はなかった。服装にしても、いわゆるお上品な種類に属していた。彼らはあきらかに貴族、商人、弁護士、小売店主、株式仲買人——社会の上流と中堅どころで——それは有閑階級の人士と、仕事を自分自身の責任において切りまわしている連中から成っている。私はこういう連中にはあまり興味がなかった。

事務員階級も一目瞭然だが、これには判然と二つのタイプがあった。まずは、いかがわしい店の下級店員——ぴったりした上着を身につけ、ピカピカのブーツをはき、髪にはこってりポマードをぬったくり、不遜な口もとをしている。ほかによい名称もないままに、「デスク・ワーカー風」とでも形容するしかない身ごなしの小粋さをべつにすれば、こういう連中の格好は一年か一年半まえの「ファッション階級」の完全な複製といったところで、いわば彼らは上流の下《げ》といった階級のお下がりを身につけているのである——これが、たぶん、この連中についての最良の定義だろう。

大手商社の上級社員、いわゆる「お堅い旦那衆」も間違いようがない。仕立てのよい黒か褐色の上着にズボン、白ネクタイに白チョッキ、幅広の堅牢そうな短靴、分厚い靴下かゲートルを見れば、すぐにそれとわかる。連中はおしなべていくらか頭が禿《は》げていて、ペンをはさむ長年の習慣から、右の耳が妙なぐあいに頭から張り出している。見ていると、彼らは帽子をかぶるにも脱ぐにもかならず両手をつかい、懐中時計にはきまって頑丈で古風な短めの金の鎖をつけていた。紳士気どりといったところだろうが――しょせん気どりは気どりにすぎない。

いなせな格好の輩《やから》もかなりいたが、これは言わずと知れた高等スリという職業集団に属する連中で、大都市ならどこでもこの集団が跋扈《ばっこ》している。この輩を周到な注意をはらって観察してみたが、紳士たる者がこの連中を本物の紳士とどうすれば取り違えることができるのか、私にはとんと解《げ》しかねた。あのぶかぶかした袖口、やたらになれなれしい態度から、すぐにもわかりそうなものだのに。

賭博師もすくなからず見かけたが、この連中を見わけるのはもっと簡単だった。服装こそ千差万別で、ビロードのチョッキ、派手なネッカチーフ、金メッキの鎖、金線細工のボタンといういでたちの大道ペテン師から、どこから見ても疑念をもよおす余地のない、ことさらに地味な牧師服をまとった連中であったが、それでもすぐそれとわかるのは、その顔色がどこか薄汚れてどす黒く、目は膜でもかかったようにどんよりと曇り、血の気のない唇を固く結んでいるからである。ほかにも、まだふたつ特徴があり、私はいつもそれを基準に判別している。ひとつは用心深そうに小声でしゃべること、もうひとつは親指を他の指に対して不必要なまでに直角にひろげていることである。こういう賭博師としばしばグルになっているのを見かけるのは、習性こそいくらかちがえ、しょせんは同じ穴のむじなといった手合いであった。この手合いは悪知恵ひとつで世渡りしている紳士たちとでも言えようか。これらの紳士は伊達者《ダンディー》と軍人というふたつの集団を形成して、一般大衆を食い物にしているあんばいだった。前者のおもな特徴は長髪と笑顔、後者のは金モールで飾られた上着としかめっ面《つら》であった。

いわゆる上流気取りの階層をおりてゆくと、もっと陰惨で深刻な思索の対象につきあたる。どの顔もいじけきった卑屈な表情をたたえ、ただ目だけは鷹のように光らせるユダヤの行商人がいる。屈強そうな職業的乞食たちが、これとは反対の、絶望のあまり、ただそれだけの理由で、夜の街頭に慈悲を求めてさまよい出てくる良心的な物乞いたちを睥睨《へいげい》する。余命いくばくもないような、衰弱しきって痩せこけた病人たちが、人混みをよろめき歩きながら、なにがしかの慰安と、失われた希望を求めて、行き交う人ごとに顔をうかがう姿もある。長い一日の労働からわびしい家庭へといそぐ内気な娘たちが、ごろつきどもの視線から、怒りからというより、むしろ悲しさのゆえに顔をそむけて身を避けようとしても、じかに触れてくるのさえ避けられずにいる苦境が目にとまる。また、あらゆる種類とあらゆる年齢層の街の女たちがいる——女ざかりの、見たところまがいようもない美人で、あのルキアノスに出てくる、表面はパロス産の大理石でありながら、内部には汚物がいっぱいつまっている彫像をしのばせる者やら――見るも忌まわしい宿痾《しゅくあ》におかされたボロをまとった者やら――皺《しわ》だらけの老婆が宝石で身を飾り、白粉《おしろい》を塗りたくって懸命の若づくりにはげんでいるのやら――まだ身体も未成熟でありながら、長い経験から、この道のおそるべき媚態《びたい》にかけてはむしろ一人前であるばかりか、悪徳にかけても先輩におさおさ劣るまいと野心を燃やしているのまでいる。酔っぱらいにいたっては枚挙にいとまがなく、そのうえ筆舌につくしがたい――継ぎはぎだらけのボロを身につけ、顔は傷だらけ、目はどろんと光をうしない、呂律もまわらぬままに、よろめき歩くのがいる――汚れてはいるものの一応まともな衣服を身につけ、足もとはいささかおぼつかないとはいえ、肉感的な厚い唇と陽気そうなあから顔をしているのもいれば――もともと生地は上等で、いまでも丹念にブラシをかけた服を着ている者もいれば――足どりは不自然なほど元気で軽やかでいながら、顔はおそろしく青ざめ、目は邪険に血走り、群集をかきわけてすすみながら、手のとどく範囲内にあることごとくのものに、その震える手でつかみかかろうとする者もいる。これ以外に、パイ売り、ポーター、石炭担ぎ、煙突掃除屋、アコーディオン弾き、猿まわし、艶歌師《えんかし》、艶歌師と組になって種本《たねほん》を売る輩もいる。さらには多種多様のおんぼろ服の職人や疲弊した労働者もいて、これらが喧騒をきわめ、法外な活気に満ちあふれ、耳はきしみ、目は痛むあんばいだ。

夜がふけるにつれ、街の光景に対する私の興味もいや増すばかりだった。群集の一般的な性格が一変したばかりか(群集のまともな部分を形成している連中が徐々に姿を消して、その穏やかな面が後退してゆくにつれ、険しい面が全面にせり出してきて、夜がすっかりふける頃には、あらゆる種類の悪徳がその巣窟《そうくつ》から忍び出てきて、夜の過酷な面がくっきりと浮き彫りにされてくるのだった)、ガス灯の光も、当初はたそがれゆく日中の光とよわよわしく覇を競いあっていたのに、いまではすっかり勝ちを制して、すべての物のうえに煌々《こうこう》たる光を投げかけていた。物みなが、かのテルトゥリアヌスの文体が黒檀《こくたん》になぞらえられたように(5)――黒光りをおびていた。

光の妖しい魅惑に私の心は異様に高ぶり、道行く人たちの顔のひとつひとつに異常な興味を覚えた。窓外の光の世界は一瞬のうちに擦過《さつか》してゆき、個々の顔はほんの一瞥《いちべつ》しかできなかったのに、それにもかかわらず、そのときの特異な精神状態のおかげで、その束の間の一瞬に、その人物の長い歴史を読み取ることができたような気がすることもしばしばだった。

　こうして、私は窓ガラスに額《ひたい》を押しあて、群集の観察にいそしんでいるうちに、ふとひとつの顔が(年の頃は六十五か七十ぐらいの老いぼれの顔が)――ふと私の視界に飛び込んできて、一挙に私の全注意をとらえ、全関心を奪い去った。それというのも、男の表情の絶対的な特異性のせいだった。この表情にすこしでも似たものを見た記憶が私にはなかった。いまでもよく覚えているが、その顔を一見したとたんに私の頭に浮かんだことは、かのレッチュ(6)がこれを見たら、自分が描いた悪魔の図像よりもこのほうが数等すぐれていると思うだろう、ということだった。最初にその顔を一瞥したその束の間に、その表情が伝えるものを分析してみようとしたが、そのとき私の脳裏に混沌として浮かびあがったのは、強大な知力、警戒心、貧窮、貪欲、冷静、悪意、残虐、勝利感、上機嫌、過度の恐怖、そして強烈な――極度の恐怖といった矛盾する諸観念だった。私は異様に興奮し、驚愕し、魅了された。「何たる奇っ怪な歴史があの男の胸には刻まれていることか?」と私はつぶやいた。すると、あの男から目をはなすまい――あの男をもっと知りたい、という欲望が猛然と湧いてきた。私はいそいで外套をひっかけ、帽子とステッキをひっつかむと、路上に飛び出し、人波をかきわけて男が向かった方角を足早にめざした。男の姿はすでに消えていたからである。だが、さしたる苦労もなく、男の後ろ姿は見つかり、私は距離をつめ、気づかれないように警戒しながら、ぴったりあとをつけた。

これではじめて男の風体をじっくり観察することができるようになった。男は小柄で、ひどく痩せこけ、一見したところかなり衰弱していた。服は全体として薄汚れてぼろぼろだったが、ときおりランプの強い光のもとで見ると、シャツは汚れているとはいえ、生地はなかなか上等と見受けられた。それに私の目の錯覚でなければ、きちんとボタンをかけた、古着とおぼしきひざまでの外套の裂け目から、ダイヤモンドと短剣がちらりと見えた。こうなると私の好奇心はつのるばかりで、この未知の男をどこまでも追跡してやろうという気になった。

日はすでにとっぷりと暮れ、街にたれこめた湿っぽく濃い霧はやがて本降りの雨に取って代わった。この天候の変化は群集に奇妙な影響をおよぼした。群集全体がにわかに動揺したかと思うと、あたり一帯はこうもり傘の大群におおわれてしまった。動揺、押しあい、どよめきは十倍ほどもひどくなった。私としては、雨はさして気にならなかった——体内にひそむ病みあがりの熱っぽさのせいで、この湿気が、危険にはちがいなかったが、無性に心地よく感じられたのである。口もとをハンカチーフでくるんで、私は尾行をつづけた。半時間ほど、老人は苦労しながらも雑踏をかきわけて大通りをすすんでいったが、私も見失うまいと老人の背後にぴたりとはりつくように歩いた。老人は一度として振り向かなかったので、私の存在には気づかない。やがて老人は横丁に入ったが、ここも混雑しているとはいえ、いましがたの大通りほどではない。と、彼の態度にあきらかな変化がきざした。足どりもゆっくりになり、目標がさだまらないのか――ためらいがちに歩いた。これといった目あてはないらしく、同じ道を行ったり来たりした。だが、人混みは依然としてかなりなものだったので、老人が方向転換するごとに、私としてはぴったり密着して尾行せざるをえなかった。それは狭く長い通りだったが、そこを彼について小一時間ほど歩いているうちに、通行人もだんだん少なくなって、通常の正午頃のブロードウェイ公園付近に見られる程度の人混みになった――アメリカでもっとも人口の多い都市といえども、ロンドンの人口の稠密《ちゅうみつ》さとくらべれば、人出にはこれほどの大差があるのだ。(7)もうひとつの角をまがると、煌々《こうこう》と灯がともり、活気に満ちあふれた広場に出た。すると老人は以前の態度をとりもどした。顎《あご》をしっかりと胸に沈め、しかめた眉の下で目をはげしくぎょろつかせながら、自分を取りまく四方八方の人垣を見やった。老人は疲れも見せず、着実な足どりで歩きつづけた。ところが驚いたことに、広場を一周すると、老人はクルリと向きを変えて、ふたたびいま来た道をたどりはじめるではないか。さらに驚いたことに、老人はこの同じ行動を何度もくりかえす――おかげで一度など、老人がだしぬけに回れ右をしたため、すんでのところで気取《けど》られるところだった。

この往復運動をさらに小一時間ほどもつづけると、さすがに雑踏も当初よりは目に見えて少なくなった。雨は降りやまず、空気は冷え、人びとも家路につきはじめた。すると老いたる放浪者はいらだちの身ぶりをあらわにし、比較的閑散とした路地に入り込み、とたんに、この路地の四分の一マイルほどを、まさかこんな老人がと思われるような勢いで一散に駆け抜けたので、私としては追跡するのに一苦労した。数分のうちに、私たちは大きくてにぎやかな市場に出た。老人はこのあたりの地理にはくわしいらしく、また以前の活気ある態度をとりもどし、売り手や買い手がごった返すなかをかきわけながら、あてどもなく、あちこち歩きまわった。

この場所に、かれこれ一時間半ほどはいただろうが、その間、相手に気づかれずに、即《つ》かず離れずの距離をたもちながら尾行するのには、相当の注意力が必要だった。だが、運よくゴム底のオーヴァー・シューズをはいていたので、音を立てずに歩きまわることができ、おかげで一度も尾行をさとられずにすんだ。老人は次から次へと店に入っていったが、値段をきくわけでもなく、無言のまま、店の品物を狂気じみた虚《うつ》ろな目つきで眺めまわすばかり。こういう行動はまったく予想外で、こうなっては、なにがしか納得のゆく答えが出るまでは絶対に追跡はやめまい、とかたく心に決めた。

大時計が十一時を打つと、人波は潮が引くように市場から消えていった。鎧戸《よろいど》をしめにかかった店主が老人を押し出そうとすると、老人の全身にはげしい戦慄が走るのを私は見てとった。老人はいそいで通りに出、一瞬気づかわしげにあたりを見まわしたかと思うと、信じがたいような敏捷さで、いまや人気《ひとけ》のない入りくんだ路地を次から次へと駆け抜けて、やがてわれわれがたどりついたのは、最初の大通り——D＊＊＊ホテルのある通り——であった。しかし通りの様相は一変していた。ガス灯はまだ煌々とともっていたが、雨足は激しく、人影もまばらだった。老人は、さっと青ざめた。先ほどまで人波にあふれていた大通りを老人は物憂《ものう》げに数歩あるいてから、ふと大きく溜息《ためいき》をつき、今度はテムズ川のほうに向きを変えると、幾多の曲がりくねった路地に入り込み、最終的に出てきたところは、大劇場のひとつが見える広場だった。劇場は終演を迎えたところで、観衆が出口からぞろぞろと流れ出てきた。すると、老人はいきなりこの群れに身を投じ、安堵したように大きな息をついた。心なしか、老人のはげしい苦悩の表情がやわらいだように見えた。が、ふたたび顎をぐっと胸に沈めると、老人はまた最初に見たときの姿にもどった。見ていると、老人は観衆の大多数が向かった方向についていくのだった——だが、それにしても、この老人の気まぐれな行動をどう理解すればよいのか、私はすっかり途方にくれた。

進むにつれ、群れはだんだん散漫になり、それにつれて老人の不安と動揺がまたしても戻ってくる。しばらくのあいだは十人かそこいらの酔漢の一群のあとについていくのだが、そのうち酔漢も一人また一人と脱落していき、気がついたときには、狭く陰気な路地に来ていて、残党はわずか三人ということになった。すると老人は立ちどまり、しばらくのあいだ物思いにふけっていたかと思うと、ありありと動揺の色を見せて、さすがに慌てたようすで足早に歩きだしたが、その行く先はロンドン市のはずれの、これまでわれわれが歩いてきた場所とは似ても似つかぬ界隈《かいわい》に通じていた。それはロンドンでもっとも喧騒を極めた界隈で、そこではあらゆる事物がもっとも嫌悪すべき貧困と、もっとも唾棄《だき》すべき犯罪の刻印をおびていた。まばらに点在するガス灯の淡い光で見ると、高く古びた虫食いだらけの貧乏長屋が思い思いの方向にいまにも倒れんばかりに傾いて立っていて、そのあいだには路地らしきものさえほとんど見あたらない。敷石も猖獗《しょうけつ》をきわめる雑草のために掘り返されて、勝手気ままなところに転がっている。詰まった下水溝は、おそるべき汚物の貯蔵庫だ。荒廃の気があたり一帯に充満している。しかし、進んでいくうちに、人間が生活する物音が確実によみがえり、やがてロンドンの住民のなかでもいちばん下積みの生活にあえいでいる連中が群れをなして右往左往するさまが見えてきた。すると、老人の精気も、消える寸前のランプさながら、ふたたびぱっと燃えあがるのだった。またしても老人はてきぱきとした足どりで歩きはじめた。ある角をまがると、とたんに煌々たる光がわれわれの目を射た。われわれは郊外の巨大な「耽《たん》溺《でき》」の殿堂のひとつの前にたたずんでいたのだ――あのジンなる悪魔の殿堂のひとつの前に。(8)

いまや夜明けも近いというのに、まだ大勢のあわれな酔漢たちは、あのけばけばしい玄関を出たり入ったりしていた。歓喜にも似た叫びをあげると、老人はそのなかに押し入っていき、たちまち以前の活気をとりもどし、またしてもあてどなく、人混みのあいだを大股で行ったり来たりしはじめた。しかし間もなくすると、人の流れが出口に向かいはじめたので、いよいよ「殿堂」も店じまいだと知れた。そのとき私が、かくも執拗に観察しつづけた奇妙な人物の容貌に見出したのは、絶望よりなお深刻な何かであった。しかし、彼は一瞬たりとも彷徨《ほうこう》を中断するそぶりを見せることもなく、元気いっぱいの足取りで、ロンドンの中心部めがけて取って返した。長時間にわたって、老人は超人的な速度で歩きつづけた。すっかり呆気《あっけ》にとられながらも、私の全関心を奪いつくしたこの追跡を途中で放棄してなるものかと心に誓いながら、私は老人のあとを追った。歩いているうちに、日はのぼり、この人口稠密な大都市のもっとも繁華なＤ＊＊ホテルのある通りにたどりついたときには、通りはすでに前日の夜とさして変わらぬほどの混雑と活気を呈していた。ここでもまた、私は刻々と増加する人混みにもまれて、この奇人の追跡を続行した。しかし、相変わらず、老人は行きつ戻りつをくりかえし、日中はこの通りの雑踏から足を踏み出そうとはしなかった。そして二日目の夕闇せまる頃には、私はほとほと疲れはて、ついにこの放浪者のまえに立ちはだかり、相手の顔をまじまじと見てやった。だが、この男は私などには目もくれず、粛々として歩行をつづけた。事ここにいたっては、私も老人のあとを追うのを断念し、その場で瞑想にふけってしまった。やがて私はつぶやいた――「この老人こそ深甚なる罪の化身にして真髄なのだ。老人は孤独でいることを拒む。彼は群集の人なのだ。あとを追ったところで無駄だ。この老人についても、その行動についても、これ以上何も知ることはできまい。この世で邪悪の最たる心とは、かの『心の園』*もおよばぬ醜悪な書物なのであって、《それは読まれるのを拒む》というのは、おそらく神の大いなる慈悲のひとつではあるまいか(9)」と。

* The "Hortulus Animæ cum Oratiunculis Aliquibus Superadditis" of Grüninger.（原注）

赤死病の仮面

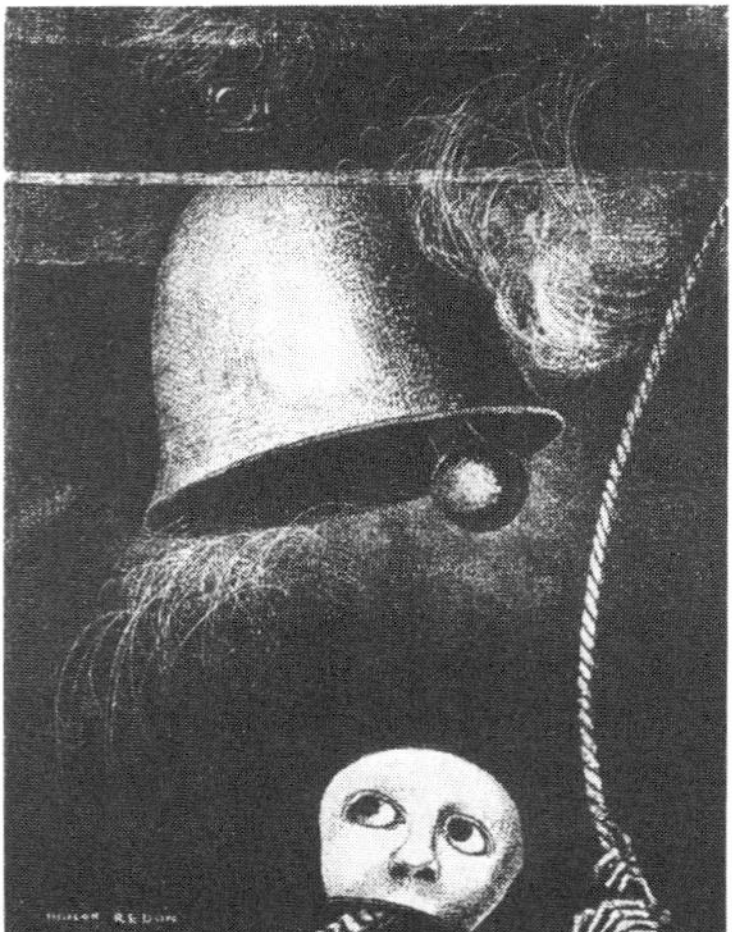

"The Masque of the Red Death" が『グレアムズ・マガジン』(フィラデルフィア、1842 年 5 月号)にはじめて発表されたときの表題は "The Mask of the Red Death" だったが、『ブロードウェイ・ジャーナル』(ニューヨーク、1845 年 6 月 19 日号)に再度発表されたときに改題された。この題名の一部変更の意義はさておき、この作品がポオの短篇中の傑作であるという定評は動かしがたく、その絢爛《けんらん》豪華な文彩も類を絶し、その寓意もポオには珍しくあらわであり、なぜかポオのトレードマークである一人称の語り手は姿を消している。その寓意は、全人類の不可避的な死と世界の破滅を避けようとすることの無益さを強調していると解して不都合はなさそうだが、ポオの場合、その作品から寓意を読み取ることほどスキャンダラスなことはなく、ことにこの小品の場合ほど、その傾向が甚だしきはない。「『赤死病の仮面』とその意味」(1964 年)という論文でジョゼフ・ロポロは、「この作品には教訓《モラル》がない」といった類の論文の氾濫に業を煮やし、これをポオの壮大な『ユリイカ』の宇宙創造的ヴィジョンと結びつけ、「ポオがこの作品で創造したのは、人間の状況、人間および宇宙の運命についての神話的寓話である」と結論づけて異彩を放った。ところが、1980 年以降になると事態はさらに錯綜してきて、この小品の最後に登場する死装束の侵入者が「じつは内部に何の実体もない記号的遊戯だったことが判明するので……このテクストを読むことは、何らかの寓喩を読むのではなく……読むことの寓喩を読むことである」(巽孝之)となり、さらにはシェイクスピアの『テンペスト』のプロスペロを経由して「赤死病」の赤をインディアンと読み込むポスト・コロニアル的言説が輩出してきた。巽はこれを「テンペスト症候群」と称している。(扉絵 = O. ルドン画)

「赤死病」(1)が国土を荒廃させてからすでに久しかった。かほど致命的、かほど忌まわしい疫病《えきびょう》はためしがなかった。血がその権化、その紋章だった――血の赤さと血の恐怖が。激烈な苦痛、突然の眩暈《めまい》、毛穴からの大量出血、そして死。犠牲者の全身、ことに顔面の、緋色《ひいろ》の斑点こそが疫病の烙印であり、この出現が同胞の庇護からも同情からも見放される先触れだった。しかも疫病の感染、進行、終焉《しゅうえん》の全過程は半時間以内の出来事だった。

しかし、プロスペロ公は明朗、豪胆、聡明な人となりだった。領内の人口が半減するや、宮廷の騎士や貴婦人の中から健康闊達《かったつ》な連中を一千ばかり御前に召し、これらの者どもと城砦風《じょうさいふう》につくられた僧院のひとつに遠く世塵《せじん》を避けて引きこもった。これは広壮な建物で、公自身の風変わりながら威厳ある趣味の産物だった。高く堅牢な壁が周囲を取りまいていた。壁には鉄の門がいくつかあった。廷臣たちは、内にこもると、炉と大《おお》槌《づち》を持って来て、閂《かんぬき》を打ち固めてしまった。突然の絶望や狂気の衝動に駆られて内部で騒動が起きようと、出も入りもならぬようにしておくのが廷臣たちの魂胆だった。僧院には充分な食糧のたくわえがあった。これだけ準備万端ととのえれば、疫病なんぞ恐るに足らず。外は外で勝手にやるがよい。それに、悲しんだり、考えたりしてもはじまらない。公は娯楽のためのあらゆる手立てをととのえておいた。道化師もいれば、即興詩人もいた。舞姫もいれば、美女もおり、葡萄酒《ぶどうしゅ》もあった。これらのすべてと安泰は内部にあり、外部には「赤死病」があった。

籠城《ろうじょう》してから五カ月目か六カ月目が終わるころ、つまり外では疫病が猖獗《しょうけつ》をきわめた頃合に、プロスペロ公はまこと絢爛豪華な仮面舞踏会を催して千余の仲間をもてなした。

なまめかしい眺めだった――この仮面舞踏会は。ところで、まず最初に、それが催された部屋について述べておこう。部屋は全部で七つ――壮麗な続きの間《ま》だった。しかし多くの宮廷では、この種の続きの間はずっとまっすぐ見通しのきく造作になっていて、たたみ扉が両側の壁にぴたりと引きつけられると、全景がほとんど何にさまたげられることもなく見わたせた。ところが、公の怪奇趣味からも予期できたように、ここの間取りは大いに趣きを異にした。各部屋はそれぞれ不規則に配置されていて、一時《いっとき》に一部屋以上はまず見えなかった。二十ヤードか三十ヤードごとに鋭角に曲がっており、曲がるごとに新規の眺望がひらけた。右手にも左手にも、壁という壁の中央には丈高く幅のせまいゴシック風の窓があり、それが、続きの間が曲折するにしたがって曲折する閉《た》てきった回廊を見おろしていた。それらの窓には彩色硝子《ステインド・グラス》がはめてあるが、その色は、窓が開かれている部屋の装飾の基調をなす色にあわせて変化した。東の端の部屋の壁掛けが、たとえば青なら――その部屋の窓ガラスはあざやかな青だった。二番目の部屋の装飾品と壁掛けの色は紫だったので、ここの窓ガラスの色も紫だった。三番目の部屋は緑づくしだったので、窓もまた緑だった。四番目は装飾も照明もオレンジ色だったので、窓ガラスもオレンジ色――五番目は白ずくめ――六番目は菫色《すみれいろ》だった。七番目の部屋は天井から壁にかけて黒いビロードのタペストリーにすっぽりよそわれ、それが重々しい襞《ひだ》をつくって同じ材質、同じ色彩のカーペットに垂れかかっていた。しかし、この部屋だけは窓ガラスの色と装飾の色とが一致していなかった。ここの窓ガラスの色は緋色――濃い血の色だった。ところが七つの部屋のいずれにもおびただしい金色にかがやく装飾品があちこちに散在し、天井からも垂れさがっていたのに、ランプや燭台《しょくだい》はひとつもなかった。この続きの間の内部にはランプやロウソクから出るたぐいの光はいっさいなかった。しかし、続きの間に沿ってめぐる回廊には、それぞれの窓に向かい合って重々しい三脚台が置いてあり、それには火皿がのっていて、そこから放たれる光線が色ガラス越しに射し込み、まばゆく部屋を照らし出していた。こうしてあでやかで夢幻的な光景の数々が生み出されたのだった。しかし西の端なる黒の間《ま》では、血の色をした窓ガラスを通して黒い壁掛けに注ぎかける篝火《かがりび》の光の効果は怪奇をきわめ、そこに入る者の顔にまことと不気味な形相《ぎょうそう》をおびさせたので、そこにあえて足を踏み込むほどの勇者は、さしもの仲間たちのうちにもほとんどいなかった。

また、この部屋の西側の壁には黒檀《こくたん》の大きな柱時計がかかっていた。その振子は物憂《ものう》く、重く、単調な金属音をたてて左右に揺れていた。その長針が文字盤をめぐり、時を打つ段になると、その真鍮《しんちゅう》の肺腑から、澄明《ちょうめい》な、大きな、深みのある、きわめて音楽的な、それでいてまことに奇妙な旋律と強勢をもつ音が鳴りだすので、オーケストラの楽士たちも、一時間ごとに、しばしその演奏の手を休め、この音に耳を傾けずにはおれなかった。したがってワルツを踊る者たちもその旋回を止めないわけにはいかず、さしもの陽気な一座にも、束の間、しらけた空気がみなぎった。時計が時を打つあいだ、もっとも陽気な連中の顔さえ青ざめ、もっと年をかさねて平静な連中でさえ、心乱されて物思いに耽《ふけ》るのか、額《ひたい》に手をあてがうのだった。しかしその余韻がすっかり消えると、とたんに軽い笑いが一座にさざめきわたり、楽士たちは互いに顔を見あわせ、みずからの神経過敏と愚かさをあざ笑うかのようにほほ笑み合い、次に時計が時を打つときには、同じ気分にはなるまいぞ、と互いに小声で誓い合うのだったが、六十分が経ち（つまりは三千六百秒の時が流れ去り）、また時計が時を打つと、またしても前回と同じしらけた空気、戦慄、瞑想があたりを支配するのだった。

しかし、こういうことがあったとはいえ、それは陽気で豪奢な饗宴《きょうえん》だった。公の趣味は独特だった。公は色彩とその効果についてのすぐれた眼識の持主だった。単なる流行の美《デコーラ》は眼中になかった。公の計画は大胆にして熱烈、その着想は野生の輝きをおびていた。公のことを狂人と思う者もいるだろう。だが、公の側近たちにさような者はいなかった。公が狂人でないことを確信するためには、公の話に耳を傾け、公にまみえ、公に触れてみる必要があった。

この大饗宴を開くにあたり、七つの部屋の飾りつけについて、公はあらかたの指示をあたえておいた。また仮装人物の性格づけは公みずからが奉ずる趣向にしたがっておこなわれた。何はともあれ、グロテスクでなければならぬ。けばけばしさ、きらびやかさ、辛辣《しんらつ》さ、幻想味がふんだんにあった――その後の『エルナニ』(2)の舞台につねに見られたものがふんだんにあった。均整を欠いた手足や衣裳をしたアラベスクな姿があった。狂人にしか思いつかないような錯乱した奇想があった。美しいもの、放埓《ほうらつ》なもの、奇異《ビザール》なものが氾濫し、恐怖をそそるものも多分にあれば、嫌悪の念を覚えさせるものも少なからずあった。七つの部屋のあちこちをわがもの顔に闊歩するのは、まさしく、夢まぼろしの群れだった。そしてこの群れ――夢まぼろしたちは――部屋ごとの色彩におのれを染め、オーケストラの幻想的な楽《がく》の音《ね》をまるでおのが足音の谺《こだま》のごとく響かせて、あちらこちらへとのたうちまわった。すると、またしてもビロードの間《ま》の黒檀の時計が時を打つ。と、一瞬、すべての動きは停止し、すべては静まりかえり、聞こえてくるのは時計の音ばかり。夢まぼろしたちはその場に凍《い》てつく。だが時計の鐘の余韻が消えると――それはほんの一瞬、尾を引くだけだが――そのあとを追うように、軽い、なかば抑えたような笑いが波紋のようにひろがってゆく。するとまた楽の音は高まり、夢まぼろしたちは生きかえり、三脚台の篝火の光を流し込む色さまざまな窓ガラスの色合いに身を染めながら、以前にもまして陽気にのたうちまわった。しかし、七つの部屋のうちでいちばん西に位置する部屋には、仮装人物たちの誰ひとりとして足を踏みいれようとしなかった。というのは、夜は刻々と更《ふ》け、血の色をした窓ガラスからそれよりも赤い光が流れ込み、黒い帷《とばり》の黒い色が人をおびえさせ、黒いカーペットの上にその足を落とす者の耳には、近くの黒檀の時計の鐘の押し殺したような音が、それから遠く離れた他の部屋で歓楽に耽る者たちの耳に聞こえるよりは、はるかに荘重な抑揚をおびて聞こえるからだった。しかし他の部屋には人びとが渦まき、生命の心臓が熱っぽく鼓動していた。享楽の宴《うたげ》は渦をまいて進行し、ついに時計が真夜中の十二時を告げる鐘を打ちはじめた。するとまた、すでに述べたように、音楽は鳴りやみ、ワルツを踊る者の渦は止まり、前回同様すべてのものの動きの上に不安な停止がおとずれた。しかし今度の場合、時計は十二回も鐘を打たねばならず、それゆえに、歓楽に耽る者のうちでも思慮深い者たちの脳裏には、それだけ余計にあらぬ思いが忍び込んだことだろう。したがってまた、おそらく、最後の鐘の音の最後の余韻が完全におさまりきらないうちに、この群れのなかの多くの者は、それまで誰の注意もひかなかった仮面の人物の存在に気づく余裕をはじめて見出したのだろう。そして新参者がいるという噂はささやきとなって一座にひろがり、やがて並みいるすべての者から、ぶつぶつ、がやがやというざわめきが起こり、非難と驚愕――そして、ついには恐怖と戦慄と嫌悪の情が吐露された。

これまで述べてきたような夢まぼろしの集団では、想像にかたくないことながら、並たいていの扮装がこれほどの動揺をひきおこすことはあり得なかった。じじつ、その夜の仮装舞踏会にはほとんど何の制約もなかったが、当の人物の仮装は仮装の限度を越え、公の無際限にゆるやかな節度の限度をも越えていた。いかなる無頼《ぶらい》の徒の心にも、触れなばたちまち鳴りひびく琴線《きんせん》がかくされているものだ。生も死も等しく冗談と心得ている救いがたい連中にとってさえ、冗談ではすまされないことがあるものだ。今ここに並みいる者たちも、この得体の知れぬ人物の扮装と挙動には機智やたしなみが微塵《みじん》もないことをひしひしと感じているらしかった。この人物は丈高く、痩せこけ、頭から爪先まで死の装束をまとっていた。顔をかくす仮面は硬直した死体の容貌によくなく似せられ、いかほど目をこらして吟味《ぎんみ》しても、その真贋《しんがん》を見きわめるのは困難だっただろう。しかしこれだけなら、酔狂な連中のことゆえ、是認はしなかったにせよ、大目に見てやったことだろう。だがこの役者は、こともあろうに「赤死病」の化身に扮していた。衣裳は血でまみれ――その広い額と顔全体は「緋色の恐怖」で点々と彩《いろど》られていた。

プロスペロ公の視線がこの異形《いぎよう》の者の姿に落ちたとき(その者は、おのれの役割をより完璧に遂行しようという魂胆からか、ワルツを踊る者たちのあいだを、ゆっくりといかめしい足取りで歩きまわっていた)、公は、恐怖からか嫌悪からか、たちまちはげしい戦慄に身をふるわせ、次の瞬間には、その額は激怒のあまり朱《しゅ》のように赤く染まった。

「何者だ？」公は近くの廷臣たちにしわがれ声でどなった――「かかる不敵なまねをしてわれらを侮辱するのは、そも何者じゃ？　ひっとらえて仮面をはげ――正体を確かめ、日の出には、胸壁から吊るして縛り首にしてくれようぞ！」

プロスペロ公がかく絶叫して立っていたのは東の青の間《ま》だった。その声は七つの部屋じゅうに高々と明瞭に鳴り響いた。というのは、公は大胆にして頑健な質《たち》であり、音楽も公の手の一振りで演奏を中止していたからだった。

顔青ざめた廷臣たちをかたわらに、公が立っていたのは青の間だった。公が絶叫したとき、この一団には闖入者《ちんにゅうしゃ》めがけて突進する気配が見られた。そのとき、闖入者もまた近くにおり、なおも、落着き払った堂々たる足取りで、公のほうに近づこうとしていたからだった。しかし、この仮装人物の常軌を逸した装いが一座の者に吹き込んだ名状しがたい恐怖心から、あえて手出ししてこの男を取り押さえようとする者はいなかった。そこで、誰に邪魔だてされることもなく、この男は公の身辺一ヤード以内のところを通り過ぎていった。そして並みいる大勢の者たちが、まるで同一の衝動に突き動かされているかのように、部屋の中央から壁ぎわにさっと身を引くのを横目に、この男はのうのうと、最初からきわだっていたあの威厳に満ちた、乱れを見せぬ歩調で、青の間《ま》を通って紫の間へ――紫の間を通って緑の間へ――緑の間を通ってオレンジ色の間へ――そこからまた白の間へ――そしてまた菫色の間へと進んでいったが、それまでのところ、この男を阻止するための断固たる処置はとられなかった。ところが、そのときプロスペロ公は、一時的にもせよ臆病風に吹かれたことの悔しさに、怒り心頭に発し、六つの部屋を韋駄天《いだてん》走りに駆け抜けたが、一座をとらえた底知れぬ恐怖のために、公のあとを追う者は誰ひとりいなかった。公は抜身の短剣を高く振りかざし、猛然たる剣幕で、去りゆく者の三、四フィート内に迫ったが、そのときかの者はビロードの間のはずれに達していて、そこでやにわに向きなおり、追っ手の公と睨《にら》み合った。鋭い叫びがあがった――短剣がキラリときらめいて黒いカーペットの上に落ち、その一瞬後には、プロスペロ公もまたその上にたおれかかり、息絶えた。すわとばかり、宴に耽っていた者たちの一群が絶望的な勇気を奮いおこし、黒の間になだれこみ、仮装の人物に――黒檀の時計の陰に身じろぎもせず立ちすくむ丈高い人影に――つかみかかり、その経帷子《きょうかたびら》と死の仮面をまこと手荒にひきはがしてみると、驚くなかれ、なかには手ごたえのある姿はさらになく、その名状しがたい恐怖に、彼らは声もなくただ喘《あえ》ぐばかりだった。

今や「赤死病」が侵入してきたことは誰の目にも明らかだった。それは夜盗のように潜入してきたのだった。宴の人びとは一人また一人と彼らの歓楽の殿堂の血濡れた床にくずれ落ち、その絶望的な姿勢のまま息絶えていった。そして黒檀の時計の命脈も、陽気に浮かれていた連中の最後の者の死とともに尽きた。三脚台の焔《ほのお》も消えた。あとは暗黒と荒廃と「赤死病」があらゆるものの上に無限の支配権を揮《ふる》うばかりだった。

陥穽と振子

神をおそれぬ拷問者《ごうもんしや》の群れ、罪なき者の血に飢えて
ここに永らく狂気の業《わざ》を重ねたり。
いま国に平和あり、恐怖の洞《ほら》すでになく、
死ありしところに、生と安らぎとあり。
(パリ市ジャコバン・クラブ・ハウス跡に建設さるべき市場の門に記すべく作られし四行詩)(1)

“The Pit and the Pendulum” は、はじめ1842年のクリスマス・シーズンの贈り物用冊子『ギフト』に掲載されたが、そのスリルとサスペンスに富む物語は大いに大衆の人気を博し、『ブロードウェイ・ジャーナル』(ニューヨーク、1845年5月17日号)に再度掲載された。大衆的人気が批評の基準になるのならば、本編はポオの作品中でも高い地位を占めるだろう。それに、これが一読、忘れがたい印象を読者に刻印することは間違いない。しかし、これもポオの実体験とは何ら関係のない想像力と読書体験による力業の産物である。高名なポオ学者 A. H. クインは、本編はチャールズ・ブロックデン・ブラウンの『エドガー・ハントリー』(1799年)の主人公が岩穴に落ち、闇と飢えと渇きに苦しむ場面と、ホワン・アントニオ・ロレンテの『スペイン異端審問の批判的歴史』(英訳1826年)の記述とからヒントを得て作り上げられたもので、「ポオがいろいろなところからとってきたものを組み合わせて独自のものにする見本のようなものである」と述べている。また、マリー・ボナパルトはこの作品をポオの子宮内における胎児体験の無意識的表出と見なし、振子とその動きを父親のペニスとその動きと捉え、側壁の機械仕掛けによる変形を子宮の収縮とし、ナポレオン麾下《きか》の将軍による瀬戸際の救出を帝王切開による解放と見なす。このような読みを慫慂《しょうよう》するものではないが、この読物のテーマパークが提供するようなスリルとサスペンスの背後に、何やらもっと人間についての複雑で深遠なテーマが潜んでいるような感じをあたえるのは、この作家の資質が大衆受けするだけのホラー作家のそれではないことを物語っている。(扉絵 = H. クラーク画)

弱っていた――長の責苦に死ぬほど弱っていた。そしてようやく束縛《いましめ》を解かれ、坐るのを許されたときには、意識がかすんでゆくのを覚えた。宣告――恐るべき死の宣告――が耳に達した最後の明瞭な音声だった。その後、異端審問官ども(2)の声は夢の中の羽音のような不明瞭な物音に溶解していった。それが心中に回転という観念を浮かばせた――水車がまわる音からの連想らしい。しかし、これもほんの束の間。やがて何の物音もしなくなった。それでも、しばらく目は見えた――だが、なんと誇張された見え方をしたことか！　黒衣をまとった審問官どもの唇が見えた。唇は白く見えた――いま文字を書いているこの紙よりもなお白く――それにグロテスクなまでに薄い。頑迷――ゆるがぬ意志――人間の苦痛に対する酷薄な冷笑を極度にあらわす薄さ。私にとっては「運命」そのものである宣告が、なおもその唇から洩れ出ているのが見えた。死を宣告することばを発して唇がゆがむのが見えた。唇が私の名の音節《シラブル》を形成するのが見えた。私は身震いした――音声が伴わなかったからだ。恐怖で気も狂わんばかりの短時間に、部屋の壁をおおう漆黒の壁掛けがゆったりと目にもとまらぬほどかすかに波打つのも見えた。それから視線が卓上の丈高いロウソクに落ちた。最初それらは慈悲深い様子をおびていて、私を救ってくれる白くたおやかな天使のように見えた。ところが次の瞬間、突如としてひどい嘔吐感《おうとかん》が私を襲い、蓄電器の電線にでも触れたように、全身の筋肉のことごとくが痙攣《けいれん》し、天使たちの姿はたちまち焔《ほのお》の頭をもつ得体の知れぬ妖怪どもの姿へと変化し、こんな物の怪《もののけ》どもからはいかなる救いも期待できないことを思い知った。すると、墓所には甘美な憩いがあるに違いないという思いが、まるで妙《たえ》なる楽《がく》の音《ね》のように脳裡《のうり》に忍び込んできた。その思いは、まことにやさしく、まことに忍びやかに侵入してきたので、それとはっきり認知するまでには、かなりの時間を要したらしい。だが、それがそうとはっきりわかり、喜びを覚えた途端、審問官どもの姿は、まるで魔法のように眼前から消えた。丈高いロウソクは虚無の中に没し、焔も消え失せた。次いで漆黒の暗闇があたりを支配した。あらゆる感覚は、冥府に落下する魂さながら、奈落の底へとまっしぐらに呑み込まれていった。あとは沈黙と静寂と暗黒の宇宙があるばかり。

私は気を失っていたのだ。しかし、あらゆる意識が失われていたとは言うまい。いかなる意識が残っていたかを特定したり、説明したりするつもりもない。が、とにかくすべてが失われたわけではなかった。どんなに深い眠りのさなかにも――錯乱のさなかにも――気を失っているときにも――死んで墓に入れられてからでさえも――すべてが失われるわけではないのだ。さもなければ、人間にとって不滅などない。こよなく深い眠りから覚めるとき、我々は何か夢の薄絹のようなものを破るのだ。ただし一瞬の後には、(その薄絹はまことにうたかたなもののゆえ)我々は夢見ていたことさえ思い出せない。失神状態から正気に戻る過程には二段階ある。第一は、心的ないし霊的な知覚の段階。第二は、肉体的な知覚の段階。この第二の段階に達したとき、第一の段階の印象を思い出すことができれば、その印象は彼方《かなた》なる深淵の記憶を雄弁に物語るとみてよかろう。ところで、この深淵とは――そもそも何か？　少なくとも、深淵の幻想と墓場の幻想とを我々はどう区別すればよいのか？　しかし、いま私が第一段階と称した状態の印象を意のままに呼び戻せないにしても、長い時間が経過してから、呼び戻しもせぬのに印象のほうから勝手にやってきて、いずこから来たものやら、と我々を訝《いぶか》らしめることがないだろうか？　気を失った経験のない者は、燃えさかる石炭の焔に不思議な宮殿や妙に馴《な》染《じ》みのある顔を見たりすることはなく、多くの人には見えない悲しげな幻想が空中に漂うのを見ることもない。また、何か珍しい花の香りに陶然として物思いに耽《ふけ》ったり、以前には何の注意もひかなかった旋律の意味に物狂おしくなったりすることもないのである。

思い出そうと、繰り返し思考を集中しているうちに――また、わが魂が落ち込んだ擬似的虚無状態について何らかの手がかりをつかもうと必死にもがいているうちに――うまくそれに成功したかのように思える瞬間があった。短い、ほんの一瞬のことだったが、あとから明晰な理性で検証してみても、あのときの擬似的失神状態にだけ関係があるとしか判断できない記憶を呼び起こすことができたのだ。この影のような記憶がおぼろげながら語るところによれば、背の高い連中が私の身体を持ちあげ、黙々と下へ――下へ――さらに下へと運び、ついには、果てしない下降という考えが頭に浮かぶだけで不快な眩暈《めまい》に襲われるのだった。その記憶がなおも告げるところによれば、私は漠然たる恐怖を心にいだいていたが、それというのも、心の不自然なまでの平静さのゆえだった。次に、あらゆるものの突如たる停止という感じが私を襲う。まるで、私を運んだ連中（なんと忌まわしい一行《いっこう》だったことか！）が、下りてゆくうちに、その無限下降の限界を越えてしまい、その労苦に疲れ果てて停止した、という感じだった。それからあとのことで思い出すのは、平坦さと湿っぽさだけだった。あとはすべて狂気――禁断のことどものあいだを駆けめぐる記憶の錯乱ばかり。

するとまことに突然、意識に動きと音が戻ってきた――激しい心臓の動きが感じられ、耳には、それが鼓動する音が響いた。それから、空《くう》そのものである休止。そして、またしても音と動きと感触――疼《うず》くような感覚が全身に沁《し》みわたる。それから、思考の伴わない、ただ存在しているだけという感覚――この状態が長く続いた。それから、またしても突然、思考、身の毛もよだつ恐怖、自分の真の状態を知ろうとする切実な足掻《あが》き。それから無意識状態に戻りたいという強烈な願望。それからまた意識の急速な回復、動こうとする試みの成功。それから審問、審問官たち、漆黒の壁掛け、宣告、嘔吐感、失神の記憶の完全なよみがえり。それからまた、その後に起こったすべてのことの――後日になって大いに努力して漠然と思い起こすことができたすべてのことの――完全な忘却。

これまでのところ、目は閉じたままだった。縛《いまし》めを解かれたまま、仰向けに寝かされていたことはわかっていた。手を伸ばすと、何か湿っぽく堅い物の上にどさりと落ちた。数分ものあいだ手をそこに置いたまま、いま自分がどこに、どういう状態でいるのかを想像してみた。視力を用いたいと思ったが、その勇気はなかった。周囲の事物の最初の一瞥《いちべつ》が怖かったのだ。恐ろしい事物を見るのが怖かったのではない。見る物が何もないことを恐れたのだ。それでも、とうとう、絶望的な気持で、ままよとばかりに目を開いた。すると、私の最悪の予想がそのまま現実となった。永遠の闇夜の暗黒が私を取りまいていた。息をしようと喘《あえ》いだ。濃密な闇が私を圧迫し、窒息するのではないかと訝った。空気が耐えがたいほど重苦しいのだ。なおもじっとしたまま、理性を働かせようとして、裁判の過程を思い起こし、そこから自分の置かれた真の立場を演繹してみようとした。宣告は済んでいた。しかし、それからかなりの時間が経過しているように思われた。だが、ほんの一瞬にもせよ、自分が本当に死んでしまったと考えたことはなかった。そのような想定は、物語ではよくあることながら、生存の実際とは完全に矛盾する――それにしても、私はどこに、どういう状態で存在していたのか？　死刑宣告を受けた者はたいがい火刑(3)に処せられることは承知していたし、現に私の裁判が行なわれた日の夜にもそれが執行された。すると私は地下牢に再び拘留され、次の処刑執行までの数カ月をここで待機させられていたのだろうか？　これがあり得ないことだとは、すぐにわかった。事態は犠牲者を緊急に必要としていた。それに私の入れられていた地下牢は、トレド(4)のすべての死刑囚の獄舎の例にもれず、四囲は石造りだったし、光がまったく射さないわけでもなかった。

恐ろしい思いに血は突如として奔流となって心臓に逆流し、またしてもしばし気を失った。意識が戻ると、私は全身をわななかせながら立ち上がった。腕を四方八方に振り回してみた。触れるものは皆無だった。が、一歩たりとも動くつもりはなかった。墓の壁に行く手を阻まれるのは御免だった。汗は毛穴という毛穴から吹き出し、額《ひたい》に冷たい大粒の玉となってとどこおった。だが、ついに極度の緊張からくる苦痛に耐えかねて、両腕を広げてバランスをとりながら、どんなにかすかな光にせよ見逃すまいと、眼窩《がんか》から目玉が飛び出さんばかりに目を凝らして用心深く前進した。しかし、ただ暗黒と空虚があるばかりだった。呼吸が楽になった。わが運命が、少なくとも最悪のものでないことは確かだった。

ところで、なおも用心深く前進してゆくうちに、トレドの恐怖にまつわる幾千もの漠たる噂が脳裡によみがえってきた。地下牢について、奇怪なことが語り伝えられていた——普段は作り話ぐらいに片づけていたものだが——奇っ怪な話であることには変わりなく、いざ語るとなれば、あまりぞっとしないもので、小声でしかやれそうにない。暗黒の地下世界で餓死させられるのか？　それとも、もっと恐るべき、いかなる運命が待ち受けているのか？　ともあれ、行きつく果てが死であり、しかもただならぬ苦痛を伴う死であることは、審問官たちの正体を百も承知の私にとって疑問の余地はなかった。私の心を占め、かつ悩ませたのは、もっぱらその方法と時期であった。

前方にさしのべた手が遂《つい》に何か堅牢な障害物にぶつかった。それは壁で、どうやら石造りらしい——ごく滑らかで、湿っぽく、冷たい。壁に沿って歩いた。古い物語をいくつも知っていたせいで、私はひどく猜疑《さいぎ》深くなっていて、慎重このうえなく歩を運んだ。だが、この方法は地下牢の間口や奥行を確認する手立てにはならなかった。壁はどこもまったく同じ出来らしく、一周して出発点に戻ってきても、それを知る方法はなかったからだ。そこで異端審問所の法廷に引き出されるさいにポケットにひそませておいたナイフを探してみたが、なくなっていた。私は粗末なサージの服に着がえさせられていた。ナイフの刃を石造りの小さな隙間に突きさし、出発点の目印にするつもりだったのだが。しかしこの困難は、頭が混乱していたせいで、最初は克服しがたい難事のように思われたが、じつはさしたる難事ではなかったのである。獄衣のへりの一部を裂き、それを長く伸ばし、壁と直角に置いた。この牢獄を手さぐりで歩き回れば、一巡したところで、このぼろきれにぶつかる理屈だった。すくなくとも、私はそう考えた。だが地下牢の大きさ、自分の体力の消耗度までは計算に入れていなかったのだ。床は湿っぽく滑りやすい。しばらくよろめき進んだところで、つまずいて倒れた。極度の疲労のために起き上がることもならず、そのまま横になっていたが、そのうち眠り込んでしまった。

目を覚まし、片方の腕を伸ばすと、かたわらに一塊《ひとかたまり》のパンと水差しが一つあった。疲れきっていて事情を考える余裕もなく、とにかくがつがつと食べ、かつ飲んだ。それからすぐ牢めぐりを再開し、さんざん苦労したあげく、ようやくサージの布切れに辿《たど》りついた。倒れるまでに、五十二歩を数え、また歩きだし、さらに四十八歩を数えて、ようやく布切れに到達したわけだ。すると全部で百歩ということになり、一ヤードを二歩でゆくとすれば、地下牢の周囲は五十ヤードある計算になる。ところが壁にはいくつも凹凸があったので、穴ぐらの形状を推測することは不可能だった。いま穴ぐらと言ったが、そうとしか考えられなかったのだ。

このような探索に格別の目的はなかった――まして希望を託していたわけでもなかった。ただ漠たる好奇心に駆られて、探索を続けたにすぎない。今度は壁を離れて、牢内を横断しようと決心した。はじめは極度に注意を払って進んだ。床は確かに堅牢な物質で出来ているようだったが、ぬるぬるして危険だった。しかし、やがて勇を鼓し、なるたけ一直線に横切るように心がけながら、しっかりと足を踏みしめて歩いた。この調子で十歩か十二歩進んだとき、衣服から引き裂いた布切れが足にからまり、それを踏みつけ、うつぶせにばたりと倒れた。

倒れた直後は狼狽《ろうばい》していて、事態の異常さにすぐには気づかなかったが、数秒のあいだそのまま横たわっているうちに、事の異常さに気づいた。それはこうだった――顎《あご》は牢の床に接しているのに、顎より低い位置にあるらしい唇と顔の上部は、何にも接していなかった。それればかりか、額は冷たく湿っぽい蒸気に晒《さら》されているらしく、腐敗した菌類に特有な臭《にお》いが鼻をついた。腕を差し出してみると、驚いたことに、私が倒れていたところは円形の陥穽《ピット》の周縁部であったが、むろん、そのときにはその大きさを知る術《すべ》はなかった。縁《ふち》のすぐ下の石細工をまさぐってみると、うまいこと小さな石のかけらがはがれてきたので、それを奈落に落としてみた。何秒ものあいだ、それが落下しながら深い穴の側面にぶつかって発する反響が聞こえてきたが、やがて水に落ち込む陰気な音がし、大きな反響がそれに続いた。と同時に、頭上で扉を急いで開閉するときに似た物音がし、かすかな光がふと暗闇にひらめき、かと思うと、たちまち消えた。

私は自分のために用意されていた運命をはっきり悟り、それから免れるようすがになった幸運な事故に気をよくした。転倒する前にもう一歩足を踏み出していたなら、私はこの世から消えていたはずである。それに、いましがた免れたような死にざまは、宗教裁判にまつわる話に出てくる死にざまのうちでも、私がことさら荒唐無稽なものと見なしていた種類のものであった。異端審問の暴虐の犠牲者にとっては、酸鼻《さんび》をきわめる肉体的苦痛を伴う死か、陰惨をきわめる精神的苦痛を伴う死か、そのいずれかの選択肢しかないのだ。私に当てがわれていたのは、後者のほうだったのである。苦痛の連続で神経は弱り果て、己の声にさえ怯《おび》えるほどになっていたのだから、予定されていたような種類の責苦には、どの点からしても、私は打ってつけの素材になりおおせていたのである。

　手足をわななかせながら、壁のほうにじわじわとあとじさった。井戸に落ちる危険を犯すぐらいなら、壁際で死のうと決意したのだった。いまやわが脳裡では、地下牢のあちこちに井戸がぽっかりと口を開けているのが見えるのだった。別の精神状態のもとでなら、そういう深淵の一つに身を投じて、こんな惨《みじ》めな状態にはきっぱり終止符を打つぐらいの勇気があったかもしれないが、なにせそのときの私は正真正銘の臆病者だった。それにこういう陥穽《かんせい》について読んだことが頭にこびりついて離れなかったのだ――突如、いいとして生命《いのち》を奪うというようなことは、奴らの戦慄すべき目論見《もくろみ》からは除外されていたのである。

精神が興奮していたので長時間にわたって眠れなかったが、それでもやがてうとうとした。目を覚ますと、また以前のように一塊のパンと水差しが一つそばにあった。焼けるような渇きは耐えがたく、容器の水を一気に飲みほした。薬が盛ってあったに違いない。飲んだ途端、抵抗しがたい睡魔に襲われた。深い眠りに落ちた——まるで死のような眠り。どれほど眠ったかは知る由《よし》もなかったが、再び目を開けたときには、あたりの物が見えたのだった。最初はどこから射してくるのかわからなかった妖しい燐光《りんこう》のような光によって、この牢獄の大きさと様相が見えるようになっていた。

大きさについて、私はひどい思い違いをしていた。壁の全周は二十五ヤードを越えなかった。数分のあいだ、このことで私はひどく頭を悩ましたが、まさしく無益の極みだった！　このような恐るべき状況下において、地下牢の広さなど、何ほどの重要性があろうか？　しかし、こういう瑣末事《さまつじ》に私は異常な興味を覚え、計測上の誤謬《ごびゅう》を犯した理由の究明に執着した。やがて真相がひらめいた。最初の探索では、五十二歩を数えたところで転倒した。そのときすでにサージの布切れから一歩か二歩のところに来ていたに違いない。つまり、ほとんど穴ぐらを一周していたわけだ。それから眠り、目覚め、今度は逆を辿りはじめたに違いない。だから周囲の長さを実際の倍ちかくに見積もったのだろう。混乱していたので、壁を左手にして出発したのに、歩き終えたとき壁が右手になっていたことに気づかなかったのだ。

牢の形状についても、欺かれていた。手さぐりで進むうち、いくつもの角《かど》に遭遇したので、極めて不規則な形態だと思い込んだ。失神や睡眠から覚めた人間にとって、完全な闇の効果はかくも強烈なものなのだ！　凹凸とは、ところどころにあった浅い窪《くぼ》みにすぎなかった。牢のおおよその形状は四角形だった。石造りだとばかり思っていたが、じつは鉄あるいはその他の金属板の構造物で、その接合部ないし継目が窪みを成していたのだった。その金属性の囲いの全面には、修道僧たちの邪悪な迷信が生み出したありとあらゆる恐ろしくも忌まわしい図柄がぞんざいに描きなぐられていた。骸骨の身なりをした形相《ぎょうそう》ものすごい悪鬼《あっき》をはじめ、世にも恐ろしい物の怪どもの姿が壁面をおおい、画面をゆがめていた。こういう異形《いぎょう》の者どもの輪郭はかなりはっきりしていたが、湿気のせいか、色は褪《あ》せ、ぼやけて見えた。床も気をつけて見たが、これは石造りだった。中央には、先ほどその顎《あぎと》から逃れたばかりの円形の陥穽が大きく口を開いていた。だが、地下牢の開口部はこれしかなかった。

これらのことを漠然と見てとったが、それでも大いに努力した結果だった。というのも、まどろんでいるうちにこちらの肉体的立場がいちじるしく変化していたからだ。いまや私は仰向けに、全身を伸ばした格好で、低い木製の台のようなものに寝かされていた。しかもこの台に馬の腹帯状の長い紐《ひも》でしっかりと縛りつけられていた。紐は手足と胴体をぐるぐる巻きにし、自由に動かせるのは頭だけだったが、左の腕もいくらか自由で、苦労すれば、そばの床の上に置かれた素焼きの皿から食物をとって食べるぐらいのことはできた。恐ろしいことに、水差しはなくなっていた。恐ろしいといま言ったが、耐えがたいほどの渇きで身が焼けつくようだったからだ。しかも、この渇きを刺激することこそが、わが迫害者どもの意図らしかった――皿の食物は香辛料がきいた肉だった。

視線を上方に転じ、牢獄の天井を調べた。それは頭上三、四十フィートほどにあり、周囲の壁と同じような造作だった。その金属板の一枚にあった奇妙な図柄に私の注意はすっかり釘づけにされてしまった。それは普通よく描かれているとおりの「時」の図像(5)だが、ただ違うのは、大鎌の代わりに、一見したところ、古い時計によくある巨大な振子らしきものを手にしていることだった。しかし、この機械の見かけには、どこかもっと注意して眺めなければならない気持にさせるところがあった。真上を見つめていると

（それはちょうど私の真上に位置していたのだ）私にはそれが動いているように見えた。が、一瞬後には、気のせいでないことがわかった。その振幅は短く、当然ゆっくりしていた。恐怖の念からというより、むしろ好奇心から、私はそれを数分のあいだ眺めていたが、やがてその緩慢な動きを観察するのにも厭《あ》き、目を房内のほかのものに転じた。かすかな物音に注意をひかれ、床に目をやると、数匹の巨大な鼠が床を横切ってゆくのが見えた。奴らは右手に見える井戸から出て来たのだ。見ているうちにも、肉のにおいに誘われて鼠どもは群れをなし、せわしなく、目を爛々《らんらん》と輝かせて井戸から出て来る。こういう連中を肉に近づけないようにするのは並たいていの苦労ではなかった。

半時間、いや、一時間もしてからだったか（なにしろ時間にはあまり気をくばっている暇はなかった）、また視線を上にやった。そのとき見たものには、びっくりもし、あわてもした。振子の振幅が一ヤードほども大きくなっていた。当然ながら、速度もずっと速くなっている。しかし、なかんずく私の心を騒がせたのは、それがはっきりと降下、、、していることだった。よく注意して見ると――どれほど驚いたかについては言うまでもなかろうが――その下端部は三日月状のギラギラ光る鋼鉄製で、その先端から先端まではほぼ一フィート。その角《つの》状の両端は上向きに反り、下端部は剃刀《かみそり》のように鋭利と見えた。また剃刀のようにずっしりと重い感じで、細い刃の部分から次第に太くなり、堅固で幅広い上部に連なっていた。これが重々しい真鍮《しんちゅう》の棒に接続されていて、その全体が空中を揺れ動くと、シュッ、シュッと風を切って鳴った。

拷問にかけては天才的な悪憎どもが工夫を凝らしてわがために用意した運命については、もはや疑問の余地はなかった。当方が陥穽の存在に気づいていたことは審問所の役人どもも気がついていた——陥穽、その恐怖こそ私のごとき不屈の転向拒否者のために用意されたものだった——陥穽、それこそ地獄の典型、世に刑罰の極北と噂されているものだった。転落を免れたのは純然たる偶然だったが、不意を襲ったり、拷問の罠《わな》にかけたりすることが、こういう地下牢における処刑の怪奇趣味の肝要な部分をなすことを私は承知していた。転落させるのに失敗した以上、深淵に投げ込むことは悪鬼どもの計画からはずされることになり、かくして(代わるべき方法もないまま)別のもっと穏やかな破滅が私を待ちもうけることになったのだ。穏やかな！　こんなことばをこんな場合に用いることを思いついた自分自身にわれながら感服し、苦しいながらも苦笑を禁じ得なかった。

鋼鉄の刃がすばやく往復する回数をかぞえた、あの長い長い死にもまさる恐怖の時間について語ったところで、なんの役に立とうか！　一インチ、一インチ——一ライン(6)、一ラインと——何年もの時間を経過してやっとわかる程度の遅々たる速度で——それは少しずつ、少しずつ降下した！　幾日かが過ぎ——いや、もっと多くの日々が過ぎていたかも知れない——そいつはようやく私のすぐ鼻先にまで迫り、その刺激性をおびた息を吹きつけた。鋭利な鋼鉄の金属臭が鼻をついた。私は祈った——天もうんざりするほどに祈った——もっとすばやく下ろさせ給え、と。そのうち気がふれたのか、恐ろしい三日月刀が通過するあたりに、わざわざ胴体を持ちあげようと必死でもがいた。それからまたふと冷静にもどり、まるで珍しい玩具を前にした幼児のように、ピカピカ光る死の道具に微笑《ほほえ》みかけた。

　またしばらく完全に意識を失った。短時間のことだった。意識を回復したとき、振子はそれとわかるほど降下してはいなかった。しかし、かなり時間が経っていたのかもしれない——というのは、気絶したのを知り、意のままに振子の動きを止めることができる悪党がいたことは、まず確実だったからだ。それに、長期の断食が明けたときのような、ひどい——ああ、たとえようもなくひどい——胸のむかつきと脱力感を覚えた。そういう苦悶《くもん》のさなかにおいてさえ、人間は食物を求めるものだ。苦しい努力のすえ、右腕を動かせる範囲いっぱいにまで伸ばし、鼠どもが食べ残したわずかばかりの残飯を手に入れた。それをひとつまみ口に入れた途端、漠然とした喜び――希望の思いが胸にこみ上げてきた。希望が私に何の用があろうか？　それは、断っておくが、漠然とした未完の思いなのである――人間はそういう未完成な思いをしばしばいだくものなのである。それが喜びについての――希望についての思いだと感じはしたが、それが形を成さないうちに消滅したとも感じた。私はそれを完成させよう――取り戻そうとしたが、無益だった。長の苦悩で、通常の思考能力は萎縮していたのだ。私は無能力者――白痴そのものだった。

振子は身体に対して直角に揺れていた。三日月刀が心臓のあたりを横切るようにあんばいされていることもわかった。それが上衣《うわぎ》のサージの布をかすめる――それは戻ってきて、また同じ動きを繰り返す――何度も――何度も。振幅は猛烈に大きく（ゆうに三十フィートを越えていた）、そいつが風を切って降下してくる勢いたるや、周囲の鉄の壁をも切断せんばかりだったとはいえ、ここ数分で、そいつがなしうることといえば、せいぜい上衣を擦《す》り切ることぐらいだろう。が、ここで私は思考を停止した。これより先を考える勇気がなかったのだ。ここで思考をぴたりと止め、その点に執拗に注意を集中した——まるで、そうしていれば、鋼鉄の刃の下降をここで阻止できるかのように。三日月刀が衣服を擦過《さつか》してゆくときの音を——布の摩擦が神経に伝える特殊な悪寒のことを強《し》いて考えてみた。このような徒《あだ》し事《ごと》を無理に考えているうちに、歯の根が浮いてくるような不快感に襲われた。

降りてくる——着実に、じりじりと、そいつは降りてくる。私はその下降速度と水平移動の速度とを比較検討することに狂気じみた喜びを覚えた。右へ——左へ——遠く、彼方《かなた》へ——と悪霊さながらの叫びをあげる運動と、虎のようにしのびやかに心臓めがけてにじり寄る運動とを！　一方の観念が強くなると笑い、他方の観念が強くなると叫んだ。

降りてくる——確実に、無情に、そいつは降りてくる！　そいつは胸から三インチ以内のところで揺れている！　左の腕を自由にしようとして、激しく——凶暴に——もがいた。この腕は肘から手までが自由なだけだった。手はかたわらの皿から口にまで動かすのがやっとで、それ以上はどうにもならなかった。肘から上の紐を切断できたとすれば、振子にしがみつき、その動きを止めようとしていたことだろう。だが、それは雪崩《なだれ》をかいなで押しとどめようとするような暴挙だったろう！

降りてくる——なおも休みなく——避けようもなく、そいつは降りてくる！　振子の一振れごとに、喘ぎ、もだえた。一振れごとに痙攣的に身をすくめた。振子が外側に、また上に、遠ざかってゆくとき、まことにゆえない絶望的な熱心さで、目はそれを追い、死は救い——ああ！　なんたる言語に絶した救いであることか！——であったかも知れないのに、それが降下してくるときには、発作的に目を閉じた。それでもなお、振子がほんの少しでも降下すると、あのきらめく鋭利な斧が胸にグサリと食い込んでくると思うだけで、全身の神経がうち震えた。神経をうち震わせ、身体を縮こまらせたもの——それは希望だった。異端審問の地下牢にあってさえ、死刑囚に囁きかけるのは希望——処刑台上で勝ち誇るという希望——であった。

もう十回か十二回ほども振子が往復すれば、鋼鉄の刃は実際に私の衣服に接触することは明白だった。こう見てとると、研ぎすまされたような、静謐《せいひつ》な絶望がふと心に訪れた。何時間ぶりかで——いや何日かぶりで、私は考えた。するとふと頭に浮かんできたのは、私をぐるぐる巻きにしている紐ないし腹帯が一本であるということだった。私は幾本かの紐で縛られているのではなかった。剃刀のように鋭利な三日月刀が紐のどの部分を横ぎろうと、その一撃で紐は切断され、左手を用いれば、紐から身体を解き放つことができるはずだった。しかし、その際の恐怖は刃の近さだった！　少しでも身動きすれば、致命的！　そのうえ、拷問の下手人どもがそういう可能性を予測して対策を講じていないことがあり得るだろうか？　わが胸を巻いている紐が振子の通り道になっているることがあり得ないだろうか？　この一縷《いちる》の、そして最後とも思える望みに裏切られるのを恐れながらも、私は胸がはっきり見えるぎりぎりのところまで頭をもたげてみた。なるほど腹帯は私の手足や身体をがんじがらめにしていた――必殺の三日月刀の通り道、、、、、、、を除いては。

頭をもとの位置におろした途端、脳裡にひらめいたのは、先に言及した、あの救いという観念の未完成の残りの半分としか言いようのないものであった――食物を燃える唇に持っていったとき、脳裡にただ漠然と浮かんでいただけで形をなさなかったあの半分であった。いまやその思考の全容が姿を現わしたのだ――弱々しく、ほとんど正気のものとも、明晰なものとも言いがたかったが――それでもそれは全体としての体裁をととのえていた。直ちに、絶望的な勇気をふるい起し、その思いつきの実行にとりかかった。

寝かされていた台の周辺は、もう数時間にわたり、文字通り鼠で埋まっていた。彼らは獰猛《どうもう》、大胆、貪欲で――赤い目を爛々と輝かせ、私が身動きしなくなったら、直ちに餌食にしようと待ち構えている様子だった。「奴ら、井戸ではどんな食物を食べつけていたのだろうか?」と私は考えた。

追っぱらうのにいろいろ手はつくしたものの、奴らは皿にあった物はあらかた食べつくし、ほんの少量を残すのみだった。皿のあたりで手を上下左右に動かしていたものの、それもやがて惰性になって、この単調な無意識運動はその効果をなくしてしまった。貪欲な害獣たちは時おり私の指に鋭い牙を突き立てた。まだ残っていた脂っこく、香料のきいた肉片を、私は手の届く限り、紐のあちこちに丹念にこすりつけ、それがすむと、手を床からあげ、じっと息を殺して横になっていた。

貪欲無類の動物どもは、最初、この変化——運動の停止——に戸惑い、恐れをなした。彼らは警戒してあとじさり、井戸に逃げ込んだものもかなりいた。しかしこれも束の間のことだった。奴らの貪欲に当て込んだのは正解だったのだ。こちらが身動きしないと見てとると、奴らのうちの勇敢な一、二匹が台の上に跳《と》びのり、腹帯のにおいを嗅《か》いだ。これが総攻撃の合図らしかった。井戸から鼠の大群が続々と繰り出してきた。台の木にしがみつき——それをよじ登り、何百という群れをなして私の身体に跳びのってきた。振子の規則的な動きにひるむ様子は毛頭なかった。その動きを巧みにかわし、脂を塗った紐にむしゃぶりついた。奴らは私めがけて殺到し――私の上に群がり、次第に大きな山になっていった。奴らは喉のところでのたうちまわった。その冷たい唇は私の唇を求めた。その大群の重みで息がつまりそうだった。その名状しがたい嫌悪感が胸中に広がり、重くじっとりした冷たさで心臓はこごえた。しかし、一分もすれば苦闘も終わるはずだった。紐がゆるんでゆくのがはっきり感じられた。すでに数箇所で切断されているに違いなかった。超人的な忍耐力を発揮して、私はなおもじっとしていた。

目算に狂いはなかった――我慢したのも無益ではなかった。ついに自由になったのを感じた。紐はばらばらになって、胴体からぶら下がっていた。しかし振子の刃はすでに胸に触れていた。それは獄衣のサージを切断し、下着のリンネルをも切り裂いていた。さらに振子が二揺《ふた》れしたとき、鋭い痛みが神経のすみずみにまで伝わった。すでに脱出の時は到来していたのだ。手を一振りすると、わが解放者どもは慌てふためいて逃げだした。慎重な身ごなしで――用心深く、横ざまに、からだを縮めながら、ゆっくりと――紐の縛《いまし》めから身をほどき、三日月刀が届かないところに身をすべらせた。少なくとも、当座のところ、私は自由になったのだ。

自由！――異端審問所の掌中《しょうちゅう》にありながらの自由！　恐怖の木製の台から牢の石の

床に足を踏みだした途端、あの地獄の機械はその動きをぴたりと止め、何か目に見えぬ力によって、天井の上に引き上げられていくのが見えた。それはぐっと胸にこたえる教訓だった。私の一挙手一投足は監視されていたのだ。なんたる自由！――ある形式による苦悩の死を逃れたかと思うと、死よりもなお質《たち》の悪い別の形式の死に送り込まれるだけのことだった。そう思いながらも、自分を取り囲む鉄の壁をおそるおそる眺め回した。何か異常なことが――最初のところ、はっきりしなかったが、ある変化が――確かに、この部屋には起こっていた。茫然自失のていで打ち震えながら、長いあいだ、とりとめのない妄想に耽った。この間に、独房を照らしている燐光めいた光の出所に初めて気づいた。光は壁のつけ根のところでぐるりとこの牢をとりまく幅半インチほどの隙間から出ていた。壁は床から完全に離れているように見え、また事実そうだった。その隙間から覗《のぞ》いて見ようとしたが、無駄だった。

覗くのはやめて立ちあがった途端、部屋の変化についての秘密が忽然《こつぜん》と明らかになった。すでに述べたように、壁に描かれた図像の輪郭はかなり鮮明だったが、色はぼやけて不鮮明だった。が、いまやその色が信じがたいほどの強烈な輝きを帯び、しかもその輝きは刻一刻と強度を増し、ために妖怪変化たちの画像は、私より太い神経の持主をさえ慄然とせしめたに違いないような形相を呈していた。凶悪凄惨《せいさん》な生気を帯びた悪鬼の目が、先ほどまではどこにも見えなかったのに、不気味な火のような光をたたえて、四方八方から私を睨《ね》めつけていた。あり得ない、といかほど想像力に言いきかせようと、無益だった。

　い、い、い、あり得ない！——息をつくごとに灼熱の鉄の熱気が鼻孔をつく！　むせかえる臭気が牢にみなぎる！　わが苦悶を凝視する無数の目は刻々とその輝きを増す！　血ぬられた恐怖をえがく画像はなおいっそう強烈な深紅《しんく》の色合いを帯びる！　私は喘いだ！　息をしようと喘いだ！　わが迫害者どもの意図はもはや明白だった——ああ！　世にも無慈悲な！　ああ！　極悪非道の悪魔め！　灼熱の鉄板から牢の中央に身を避けた。切迫した火による死滅のことを思うと、井戸の冷たさという観念が香油のような安らぎをわが魂にもたらした。私は死の縁《ふち》に駆け寄った。目を凝らして底を見た。灼熱する天井の光が奈落の底を照らしていた。だが、この狂おしき一瞬、わが心はそこに見たものの意味を解するのを拒んだ。遂にそいつは無理やりに——強引に、わが魂に忍び込んだ——戦《おのの》く理性に焼きついた。ああ！　語るにことばのあらばこそ！　ああ！　なんたる恐怖！　ああ！　これ以外の恐怖ならどんな恐怖だっていい！　私は一声高く悲鳴をあげ、縁から飛びのき、顔を手にうずめて――号泣した。

熱は容赦なく高くなる。私は瘧《おこり》の発作に取りつかれたように身を震わせ、もう一度上を見た。牢にはまたしても別の変化がきざしていた――そして今度の変化は明らかに形態の変化だった。前回同様、何が起こっているのか判断し理解しようと努めたが、最初のうちはうまくいかなかった。だが、戸惑っている暇はなかった。二度まで逃げられたことが、異端審問所に復讐《ふくしゅう》を急がせていたのだ。これ以上「恐怖の王」と戯れさせてはおけない、というわけだった。これまでのところ部屋は四角だった。ところが鉄の壁がつくる角の二つが鋭角になり――したがって他の二つが鈍角になっている。この恐るべき変化は、ゴロゴロというような、呻《うめ》くような音とともに増大した。一瞬のうちに部屋の形態は菱形に変化した。しかし変化はここで止まらなかった――私も止まることを期待しなかったし、望みもしなかった。できることなら、あの灼熱の壁を平和の胸に抱きしめたい思いだった。「死」と私は口走った。「どんな死でもいい、あの穽《あな》で死ぬのでさえなければ！」馬鹿な！　陥穽に追い込むこと、それこそが燃える鉄板の目的だということに気づいていなかったとでもいうのか？　その熱に耐えられるとでもいうのか？　たとえその熱に耐えられるとしても、その圧力に耐えられるだろうか？　そしていまや、菱形はますます平たくなり、その迅速さに、考える暇もなくなっていた。菱形の中心、つまりそのいちばん幅広い部分は、大きく口を開く深淵の真上に来ている。私はあとじさった――しかし狭《せば》まる壁は私をいやおうなしに前方へと駆る。もはや焼けこげ、悶《もだ》えるわが身を置く一インチの足場も、堅牢な床にはなかった。足掻くのをやめた。ただだ、わが苦悶する魂は一つの、長く尾を引く、最後の絶望の叫びとなってほとばしった。私は陥穽の縁でよろめくのを覚えた――私は目をそらした――

がやがやいう人声がする！　幾多のトランペットが一斉に高鳴るような音響がする！　百雷が轟くような軋《きし》る音がする！　火の壁が急速に後退する！　気を失って深淵に落下しようとする私の腕を、伸びてきた誰かの腕がつかんだ。それはラサール将軍(7)の腕だった。フランス軍がトレドに入城したのだ。異端審問所はその敵の手中に落ちたのであった。

黄 金 虫(1)

おやおや、こやつ、気でもふれたか、あの踊りよう！
さては毒蜘蛛《タランチユラ》にでもやられたか！
——『みんな間違い』(2)

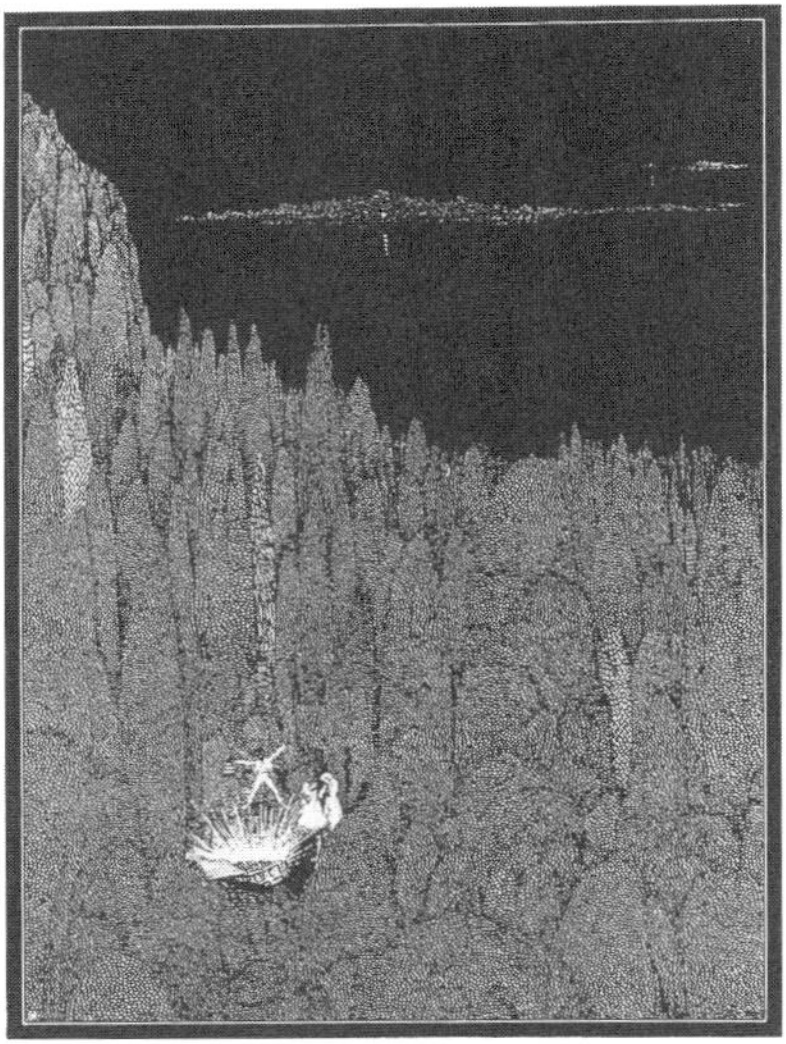

“The Gold-Bug” は、フィラデルフィアの『ダラー・ニュースペーパー』という新興の週刊誌の懸賞募集に応募して1等賞を獲得し、賞金100ドルを手にした作品で、同誌1843年6月21日、28日の両号に発表され大好評を博し、異例なことに同市の『サタデー・クーリア』も同年6月24日、7月1日、7月28日の3号に分載した。そればかりか、国内各地の新聞や雑誌は『ダラー・ニュースペーパー』の許可を得ることなく本編を印刷して売りさばいた。また、1846年にはパンフレットの体裁で「海賊版」がロンドンで出版され、フランスではその翻訳が “Le Scarabée d'or” の題で『ブリタニク』(1845年11月号)に掲載された。だが、版権制度がまだ確立していなかった当時にあっては、このような現象が作者に応分の報酬をもたらすことはなく、賞金の獲得にもかかわらず、病妻をかかえたポオの経済状況はいっこうに向上しなかった。とはいえ、賞金稼ぎのために宝探しの物語をもって『ダラー・ニュースペーパー』の懸賞に応じ、思惑どおりに賞を獲得したのは、ポオがこの雑誌の性格とその読者の嗜好《しこう》を正確に「推理」したことの結果でもあり、推理家ないし推理小説家としての自信を深め、マガジニストないしジャーナリストとしての自覚を新たにするよすがとなったばかりか、文学者としての創作意欲をも刺激したことに疑問の余地はない。ポオは同1843年6月には代表作の一つ「告げ口心臓」を、8月には不朽の名作「黒猫」を発表しているばかりか、自らの雑誌『スタイラス』を構想して広告まで出した。翌1844年には、妻を伴って文芸の中心地ニューヨークに転居し、推理小説にかぎっても、「お前が犯人だ」(11月)と「盗まれた手紙」(12月)を世に出した。(扉絵＝H. クラーク画)

かなり以前のことになるが、かつて僕はウィリアム・ルグランドなる人物と親交をむすんだ。この人物はユグノー教徒(3)の旧家の出で、一時は羽振りもよろしかったが、打ちつづく不運にすっかり落ちぶれたのだった。そういう災難につきものの屈辱は耐えがたく、ルグランドは先祖代々住みなれた町ニュー・オーリンズをあとにして、サウス・カロライナ州はチャールストンにほど近い、サリヴァン島(4)に住みついた。

この島はじつに風変わりな島である。ほとんど海の砂だけで出来ているような島で、全長はほぼ三マイル。どの地点にせよ、幅が四分の一マイルをこえることはない。島と陸をへだてるものは、ほとんど人目にもつかぬほどの小川で、それが水鶏《くいな》の好んでつどう葦《あし》しげる沼地をじわじわと流れている。こんな島のこととて、植物は種類にとぼしく、あるにしても背丈の低いものばかり。丈高い巨木はまったく見あたらない。島の西端にはムールトリー要塞《ようさい》が建ち、また、みすぼらしい木造の小屋もちらほら立っていて、夏にはチャールストンのほこりと熱気をのがれてくる連中が住みつく。この付近には剛毛を生やした棕櫚《パルメット》があるにはあるが、この島の西端と、堅く白い海岸線をのぞき、あとはイギリスの園芸家が珍重してやまぬ甘い芳香を放つギンバイカの下生えが島一面をおおっている。ところがこの低木、ここでは十五ないし二十フィートの高さに達することもまれではなく、ほとんど通り抜けられないほどの低木林を形成して、馥郁《ふくいく》たる芳香があたりの空気をよどませている。

この低木林のいちばん奥まったところ、島の東端、つまり人気《ひとけ》からいちばん離れた島のはずれに寄ったあたりに、ルグランドは小屋を立てて住んでいた。僕がふとしたことで彼と知合いになったのは当時のこと。この偶然の出会いはすぐさま友情へと発展した——というのは、この隠遁者には興味と尊敬の念をいだかせるところが大いにあったからだ。教養ゆたかで、人並すぐれた頭脳の持主だったが、人間嫌いの気風に染まっており、熱中するかと思うと、たちまちふさぎこむという移り気な気性も見うけられた。なかなかの蔵書家だったが、読むことはめったになかった。鉄砲撃ち、魚釣り、それに浜辺やギンバイカの茂みを歩きまわって貝殻や昆虫の標本を採集すること——それが彼の主要なたのしみで、ことに昆虫標本のコレクションは、スヴァンメルダム(5)のような昆虫学者もうらやむていのものだった。こういう採集に出かけるときは、たいがいジュピターという年とった黒人がつきそった。この老黒人はルグランド家没落以前に解放されて自由の身だったが、若い「ウィル旦那」のお供をするのを権利とこころえていて、おどそうとすかそうと、その権利を放棄させることはとてもできない相談だった。ひょっとすると、ルグランドのことを頭がいくらかおかしいと考えた彼の身内の者が、この放浪者を監督し保護する目的で、ジュピターにこういう頑迷な習性をうまいこと植えつけておいたのかもしれない。

サリヴァン島の緯度では、冬といっても寒さがそれほどひどくなることはまずなく、まして秋に火が恋しいことなど、それこそ稀有《けう》のことに属したが、一八＊＊年十月の中旬、たまたまかなり底冷えのする日があった。日没直前のこと、僕は常緑の木々をかきわけながら友の小屋へむかった。数週間、彼とは会っていなかった――当時の僕の住まいはチャールストンにあり、そこから島までは九マイルもあるうえ、往復の便は今日《こんにち》とくらべるとひどくわるかったからだ。小屋につくと、僕はいつものように戸をたたいてみたが、返事がない。そこで承知の隠し場所から鍵をさがしだし、戸をあけ、なかにはいった。炉には火があかあかと燃えていた。これは珍しいことだったが、じつにありがたいことではあった。僕は外套を脱ぎすて、パチパチとはじける薪《まき》のそばの肘掛椅子《ひじかけいす》に腰をおろし、主人たちの帰りを気長に待つことにした。

暗くなってまもなく、ふたりはもどってきて、僕を心から歓迎してくれた。ジュピターは耳から耳までを口にして笑いながら、夕食の水鶏料理の準備に精を出した。ルグランドはまた例の熱病の発作——としか言いようがないのだが——その最中だった。彼は新しい属をなす未知の二枚貝を見つけ、そのうえ、ジュピターの助けもかりて、一匹の黄金虫《スカラバエウス》(6)を追いかけてつかまえたとのことだったが、ルグランドの信ずるところによれば、そのスカラバエウスはまったくの新種で、その点については、あくる朝にでも僕の意見を徴したいということだった。

「で、なんだって今晩じゃいけないのかね?」僕は両手を火にかざしてこすりながら言ったものの、内心では、スカラバエウスとかいう虫けらなんぞは悪魔にでもくれてやれ、と思っていた。

「君が来るのがわかっていたらね!」ルグランドは言った。「だが、きみとはずいぶん長らく会ってないいし、それに、よりによって今夜きみがやって来ようとは、だれが予想できるかね? 帰りに要塞のG＊＊＊中尉に会って、馬鹿なことをしたもんだが、あの虫を貸してしまったのさ。そんなわけで、あすの朝にならないと見せられない。きみ、今夜はここに泊まっていくさ。あすの日の出早々に、ジュピターに取りにやらせるから。それは神の創りたまいしもののなかでも、ちょっとした逸品だ」

「なんだって？　日の出がかい？」

「冗談いっちゃいけないよ！　ちがう——虫のことさ。色はつややかな金色——かい、かたは大型のクルミ大——鞘翅《さやばね》の一端には漆黒の斑点が二個あり、反対の端には、いくらか横長の斑点が一個ある。触角《アンテニー》は——」

「あいつに、錫《テイン》なんか、まるっきりねえってば、ウィル旦那。さっきから言っとるですが」ジュピターが口をはさんだ。「あいつはほんとに黄金《こがね》の虫でがす、羽根さのぞけば、どこもかも、まざりっけのない金でがす——生まれてこんかた、あんな重てえ虫さ、持ったことねえですだ」

「うん、そうだとしてもだ、ジュピター」ルグランドは答えたが、その口調はいかにもきまじめで、僕にはいささか場ちがいに感じられた。「それが水鶏を黒こげにしてもいい理由になるかね。色は、だ」——ここでルグランドは僕に向きなおった——「色はだね、ジュピターがああ考えるのも無理はないのだ。きみだって、まずあんなにピカピカと金属的な光沢を放つ甲殻を見たことはあるまい——が、これについては、あすまできみには判断できないわけだ。ところで、体形については、おおよそのところまでわかってもらえるはずだ」こう言いながら、ルグランドは小さなテーブルに向かったが、卓上にはペンとインクはあったものの、紙がない。引出しをさがしたが、そこにもない。

「まあいいさ、これでも間にあう」ルグランドはとうとうあきらめてそう言い、チョッキのポケットから、ひどくよごれた大判洋紙《フールスキャップ》の断片とおぼしきものを取り出し、その上にペンで略図を描《か》いた。彼がこれを描いているあいだも、僕はまだ寒けが抜けず、火のそばの椅子から動かなかった。図ができると、ルグランドはすわったまま、それを手渡してよこした。そのとき、大きな唸《うな》り声がし、つづけて戸をひっかく音がした。ジュピターが戸をあけると、ルグランドが飼っていた大きなニューファウンドランド犬がとびこんできて、いきなり僕の肩にとびつき、やたらとじゃれついた。これまで、来るごとによくかまってやっていたからだ。犬のはしゃぎが一段落したところで、僕は紙片に目をやったが、正直いって、友の描いたものには少なからず面喰った。

「ほう!」僕はそれをしばらく眺めてから言った。「こいつはじつに珍しいスカラバエウスだ、ほんとに。こんなのは知らないね。こんなのにはお目にかかったことがない――頭蓋骨《ずがいこつ》か髑髏《どくろ》だっていうのなら話は別だが――なにしろ、僕がいままでに見たもののなかでは、これは髑髏にいちばんよく似ている」

「髑髏だって！」ルグランドはおうむ返しに言った。「うん――まあね、紙に描けば、そう見えなくもない、たしかに。上のふたつの黒い点が目ってんだろう、え？　下のいくらか横長のが口とね――それに、全体は楕円形《だえんけい》だし」

「まあね」僕は言った。「だけど、ルグランド、きみには画家の天分はなさそうだね。いずれにせよ、実物のかぶと虫をおがむまで待ったほうがよさそうだ――その形態を把握しようというのならね」

「ふん、そういったものかね」彼はいささかむっとして言った。「デッサンのほうはかなりいけるんだがな――すくなくとも、そのはずなんだ。いい先生にもついていたし、それほどへぼでもないとうぬぼれてるんだがね」

「それじゃ、僕をからかってるんだな」僕は言った。「これは頭蓋骨としてなら、かなりいい線までいっている――いや、骨格標本についての素人考えの線からいけば、上等の部類に属する頭蓋骨だと言っていいところだが――それにしても、きみのスカラバエウスがこれに似ているというのなら、それこそ世にも稀《まれ》なるスカラバエウスにちがいない。いいかい、これを種《たね》に、ぞっとするような迷信のひとつだってでっちあげられるぜ。

そうだな、このかぶと虫をスカラバエウス・カプト・ホミニス、つまり人頭黄金虫《じんとうおうごんちゅう》とかなんとか名づけてさ——博物学ではよくそんな学名があるじゃないか。ところで、きみが言ってたアンテニー、つまり触角はどこにあるのだい？」

「アンテニーだって！」ルグランドは言ったが、彼はこの件に奇妙に熱中しかけているようだった。「触角はちゃんときみの目に見えているはずだ。実物そっくりにはっきりと描いておいたのだから、それに不足はないはずだ」

「いやはや」僕は言った。「きみはたぶん描いたでしょうよ——ところが僕には、そいつがさっぱり見えないとくる」ルグランドの機嫌をそこねたくなかったので、それ以上は何も言わず彼に紙片を手渡したが、事態がこうなったのはまことに心外だったし、彼の不機嫌の理由はとんとわからないときた——それに、あのかぶと虫の図だが、それには触角は絶対になく、全体として、ごくありふれた髑髏図に酷似していたのである。

彼はひどく不機嫌そうに紙片を受けとり、火に投ずるつもりか、くしゃくしゃにまるめかけたが、ふと図を一瞥《いちべつ》すると、すっかり注意がそこに釘づけにされたらしい。一瞬、彼の顔は高潮し——たちまち蒼白《そうはく》になった。彼は数分間、すわったまま、じろじろと図面をねめまわしていたが、やがてふと立ちあがり、テーブルからロウソクをとりあげ、部屋の隅っこにある水夫用衣類箱のほうへと歩いてゆき、そのうえに腰をおろした。そこでまた、紙片をあっちに向け、こっちに向け、つぶさに検討していたが、ひと言も口をきくではなし、その挙動に僕はすっかり当惑した。しかし、なまじ口出しをして、これ以上機嫌を損じるのは賢明ではなかろうと判断した。と、彼は上着のポケットから紙入れをとりだし、そのなかに紙片をていねいにしまいこみ、それから紙入れごと書き物机のなかにしまい、鍵をかけた。するとルグランドの表情は目に見えて落着きをとりもどし、さきほどの興奮状態はすっかりおさまっていた。しかし彼は不機嫌というより、むしろ放心のていなのだ。夜がふけるにつれ、ルグランドはますます夢想にのめりこんでいった。僕がどんな警句や冗談をとばそうと、そんなことはどこ吹く風で、夢からさめるけはいはさらさらない。僕はこの小屋にはよく泊まっていたから、その夜もそのつもりだったが、主《あるじ》の気分がこうでは、暇乞《いとま》いするのが賢明と判断した。彼は無理に引きとめようとはしなかったが、別れぎわには、いつもよりよほど心をこめて僕の手をにぎった。

それから一月ほどして(その間、ルグランドには会っていなかった)、下男のジュピターが僕をチャールストンに訪ねてきた。この善良な老黒人がこんなに意気阻喪しているのを見たことがなかったので、友の身に何か重大な不幸がふりかかったのではないかと気がかりだった。

「どうした、ジュピター?」僕は言った。「今度はなんだね?――ご主人はどうだい?」

「それが、どうもこうも、ほんとのとこ、旦那さまはあんまりあんばいがよくないでがす」

「よくない! そいつは心配だ。どこが悪いって言ってるのかね?」

「そこ、そこでがす――どこが悪いともなんとも言わっしゃらねえ――そんでも、ひどく悪いでがす」

「ひ、ど、く悪いだって、ジュピター? なぜそれを早く言わないのだ? 床《とこ》についているのか?」

「いいんや、そんなんではなか!――どこにもついてなかとです――そこが困ったところでがす――ウィル旦那のことを思うと、胸がせつのうて、せつのうて」

「ジュピター、どうもおまえの言うことはさっぱりわからん。はっきりさせておきたい。おまえはご主人が病気だと言う。だけどご主人はどこが悪いとも、おまえには言わない、そうだな?」

「いやはや、旦那、あげんなことで、いちいち気さ狂ってた日にゃ、引き合わんでがす――ウィル旦那はなんともないと言わっしゃるけど――そんなら、どうしてまた、頭さうなだれ、肩さおったて、お化けみたく青ちょろい顔して、あっちへひょろひょろ、こっちへひょろひょろ歩きまわらにゃならんとです? それに、暇さえあれば計算ばっかしして――」

「何をしてるんだって、ジュピター?」

「石板に符丁《ふちょう》さ書いて算術さしとるとです――あんなけったいな符丁は見たこともねえ。ほんに、おそろしゅうなってくるでがす。しっかり旦那さ見張っておらにゃならんし。こないだも、おらの目さくらまして、日の出まえから姿さ消し、その日いちんち帰ってきっしゃらなんだ。おらあ、旦那さもどってきたらば、こっぴどいめにあわせてやるべと思うて、でけえ棒さ用意して待ってただが(7)――おらも馬鹿なもんで、旦那さ見ると、その勇気さしぼんでしもうて――あんまりあわれなようすをしとるもんでね」

「え?――なんだって?――ああ、そうか!――要するにだな、そんなあわれな男にあんまり手荒なまねはしないがいい――ご主人をぶったたいたりするんじゃないぞ

——いっぺんに参っちゃうだろうからな——ところで、どうしてまたそんな病気になったのか、いや、どうしてそんな行動をするようになったのか、何か思いあたるふしはないのかね？　あれからあとで、何か不愉快なことでもあったのかい？」

「いいんや、旦那、あれからあとには、なんもそげなこと——あのまえがあやしいとです——旦那さ来たあの日が」

「あの日がどうした？　どういうことなんだ？」

「いいんや、旦那、あの虫のこって——ほら、あの」

「あの、なんだって？」

「あの虫でがす——こりゃもう決まっとるでがす、ウィル旦那はあのこがね虫に脳天さかぶりつかれたあんばいで」

「どういう理屈でまた、ジュピター、おまえはそんなふうに考えるのかね？」

「爪さ見たってわかる、旦那、それにあの口。あげな、うすっきみわりい虫さ見たことねえだ——そばに来るもの、なんでもかんでも、けるわ、かぶりつくわで。やつをはじめにつかまえたのは旦那だったとですが、とたんにおっ放したところをみると——そのときかぶりつかれたにちげえねえ。おらはやつの口の格好がめっぽう気にくわねかったで、とても指でつかまえる気さなれんかって、見つけた紙でつかまえたでがす。おら、やつを紙でくるんで、口には紙の端さつっこんでおいてやった——まあ、そんなあんばいだったでがす」

「するとなんだな、おまえはご主人さまがかぶと虫にほんとにかまれ、それがもとで病気になったと思ってるわけだな」

「そう思うとるとじゃなか——そうと知っとるとです。こがね虫にかぶりつかれたたたりでねえなら、どうしてああまでこがねの夢ばっかし見るとですか？　おらはそったらこがね虫の話さまえにきいたことがありますだ」

「でも、どうしてご主人がこがねの夢を見ていることがわかるんだい？」

「どげんしてわかる？　そりゃ、寝言で言いなさるからですだ——そんで、わかる」

「なるほど、ジュピター、たぶんおまえの言うとおりだろうが、ところでいったい、本日はからずも貴殿にご来訪をたまわった、そもそもの理由はなんだね？」

「なんでござえます、旦那？」

「ルグランドさんからの伝言はないのか？」

「いいんや、旦那。伝言はなかとですが、この手紙をあずかってめえりました」ジュピターはそう言って、一通の手紙を僕に手渡したが、文面はこうだった。

拝啓

どうしてまたこんなに長く顔を見せないのかね？　ちょっとばかりそっけなくしたんで怒ってるんじゃあるまいね？　そんな君でもあるまいし。

あれ以来、僕には大きな心痛の種《たね》ができた。話したいことがあるのだが、どう話せばいいのか、いや、そもそも話していいものかどうかさえ、わからぬ始末だ。

ここのところ気分がすぐれず、おまけにジュピターの奴め、善意からなんだが、いろいろお節介をやきやがって、やりきれんほどだ。信じてもらえないだろうが――先日など、奴め、太い棒を用意して、それでこのおれを折檻しようってんだ。奴の目をぬすんで家を抜けだし、本土の山中で一日ひとりで過ごしてきたからだとさ。折檻を免れたのは、もっぱらこっちが病人じみた顔をしていたからだと小生は信じて疑わないよ。

先日お目にかかってから、小生の標本箱に加えられたものは皆無。

とにかく、都合がつくなら、ジュピターといっしょに来てくれ。ぜひそうしてくれたまえ。重要な用件で、今夜お目にかかりたい。最高に重要な用件なることは、これを保証するもの也。

敬具

ウィリアム・ルグランド

この手紙の調子にはどこか僕を大いに不安がらせるものがあった。その全体の書きっぷりが平素の彼の調子とはまるでちがう。いったい彼は何を夢見ているのか？　あの興奮しやすい頭に、いったいどんな奇想が新規にとりついたのか？　いったいどんな「最高に重要な用件」を彼が処理しなければならないというのか？　ジュピターの話のようすでは、ろくなことではなさそうだ。打ちつづいた不幸の重圧で、ついにわが友の頭もおかしくなった、というようなことでなければいいが、と僕は気がかりだった。そこでさっそく、この黒人と同道することにした。

波止場についてみると、われわれが乗りこもうとしているボートの底に、どう見ても新品らしい大鎌が一丁、鋤《すき》が三丁ころがっているのが目についた。

「これはいったいどういう意味なんだ、ジュピター？」

「うちの旦那の鎌に鋤でさ」

「そりゃそうだろうが、なんだってそんなものが、こんなところに転がっているんだね？」

「ウィル旦那がどうしても町で買ってこいと言わっしゃった鎌と鋤でがす。目ん玉飛び出るぐれえふんだくられたでがす」

「だが、いったいぜんたい、おまえの『ウィル旦那』は鎌や鋤で何をしようっていうんだい？」

「そったらこと、おらが知ってるわけなかんべえども、おらの考えでは、ウィル旦那にしてからが、知ってなさらんにきまってるでがす。それっちゅうのも、みんなあの虫けらのせいでがす」

ジュピターの頭は「あの虫」のことでいっぱいらしく、何をきいてもらちがあかないとわかったので、僕はボートに乗りこみ出帆《しゅっぱん》した。強い順風のおかげで、われわれは間もなくムールトリー要塞の北側の小さな入江にはいり、そこから二マイルほど歩き、小屋についた。ルグランドは首を長くして待っていた。彼は僕の手をにぎりしめたが、その尋常でない熱烈さには驚きもし、すでに抱いていた僕の疑念をいっそうつのらせた。彼の顔色は死人のそれのように蒼白《そうはく》で、深く落ちくぼんだ両の目は、ただならぬ光をたたえていた。身体の調子はどうかというようなことをきいてから、ほかにうまい話題もみつからぬまま、G＊＊＊中尉から黄金虫《スカラバエウス》を返してもらったのか、とたずねてみた。

「もちろん」彼は顔をふと高潮させて答えた。「次の日の朝、返してもらった。どんなことがあったって、あのスカラバエウスは手放すものか。ジュピターがあの虫について言ったこと、あれは、ほんとうだったんだよ」

「ほんとって、何が？」

「あの虫がほ、ん、と、に黄金《こがね》で出来てるって言ったことさ」彼はこれを大まじめで言ったので、僕はいいようもない衝撃を受けた。

「この虫でひと身上《しんしょう》きずけるというものさ」ルグランドは勝ちほこった笑みをうかべ、ことばをついだ。「先祖代々の財産を挽回できるんだな。だから、僕があの虫を珍重してやまないことに不思議はなかろうってんだ。運命の女神がそれを小生にさずけるのが妥当とお考えになったからには、小生といたしましては、あれを正当に利用させていただくよりほかないわけでして、そうすれば、あれが手引きになって黄金の山にたどりつく手筈になっている。ジュピター、あの黄金虫《スカラバエウス》をもってこい！」

「え？　あの虫でがすか、旦那さま。あの虫なら、まっぴらでさあ。自分でとってくるがええです」そこでルグランドは謹厳荘重な物腰で立ちあがり、例のかぶと虫がいれてある標本箱からそれを取り出し、僕のところに持ってきた。それは美しいスカラバエウスだったし、当時の博物学者も知らないもので——たしかに、科学的観点からしても珍重すべきものであった。鞘翅《さやばね》の一方の端の付近に丸い斑点が二個あり、反対側の端には横長の黒点が一個あった。甲殻はきわめて堅く、光沢があり、なるほど磨きをかけた金《きん》といったおもむきがある。この昆虫の重さがまた大したもので、あれこれ斟酌《しんしゃく》すれば、ジュピターが純金と思いこむのも無理からぬと納得できたが、ルグランドまでがジュピターの意見に同調したとなると、どうしても解《げ》しかねた。

「きみを迎えにやったのは」と僕がかぶと虫を調べおえると、もったいぶった口調で彼は言った。「きみを迎えにやったのは、ほかでもない、きみの助言と助力を得て、運命の女神とこの虫との関係をさらにつまびらかにせんがためである——」

「おい、ルグランド」僕は彼のことばをさえぎって、声高に言った。「たしかにきみは具合が悪そうだ。用心するにしくはない。ベッドで休むことだ。僕は、きみがよくなるまで二、三日ここにいてやろう。熱っぽいようだし——」

「脈をとってみてくれ」彼は言った。

脈をとってみたが、実のところ、熱がある気配はすこしもなかった。

「なるほど熱はない、それでも病気ってことはありうる。今回ばかりは、僕の言うとおりにしてくれ。第一に、ベッドで休むこと。第二に――」

「きみは誤解してるよ」彼は口をはさんだ。「これぐらいの興奮状態にあって、これほどまともなら、僕としては申し分ないくらい好調なんだ。もしきみがほんとうに僕の健康を気にしてくれるのなら、まずこの興奮状態をしずめてもらいたいものだ」

「それには、どうすればいいんだい？」

「簡単さ。ジュピターと僕はこれから本土の山に探検に出かけるところだが、この探検には、誰か信用のおける人物の助けが必要なのだ。ところで信用のおける人物となれば、きみしかいない。同行してくれるのなら、探検の成否はどうであれ、現にきみが見ているこの興奮状態がおさまることは請け合いだ」

「きみの役にたつことなら、なんでもしたいところだが」僕は答えた。「このけったいなかぶと虫と、きみが山へ探検にゆくことに、何か関係があるとでも言うつもりかね？」

「それが大ありなんだ」

「じゃ、ルグランド、そういう馬鹿げた仕事の片棒なら、かつぐわけにはいかんよ」

「それは残念――じつに残念――われわれだけでやらねばならなくなるんだからな」

「きみたちだけでやるんだって？　たしかに正気の沙汰じゃない！――だが、待てよ！――どれくらい留守にするつもりだい？」

「ひと晩ってところかな。これからすぐ出発して、どんなことがあっても日の出までにはもどってくる」

「では、きっと約束してくれるね、きみのこの酔狂がおわり、この虫騒動（ええ、いまいましい）がきみの満足のゆくように落着したら、そのときは小屋にもどり、医者の忠告なみに、僕の言うことに絶対服従するって？」

「ああ、約束するとも。じゃ出発だ。ぐずぐずしてはいられないからね」

心すすまぬままに、僕は友に同行した――ルグランド、ジュピター、犬、それに僕という一行《いっこう》。鎌と鋤はジュピターが持ったが――そうすると言ってきかなかったのはジュピターで――それというのも、僕の見たところ、やっこさんが極端に勤勉だからとか、従順だからとかいうわけではなく、むしろそういう道具を主人の手のとどく範囲内におくのがこわかったかららしい。ジュピターの態度はかたくなそのもので、途中のつれづれにその口からもれたことばといえば、ただただ「あのいまいましい虫っけらめ」なる数語だけだった。僕が分担したのはランタンふたつだけだったが、ルグランドは黄金虫だけで満足らしく、それを鞭《むち》のさきにくくりつけ、歩きながら、手品師よろしくクルクル回していた。わが友の狂気を証明するこうしたのっぴきならない証拠の数々を見せつけられて、僕は涙をとどめかねた。しかし当座のところ、つまり成功の見込みがあるもっと効果的な手段が見つかるまでは、ルグランドの好きにさせておくよりほかはない、と僕は考えた。それはそれとして、探検の目的について探りを入れるのを怠っていたわけではなかったが、まるで功を奏さなかった。僕を同行させるのにまんまと成功したからには、くだらぬ話題についてことばを交わすのは無用とばかり、何をきいてもルグランドは「いまにわかるさ！」とのたまうばかりだった。

われわれは島のはずれの小川を小舟でわたり、それから本土の岸の高地にのぼり、人の歩いた跡などまったくない、ひどく荒涼寂寞《せきばく》たる地域を北西に向かってすすんだ。ルグランドは確信をもって先頭をきり、ただ、ところどころで一瞬立ちどまることがあったが、それもせんだって自分だけで来たときにつけておいた自前の目印を確認するためだった。

こんなふうにして二時間ほど歩き、太陽が沈みかけたころ、われわれはそれまで見てきたいかなる眺めよりなお荒涼とした場所に足をふみいれた。そこは一種の高原で、ほとんど人を寄せつけそうにない山の頂上から程遠からぬところにあった。その山はふもとから頂上まで木が密生し、ところどころに巨大な岩が散在していたが、べつに地面に根づいているともみえないのに、下の谷間に落下せずにすんでいるのは、多くのばあい、それが寄りかかっている樹木に支えられているからだった。思い思いの方向に走る渓谷は、あたりの景観になおいっそうの峻厳の気をそえていた。

われわれがのぼった天然の高台は一面に茨《いばら》が密生し、鎌がなければとても前進できないことは、すぐにわかった。そこでジュピターは、主人に命じられるまま、とほうもなく高い百合《ゆり》の木(8)の根もとまで、一行のために道をひらきにかかった。その木は、八本ないし十本の樫《かし》の木といっしょに平地に立っていたが、その葉の茂りようの見目《みめ》のよさといい、枝の張りようといい、全体の容姿の雄大さといい、まわりの樫の木はもとより、それまでに見たどんな樹木よりもはるかにすぐれていた。われわれ一行が木にたどりついたとき、ルグランドはジュピターをかえりみて、この木にのぼれると思うか、とたずねた。この質問に老黒人はいささかたじろいだらしく、しばらくは返事もしなかったが、やがてその巨大な幹に近づき、まわりをめぐり、念入りに吟味し、それがおわると、ジュピターはただこう言った。

「はい、旦那さま、このジュピターめが見た木で、のぼれなかった木はないでがす」

「そんならさっそくのぼるんだ。じきに暗くなって、お目当てのものが見えなくなったら大変だ」

「どれぐらい高くのぼればよかとです、旦那さま？」

「まず太い幹をのぼるんだ。そしたら、こっちでどっちへいくかを教える——おっと——待った！　このかぶと虫を持っていけ」

「え、虫とですか、ウィル旦那！　あのこがね虫とですか！」黒人はすっ頓狂な声をあげ、たじたじとあとじさった。「なんでまた、虫を木のうえまで持っていかにゃならんとです？　まっぴらでがすよ！」

「なあ、ジュピター、おまえみたいな図体《ずうたい》の大きい黒んぼでも、何もしない、こんなちっぽけな、死んだかぶと虫がこわいとなりゃ、まあしかたがない。この紐《ひも》につけて持ってゆくがいい——だが、どうしても持っていくのがいやというのなら、これはもうやむをえん、このシャベルでおまえの頭をたたき割るよりほかはない」

「そったらことで、なんでがす、旦那さま」ジュピターはそう言ったが、あきらかに自尊心を害されて承知する気になったものらしい。「いつもかもこんな老いぼれになんくせさつけて。ちょっくら冗談さ言っただけだのに。このおらが、虫さおとろしいだと！　虫けらがなんでがす」そこでジュピターは紐のいちばん端を用心ぶかくつかみ、できるだけ虫を自分の身体から離すように算段しながらのぼる手はずをととのえた。

若木のうちは、アメリカの森林樹のうちでも最も雄大なこの百合の木、学名リリオデンドロン・トゥリピフェールム(9)は、とくになめらかな幹を有し、しばしば横枝を張らずにかなりの高さに達するが、老木になるにつれ、樹皮は節くれだち、凹凸もふえ、幹からはたくさんの小枝が出るので、このさい、木にのぼるのは見かけほど困難ではなかったのである。ジュピターは両腕と両膝で、できるだけぴったり巨大な円柱に抱きつき、手でどこかの出っぱりをつかみ、素足の指をべつの出っぱりにかけ、一、二度すんでのところで落ちそうになりながらも、どうやら最初の大きな木の股までよじ登り、それで仕事は事実上おわったものと思っているらしかった。なるほど登り手は地上六、七十フィートのところにいたものの、仕事の危険な部分は事実上おわっていたのである。

「どっちへいくんでがす、ウィル旦那？」ジュピターはきいた。

「いちばん太い枝をのぼっていけ――こっち側のだぞ」ルグランドは言った。黒人はすぐその命にしたがい、さしたる苦労もなさげにどんどん高くのぼっていき、やがてずんぐりしたその姿も葉かげにかくれて見えなくなった。と、ジュピターの声が遠くからの呼び声のように聞こえてきた。

「どれぐれえ、いくとでがす?」

「どれぐらいのぼったんだ?」ルグランドがきいた。

「木のてっぺんから空が見えるぐれえ高くでがす」

「空なんかどうだっていいから、こっちの言うことをきくんだ。幹を見おろし、おまえの下のこっち側に枝が何本あるか、かぞえてみろ。いくつ枝を越してきた?」

「ひ、ふ、み、よ、いつ――でけえ枝を、こっち側で五つ越したでがす」

「じゃ、もうひとつ高いところにある枝にゆけ」

しばらくするとまた声がして、七本目の枝についたことを知らせてきた。

「よし、ジュピター」ルグランドは叫んだが、あきらかに興奮しているもようだった。

「その枝をできるだけ先までいってくれ。変わったものが見えたら、なんでもいいから知らせろ」

あわれな友の狂気についての僕の疑念がまちがいであればよいのだがという一縷《いちる》の望みも、ここにいたって、ついに霧散した。狂気と断定するよりほかに選択肢はなくなり、家につれもどす方策を本気で案じはじめた。どうするのが最上の策かと思いあぐねているうちに、またジュピターの声がした。

「この枝をずっと先までいくのはごめんでがす――ずっと死に枝でさ」

「枝が死んでるだって、ジュピター?」ルグランドはふるえ声で言った。

「そうでがす、すっかり死んどるとで――まちげえなく死んでまさ――生気ってものがこれぽっちもねえでがす」

「いったいどうすればいいんだ?」ルグランドは困りきったようすで言った。

「どうすればいいだって!」僕は待ってましたとばかりに言った。「そうだな、家に帰って休むんだな。さあさあ! ――言うことをきいてくれ。遅くなるし、それに、約束もしたじゃないか」

「ジュピター」ルグランドは叫んだ。僕の言うことなど、馬耳東風なのだ。「聞こえるか?」

「へえ、ウィル旦那、ちゃーんと聞こえとるでがす」

「じゃ、ナイフでしらべてみるんだ。よっぽどひどく腐ってるかどうか」

「たしかに腐ってるでがす」黒人はしばらくしてから返事をしてきた。「だけども、まてよ、そんなでもねえかな。おらひとりなら、もうちょっぴりいけるかもしれねえな」

「ひとりならだと！――そりゃどういうことだ？」

「へえ、虫のことで。ほんに重てえ虫でがす。こいつを落としちまえば、この枝も黒んぼひとりぐれえで折れやしめえ」

「この悪党めが！」ルグランドは声を荒だてたが、内心ほっとしているようすだった。

「ふざけたこと言いやがって、どういう了見なんだ？　そのかぶと虫を落としてでもみろ、おまえの首をへし折ってくれるぞ。いいか、ジュピター、聞こえるな」

「へえ、旦那さま、あわれな黒んぼをそんなにどなりつけることなかとですに」

「いいか、よく聞け！　その枝をぎりぎり大丈夫と思うところまでいくんだ。それで虫も落とさなかったら、木をおりてからすぐに一ドル銀貨をやるぞ」

「いくでがす、ウィル旦那――ほら、もういっとるでがす」黒人は即座にそう答えた――「もうじき端っこでがす」

「端っこだと！」ルグランドは金切り声をあげた。「その枝の端っこにきてるってんだな?」

「もうすぐ端っこでがす、旦那――う、ひ、ひ、ひ、ひー! あんりゃま! この木のうえにあるこいつは、いってえ何だべ?」

「よし!」ルグランドはひどく活気づいて叫んだ。「何がある?」

「どう見てもしゃれこうべでがす――だれかがてめえの頭《こうべ》さ、木のここに忘れてったもんで、からすが肉さみんなついばんだんだべえ」

「されこうべ、そう言ったな! ――よし! ――どんなふうに枝にゆわいつけてある? ――何でとめてある?」

「がってんでがす、旦那さま。見るとすべえか。あんりゃま、こんりゃたまげた――しゃれこうべのなかにでけえ釘さあって、それで木にへっついてるでがす」

「よしきた、ジュピター、言うとおりにするんだぞ――聞こえるな?」

「へえ、旦那さま」

「じゃ、ちゃんとやれよ――されこうべの左の目を見ろ」

「いや、はや! おったまげた! 目なんて残ってねえでがす」

「この馬鹿者! おまえは自分の右手と左手の区別がちゃんとできるんだろうな」

「そんりゃもう――そんなことぐれえ、もうちゃんとわかっとるでがす――おらが薪《まき》さ割るほうの手が左手で」

「なるほど！　おまえは左ききだったな。とすると、おまえの左目はおまえの左手とおなじ側にあることになる。さあ、これでされこうべの左の目が見つかるはずだ――むかし左の目があった場所が見つかるはずだ。見つかったか？」

長い沈黙のすえに、黒人の声がきき返してきた。

「しゃれこうべの左目っちゅうもんは、やっぱし、しゃれこうべの左手といっしょの側にあるべか？　なにせ、しゃれこうべちゅうやつには手ってものがさっぱりねえもんで――なに、心配なか！――左目さ見つけたでがす――さあ、こいつあ左目だべ！　これをどうするとで？」

「そこにかぶと虫を通し、紐をできるだけ伸ばして垂らすんだ――だが、気をつけるんだぞ、紐を放すんじゃないぞ」

「やりましただ、ウィル旦那。虫を穴さ通すのは造作もねえ――下でよく見ててくっしゃれ」

こういうやりとりのあいだ、ジュピターの姿はまったく見えなかったのだが、彼が下ろしたかぶと虫は、いまや紐の先端にぶらさがりながら姿をあらわし、われわれが立つ高原をいまだほのかに照らす落日の残光に映えて、磨きたての黄金の玉のようにきらめいた。スカラバエウスはすこしも枝に触れることなくぶらさがり、落とせば、われわれの足もとに落ちると思われた。ルグランドはさっそく鎌をとり、昆虫の真下の地面を直径三、四ヤードばかりの円形に刈り取り、これがすむと、ジュピターに紐を放しておりてくるよう命じた。

かぶと虫が落下した地点に正確細心に杭《くい》を打ちこむと、友はポケットから巻尺をとりだした。杭から至近距離にある例の木の幹の一点に巻尺の端を固定すると、彼はそれを杭まで伸ばし、さらに木と杭との二点の延長線上を五十フィートほど伸ばしてゆき——その間、ジュピターは茨をせっせと鎌で刈って先払いをつとめた。こうして決定されたた第二の地点にべつの杭が打ちこまれ、これを中心に直径四フィートほどのぞんざいな円が描かれた。するとルグランドは自分で鋤を手にし、べつの鋤を僕とジュピターにそれぞれ手渡し、できるだけすみやかに掘りはじめてくれ、と言うのだった。

正直なところ、元来僕はこの種の酔狂に格別の趣味があるわけではなく、とりわけこのときは、にべもなく断りたいところだった。夜も近づいていたことだし、それまでの強行軍でかなり疲労もしていたからだった。だが、逃げようにも方法はなく、断っては、不憫《ふびん》な友の心の平静をかき乱すおそれもあった。もしジュピターの援助がほんとうに当てにできたのなら、ためらわずにこの狂人を力ずくでも小屋に連れもどしていたところだが、僕はこの老黒人の性分をよくわきまえていたので、いかなる状況下にあっても、他人が自分の主人と争うだんになってなお彼が僕に加勢しようなどとはとても考えられなかったのだ。きっとルグランドは南部にはあまたある宝探しの伝説にかぶれていたのだ。そこへもってきて例のスカラバエウスが見つかり、それにおそらくジュピターが頑迷にも「正真正銘の金の虫」だなどと言いはったことも手伝って、ルグランドの頭のなかで幻想が真実になってしまったのだ。いったい発狂の傾向のある人間はそういう暗示にはかかりやすいもので――とくにそれが以前から自分がいだいていたなじみの先入観とむすびついたりしようものなら目もあてられない。そこで僕が思い出したのは、このあわれな男が例のかぶと虫のことを「わが財産の手引き」と言っていたことだった。要するに、僕は情けなくもあり、当惑もしていたわけだが、ついにこれも浮世の義理とあきらめ――せっせと掘り、そしてできるだけ早く、この妄想家にのっぴきならぬ証拠をつきつけ、彼がいだいている考えが誤謬《ごびゅう》であることを悟らせてやろうという気になってきたのである。

ランタンに灯《ひ》をともし、われわれは、こんな酔狂なことについやすのはもったいないような熱心さで作業に着手した。ランタンの強烈な光がわれわれの姿や道具に降りそそぎ、この一団がどんなに奇怪《ピクチャレスク》な群像を構成していることか、また、たまたまこの場にさしかかる人物がいるとすれば、われわれのこの作業は、どんなに奇妙で、いかがわしくその目に映ずることか、などと僕は気をまわさずにはおれなかった。

二時間あまり、われわれはせっせと掘りつづけた。ほとんど口もきかなかった。ただ、いちばんわずらわしかったのは、犬が吠えたてたことだった。犬はわれわれの作業にいたく関心を寄せていたのだった。この犬、しまいにはあんまり騒々しくなり、付近をうろつく人間に聞きとがめられる心配がでてきた――が、むろんこれはルグランドだけの心配で――僕としては、邪魔がはいり、この放浪者を家に連れもどすきっかけにでもなれば願ってもないことだった。しかしこの騒音も、結局は、ジュピターの手によってあえなく消されてしまった。彼は悠揚《ゆうよう》せまらぬ物腰で穴から這《は》い出し、ズボンのサスペンダーの片方をはずして犬の口をしばりあげ、低い含み笑いをもらしながら、また仕事にもどった。

その二時間が経過すると、穴の深さは五フィートにも達していたのに、宝のけはいはみじんもなかった。一同休憩ということになり、僕は茶番劇もいよいよこれにて幕かと希望をもちはじめた。しかし、ルグランドはあきらかに気落ちしたふうではあったが、それでも額《ひたい》の汗を物思わしげにぬぐうと、また仕事にとりかかった。われわれはすでに直径四フィートの穴を掘りあげていたが、こんどは周囲をもうすこし削り取り、さらに二フィート掘りさげた。それでも何ひとつ出てこなかった。僕はこの山師に心からの同情を禁じえなかったが、ルグランドは顔の造作のひとつひとつに深い失望のかげりを刻みながら穴から這い出してきて、仕事にかかるまえに脱ぎすてておいた上着を、ゆっくりと、いかにも気がすすまぬ、という仕草で着はじめた。そのあいだ、僕はひと言も口をさしはさまなかった。ジュピターは主人の合図で、道具をあつめにかかった。これがすみ、犬の口輪もはずされ、一行は黙りこくって家路についた。

たぶん十二歩ばかり歩いたときだった。ルグランドは大きな唸り声を発し、大股につかつかとジュピターに近づき、いきなり襟首《えりくび》をひっつかんだ。虚をつかれた黒人は目を見開き、口をあんぐりとあけ、鋤を落とし、地面にひざまずいた。

「この野郎！」ルグランドは食いしばった歯のすきまから一語一語をきしらせながら

吐き出した。「この罰当たりの黒んぼめ！――さあ、言え！――つべこべ言わずに、すぐ答えろ！――どちらが――どちらが、おまえの左目だ？」

「そんりゃ、その、ウィル旦那！　こっちがたしかにおらの左目でがす」ジュピターは度肝を抜かれ、うめくように声を出しながら、手を右の目にあてがい、いまにもえぐり出されるものと思ってか、必死になってそれを押さえた。

「そんなこったろうと思った！――おれにはわかってたんだ！――やれやれ！」ルグランドはわめき、黒人を放免したかと思うと、いきなり騰躍《クルヴエツト》やら半旋回《キヤラコール》(10)やらをおっぱじめたので、下僕はすっかり呆気にとられ、立ちあがったものの、口もきけないありさまで、ただ主人からこちらへ、こちらから主人へと視線をおよがせていた。

「よし、もどるんだ！」ルグランドは言った。「勝負はまだついてない」そう言うと、彼はまた百合の木に向かって歩きだした。

「ジュピター」木の根もとにつくと、彼は声をかけた。「こっちへ来い！　されこうべは顔をそとに向けて枝に打ちつけてあったのか、それとも顔を枝のほうに向けていたのか？」

「顔はそと向きでさ、旦那さま。そんでからすめ、目ん玉さ食べるのに苦労がいらなんだあんばいで」

「よし、それじゃ、おまえがかぶと虫を落としたのは、こっちの目からか、それともあっちの目からか、どっちだ？」——そう言いながら、ルグランドはジュピターの目を交互にさわった。

「こっちの目でさ、旦那さま——左の目で——言わっしゃったとおりの」この黒人が指さしたのは、右目だった。

「もうよし、わかった——やりなおしだ」

こういうところに、わが友の狂気には方法論めいたものが認められる、あるいは認められるような気がしたのだが、とにかく彼は例のかぶと虫が落下した地点をしるす杭をもとの地点から西のほうに三インチほどずらした。そして前回同様、幹にいちばん近い点から杭まで巻尺を伸ばし、そこからまた一直線に五十フィート伸ばして標点をさだめた。そこはさっきわれわれが掘り返した地点から数ヤードはなれた場所だった。

新しい点を中心に、さっきよりいくらか大きめの円が描かれ、われわれはまた鋤で作業をはじめた。僕はひどく疲れていたが、とにかくこの押しつけ仕事にそれほど嫌悪感をおぼえなくなっていて、この心境の変化は、われながら解しかねた。僕は奇妙に興味をそそられていた——いや、興奮さえしていたのだ。たぶんルグランドの奇っ怪な行為のどこかに——なにか先見の明というか、思慮深さというか、そういったものがあり、それに感銘を受けたものらしい。僕は熱心に掘りつづけたばかりか、わが不幸な友の心を狂わせた幻想の宝物を、ほとんど期待と言っていいような気持で、僕自身が待ちもうけていることに、ふと気づくのだった。そのような妄想に僕がいちばんひどく取りつかれていたころ、つまりわれわれが仕事にかかってから一時間半ほどたったころ、われわれはまたしても犬のはげしい鳴き声に邪魔された。さっきの騒ぎぶりにはどこかふざけた、気まぐれな調子があったが、今度のは本気な、切迫した調子をおびていた。ジュピターがまた口輪をはめようとすると、犬は猛然と抵抗し、あげくのはてには穴に跳《と》びこみ、気でも狂ったように爪で土をひっかきはじめた。数秒もすると、犬はひとかたまりの人骨を掘り起こした。それは二体の骸骨で、そのなかには数個のボタンと腐敗した毛織物の屑《くず》らしきものがまじっていた。鋤を一、二度打ちこむと、大きなスペイン・ナイフの刀身が出てきて、なおも掘りすすむと、金貨銀貨がばらばらに三、四枚あらわれた。

これを見てジュピターはよろこびを隠しきれないあんばいだったが、主人のほうの顔には極度の失望の色が浮かんでいた。それでもルグランドはわれわれに仕事をつづけるようにと言った。が、そのことばがおわるかおわらぬうちに、僕は何かに足をとられて、つんのめった。靴の爪先が、掘り出した土になかば埋もれていた大きな鉄の輪をひっかけたのだった。

仕事に熱がこもってきた。実際、これほど興奮した十分間をすごしたおぼえは僕にはない。それだけの時間で、われわれは長方形の木箱をほぼ完全に掘り出したのだ。箱の完璧な保存状態、信じがたいほどの堅牢さからして、なんらかの鉱化処理――おそらく塩化第二水銀の鉱化処理がほどこされていることはあきらかだった。この箱は長さが三フィート半、幅が三フィート、深さが二フィート半もあり、錬鉄のタガががっしりとはめられているうえ、鋲《びょう》でとめてあり、それが全体として格子模様をなしていた。箱のどちら側にも、上部のほうに鉄の環《わ》が三個ずつ――つごう六個ついていて、六人でしっかり持てる仕組みになっていた。三人で力を合わせて奮闘してみたが、土に埋まっている底がすこしずれただけで、これだけの重量のものを運び出すのが無理であることはすぐにわかった。さいわい、蓋《ふた》をとめているのは二本の抜き差し自由の閂《かんぬき》だけだった。閂をわれわれは抜いた――不安と期待で身をわななかせ、胸をはずませながら。と、たちまちわれわれの眼前に、はかり知れない財宝が燦然《さんぜん》として出現した。ランタンの灯が光を投げかけると、雑然と山づみされた金貨と宝石は光芒《こうぼう》を放ってきらめき、目もくらまんばかりであった。

それを見たときの気持を書きつける筆力はとうてい僕にはない。が、とにかく驚愕が主たる感情だった。ルグランドは興奮のために疲労困憊《こんぱい》したのか、ほとんど口をきかなかった。ジュピターの顔も、しばらくは、黒人の顔色としてはこれ以上蒼白《そうはく》にはならないほど蒼白だった。まさしく茫然自失——雷にでも打たれたかのようだった。そのうち彼は穴のなかでひざまずき、素肌の腕を金貨にうずめ、しばらくじっとそのままにしていて、まるで入浴気分にでもひたっているかのようだった。だがやがて、ジュピターは深いため息をひとつつき、まるでひとり言のように、大声でわめいた。

「ほんに、こりゃみんなこがね虫のおかげでがす！　あのきれいなこがね虫めの！　おらがさんざ悪口さ言った、あのめんこいこがね虫めのおかげでがす！　おめえ、はずかしゅうなかとか、この黒んぼめ？——答えてみれ」

そのうち、主従をうながして財宝を運び出す算段をする必要が生じてきた。夜はふけてきたし、夜明けまでに残らず小屋まで運ぶとなれば、それこそ大仕事だった。ところが、その算段を講ずるのがまたひと仕事で、ああでもない、こうでもないと議論をかさね、かなりの時間を無駄にした——それほどみんなの頭は混乱していたのである。が、結局は中身を三分の二ほど取り出して箱を軽くして、どうにか穴のそとに運びあげることに成功した。箱から出した品物は茨の茂みにかくし、番兵に犬を残し、犬には、どんなことがあっても、その場を動くことも、吠えることもならんとジュピターが厳命した。それからわれわれは箱を持って急遽《きゆうきよ》帰途につき、ひとかたならぬ苦労のすえ、午前一時、どうにか無事に小屋にたどりついた。疲れきっていて、即刻つぎの仕事というわけには、そこは生身の人間ゆえ、とてもいかなかった。われわれは二時まで休息し、それから食事をとり、その直後にふたたび山に向かって出発したが、たまたま敷地内に丈夫な袋が三つ見つかったので、それを携行することにした。四時ちょっとまえに穴につき、のこりの戦利品をできるだけ均等にわけ、穴は埋めないまま、ふたたび小屋に向かって出発し、しののめの空を背にして立つ木々の梢のうえに、あけぼののかすかな光の幾条かが射しそめるちょうどそのころ、われわれはふたたび黄金の重荷を小屋に運びこんだ。

われわれは完全にへばっていたが、なにせ当時は興奮しきっていて、ゆっくり休めるものではなかった。三、四時間うとうとしたかと思うと、みんな申し合わせたように起きあがり、財宝の品定めにとりかかった。

箱は縁まで満杯で、中身の品定めに、その日一日と夜の大半をついやした。順序とか配列とかはまるでなかった。ただ雑然と山づみされているだけだった。しかし入念に仕分けしてみると、当初の予想をはるかに越える莫大な富を手に入れていたことが判明した。貨幣で四十五万ドル以上あった——貨幣のひとつひとつを当時の相場表にできるだけ正確に照らし合わせて値踏みした結果である。銀貨は一枚もなく、すべて金貨で、年代も古く、種類もさまざま——フランス、スペイン、ドイツの貨幣にまじり、イギリスのギニー金貨もいくらかあり、そのほか、それまで雛形《ひながた》も見たことがないような貨幣もあった。ひどく摩滅していて銘刻もさだかに読めない大きくてずっしりした金貨もいくつかあった。アメリカの貨幣はなかった。宝石類の値踏みはずっと困難だった。ダイヤモンド——これは並はずれて大粒で、みごとなものがまじっていたが——ともかく全部で百十個あり、ひとつとして小粒なものはなかった。みごとな光沢を放つルビーが十八個。三百十個のエメラルド——これもことごとくじつに美しい。二十一個のサファイアに、オパールが一個。宝石類はみんな台からはずされて箱に投げこまれていた。台そのものも金貨にまじって見つかったが、見分けがつかないようにするためか、ことごとくハンマーのようなものでたたきつぶされていた。このほかにも、おびただしい数の純金製の装飾品があった――ほぼ二百個をかぞえるどっしりした指輪にイヤリング。豪奢《ごうしゃ》な鎖――記憶が正しければ、これが三十個あまり。八十三個のきわめて大きくて重い十字架像――金製香炉の逸品が五個――ぶどうの葉とバッカスの饗宴《きょうえん》で浮かれ騒ぐ群像を打ち出したパンチ・ボールの珍品がひとつ。精巧な浮彫りがほどこされた刀の柄《つか》が二本に、その他、とても思い出せないほどの小間物の数々。これら貴重品の重量は常衡《アヴォワールデュポワ》(11)で三百五十ポンドを越えていたが、それには九十七個のすばらしい金時計の重量はふくまれていない。そのうちの三個などは、おのおの五百ドルはする代物《しろもの》だったが、ほとんどは古びていて、時を計る道具としては無価値だった。機械が多少とも腐食していたからだ――しかし、いずれもふんだんに宝石がちりばめられた高価なケースにおさまっていた。その夜、われわれは箱の中身をあわせて百五十万ドルと見積もったが、その後、小間物や宝石(いくらかは個人用にのけておいたが)を処分してみると、財宝のねうちを過小に評価していたことが判明した。

品定めがおわり、極度の興奮もいくらかおさまると、ルグランドは、この尋常ならざる謎を解くにいたった経緯を知りたくて僕がうずうずしているのを見てとり、それに関するいっさいの事情を詳細に説明しはじめた。

「きみはおぼえているだろうが」彼は言った。「あの晩、僕はきみに例のスカラバエウスのスケッチを手渡したね。そしたら、きみがあの絵のことを髑髏に似ていると言ったもので、僕がつむじを曲げたこともね。最初きみがああ主張したとき、僕はからかわれていると思ったんだ。しかしあとでよく考えてみると、あの虫の背中の斑点はなるほど妙だし、きみの言っていることもまんざら無根拠でもないわいと、まあ内心そう思ったわけだ。それにしても、デッサンの技量をけなされたとなれば腹も立つ——これでも絵はうまいことになっているんでね——まあ、そういうわけで、きみが羊皮紙の切れっぱしを僕に手渡したとき、僕はそいつをくしゃくしゃにして、腹立ちまぎれに火にくべようとしたのさ」

「例の紙切れのことだね」僕は言った。

「いや、あれは紙そっくりだが、じつはそうではないのだ。僕だって最初は紙だと思ってたんだが、それに絵を描《か》くだんになったら、あれがごく薄い羊皮紙だということはすぐわかった。おぼえているだろうが、あれはひどく汚れていた。それをくしゃくしゃにまるめているうちに、きみも見た例のスケッチが、僕の目にちらっとはいった。自分ではちゃんとかぶと虫の絵を描いたつもりのその場所に、いやはや、さ、れ、こ、う、べ、のかたちが見えるじゃないか。驚いたのなんのって。しばらくはすっかり動転して、頭もちゃんと働かなかったほどだ。おおよその輪郭では似たところもあったけれども――僕が描いたスケッチとでは、細部がまるっきりちがう。そこで僕はロウソクを持ち、部屋のあっちの端へいってすわり、羊皮紙をもっとよく調べてみたわけさ。裏を返してみると、こっちが描いたとおりのスケッチがちゃんとあった。さて、最初に僕の心をとらえたのは、輪郭がじつによく似ているという驚きの念だった――つまり羊皮紙の裏側、僕の描いたスカラバエウスの真下に、僕がぜんぜん承知してない髑髏が描いてあって、しかもそれが、輪郭ばかりか、大きさまで僕の描いたされこうべの絵とそっくりだという不思議な暗合に対する驚きの念だった。この偶然の一致に、しばらくのあいだ、僕はまったく呆然としたが、偶然の一致というやつは、たいていそういう効果をもたらすものさ。頭は関連を――つまり因果関係を求めてあがく――ところが、これがうまくいかないとなると、頭は一時的に一種の麻痺状態におちいる。しかし、この精神の喪失状態から立ちなおるにつれ、僕にはだんだんとある確信がわいてきて、この確信は偶然の一致などより、よほど僕の心をゆさぶったね。つまり、あのスカラバエウスのスケッチをしたとき、羊皮紙にはなんの絵も描いてなかったということを断固として明確に思い出したのだ。この点について絶対に確信がもてたのは、なるべく汚れてないところをさがそうとして、紙の両面をつぶさに吟味したことを思い出したからなんだ。もし髑髏の絵が描いてあったのなら、それに気づかないなんてことはありえないという確信だ。どうもここに説明不能な謎がひそんでいる、と僕は感じたものだが、しかし、そのようなごく初期の段階においてさえ、昨夜の冒険でみごとに実証された真実についての予見が、僕の頭脳のいちばん奥深い内密な場所で、いわば蛍光のように微光を放っていったのだと思う。僕はすぐ立ちあがり、羊皮紙を慎重にしまいこみ、一人きりになるまで、もうそれ以上考えるのはよすことにしたのだ。

「きみが帰り、ジュピターもぐっすり眠りこむと、本件についてもうすこし理路整然と考えてみることにした。まず最初に、あの羊皮紙を入手したいきさつについて考えてみた。スカラバエウスを発見した場所は、本土の海岸で、島の東方一マイル、高潮線のすこし上だった。僕がつかむと、虫のやつ、やにわにひどく咬《か》みついてきたので、おもわず手放してしまった。ジュピターは、例のごとく慎重に、自分のほうに飛んでくる虫をつかまえるまえに、葉っぱか何かをさがし、それでもって虫をつかまえるつもりで、あたりを見まわしていた。ジュピターの目と僕の目が羊皮紙のきれっぱしを見つけたのは、その時だった。もっとも、その時はまだ僕は紙のきれっぱしだと思っていたわけだ。それはなかば砂に埋もれていて、一端だけがおっ立っていた。それが見つかった地点のすぐそばに、帆船のものらしい船体の破片があった。この難破船はかなり長い期間ここにあったものらしく、船材らしき外見をほとんどとどめていなかった。

「さてジュピターは羊皮紙をつまみあげ、虫をそれにくるみ、僕に手渡した。それからすぐ、われわれは家路につき、途中でG＊＊＊中尉に会ったというわけさ。中尉に虫を見せると、要塞まで借りていきたいと言う。承知すると、中尉は虫を、羊皮紙にくるまず、そのままチョッキのポケットに押しこんだ。なに、中尉が虫を調べているあいだにも羊皮紙は僕の掌中《しょうちゅう》にあっただけのことさ。たぶん中尉は僕の気が変わるのをおそれ、獲物をすぐしまうにしくはないと思ったのだろうよ――きみも知ってのとおり、あの男、博物学のことになると、何であれ目がないんだから。同時に、僕も無意識のうちに羊皮紙をポケットにしまいこんでいたらしい。

「きみはおぼえているだろうが、僕がかぶと虫のスケッチをしようとして、机のところへいったところが、いつも紙がしまってある場所に紙が見つからない。引出しの中も見てみた。そこにもない。古手紙でもあろうかと、ポケットをまさぐってみたら、例の羊皮紙に指が触れたというわけさ。これで羊皮紙入手の経緯をもれなく説明したことになるが、それというのも、僕はこの間の事情に尋常ならざる感銘を受けたからなんだ。

「きっときみは僕のことを空想家だと思うだろう――だが、僕はそのときすでにある種の因果関係を見つけていたのさ。つまり、すでに二つの環を大きな因果の鎖に結びつけていたのだ。海岸にボートが一艘《そう》朽ちはてており、それから程遠からぬところに羊皮紙が一枚あって――いいかい、紙が一枚じゃないんだぜ――それには髑髏が描いてあった。むろん、きみは『それのどこに因果関係があるんだ？』ときくだろうよ。僕はこう答えるね――どくろとか、されこうべとかは周知のように海賊の旗印だ、と。海賊がひと仕事するときには、いつだって髑髏印の旗をかかげるじゃないか。

「いまさっき言ったとおり、そのきれっぱしは羊皮紙であって、紙ではない。羊皮紙は長持ちする――半永久的だ。さほど重要でないことを記録するのに羊皮紙を用いることはまずない。絵を描く、字を書くといった目的のためなら、羊皮紙はとても紙にはかなわないからね。こう考えてくると、されこうべにはなんらかの意味――必然性があるような気がしてきた。僕は羊皮紙のかたちにも注意を怠らなかった。その一方の端が、どういうわけか、なくなっているけれど、もともとは長方形だったと見てとれた。それは覚書《メモランダム》を書くのにふさわしいような——長らく記憶され、注意ぶかく保存されてしかるべきものを記録するために選ばれるたぐいの素材だと思われたのさ」

「だけど」僕は口をはさんだ。「きみの言うとおりだとすると、きみがかぶと虫のスケッチをしたとき、羊皮紙にはされこうべの図はなかったそうじゃないか。するとだね、ボートと髑髏とをどうやって関係づけるのかね?——その髑髏のほうは、きみ自身が認めているように、きみがスカラバエウスをスケッチしてからあとで(だれが、どうやってかは知らんが)とにかくだれかがどうにかして描いたことになるのだから」

「うん、そこに謎のすべてがかかっているのだが、この点にかかわる秘密の解明には、さしたる苦労はいらなかった。僕の手法は着実で、結果はひとつしか出てこない。実際には、こう推理したのだ——僕がスカラバエウスを描いたとき、羊皮紙上に髑髏は姿を見せていなかった。僕がスケッチをおえ、きみにそれを渡し、きみが返してくれるまでのあいだ、僕はじっときみを見ていた。だから、髑髏を描いたのはきみじゃないし、その場には、そういうことをする者はほかにだれもいなかった。すると、あれを描いたのは人間ではないことになる。にもかかわらず、あれはちゃんと描かれていたのだ。

「推理のこの段階で、僕は全能力を集中して、くだんの一時期に起こったあらゆる出来事を、できるだけ正確に思いだそうとつとめ、事実、思い出した。あれは底冷えのする日で(稀有《けう》の幸運だったわけだ!)炉に火があかあかと燃えさかっていた。僕は歩いてきたばかりで、身体がほてっていたので、机のそばに席をとっていたが、きみのほうは、椅子を炉のすぐそばまで寄せていた。僕が羊皮紙をきみの手にのせ、きみがそれを調べにかかろうとした丁度そのとき、あのニューファウンドランド犬のウルフがはいってきて、きみの肩に跳びかかった。きみは左の手で犬をなでたり、押しのけたりしていたが、右の手は羊皮紙をつかんだまま、両膝のあいだに、つまり火のごく近くに、だらりと垂らしたままだった。一度など、火がつくかと思い、注意するつもりだったが、声をかけるまえにきみが手を引っこめ、また羊皮紙を調べはじめた。こういうこまごましたことを検討しつくしたあと、僕はもう確信したね——あの髑髏を羊皮紙のうえに出現させたのは熱だ、とね。紙なり皮紙《ヴェラム》なりに字を書き、火にかざしたときだけ字が見えてくる仕組みの化学薬品が現にあり、しかも大昔からあったことは、きみもよく承知のはずだ。呉須《ごす》を王水《アクア・レーギア》で溶解し、重量にして四倍の水でうすめたものがよく用いられ、これは緑色に出る。コバルトの鈹《かわ》を硝酸《しょうさん》で溶かしたものだと、赤い色に出る。こういう色は書かれた素材が冷えると、遅かれ早かれ消えるけれども、熱を加えるとまた見えてくる。

「そこで今度は、髑髏のほうをよく吟味してみた。外側のほう――つまり髑髏の絵の端のほうで皮紙《ヴエラム》の端に近いほうのことなんだが――そこが他のどの部分よりもはっきりしているんだ。火の作用が不完全だったか、不均等だったかの結果であることはたしかだった。僕はさっそく火をおこして、羊皮紙の全面を強い火であぶってみた。はじめは、されこうべの薄い線が濃くなったぐらいの効果しかあらわれなかったが、根気よくつづけているうち、羊皮紙の片隅、されこうべが描いてある箇所と対角線をなすところに、一見したところ山羊《やぎ》らしきものの姿があらわれてきた。しかし、よく見ているうちに納得したのだが、それがどうやら子山羊《キッド》のつもりなんだな」

「は！　は！」と僕は笑った。「たしかに僕にはきみを笑う資格なんかないがね――百五十万という大金を笑いぐさにしたんじゃ罰《ばち》があたる――しかしだよ、それでもってきみの推理の連鎖の第三の環を完成しようたって、それは無理だぜ――海賊と山羊とのあいだに特別の関係なんて見つかりっこないよ――海賊ってのは、いいかね、山羊とは縁がない。農業に従事している連中とは縁があってもね」

「山羊《ゴート》の絵だなんて、言ったおぼえはないよ」

「そう、きみは子山羊《キッド》とは言った――だが、山羊も子山羊も大差ないよ」

「大差はない、しかしまったく同じでもない」ルグランドは言った。「きみはキッド船長(12)というのを聞いたことがあるだろう。僕はすぐぴんときたのだが、この動物の絵を一種の語呂合わせというか、象形文字というか、とにかくそういう趣向の署名だとにらんだのだ。署名と言ったが、羊皮紙上のそれらしい位置にあったからそう思ったんだ。そのはすかいの端にあるされこうべも、どうやら、印章、封印といったたぐいのものらしい。だが困ったことに、ほかのものがいっさいない——僕は証文だとにらんだのに、その本文がない——文脈はあるのに本文がないわけだ」

「そこで、印章と署名のあいだに本文があるはず、ときみは考えたわけだな」

「まあ、そういったところだ。正直なところ、莫大な財産がすぐ目のまえにぶらさがっているような予感がして、ちょっと始末におえない気分だったな。理由はうまく言えそうにないけど、そうだな、それはつまるところ、信念というよりはむしろ願望だったのだろうね——だが、きみも知ってのように、ジュピターが、あの虫は純金だとかなんとか、たわいもないことを口走ったろう、あれが僕の空想をかなり刺激したんだ。それに一連の事件と偶然がつづいたこと——これだってかなり異常なことだ。そういう出来事が、たまたま火が恋しくなったり、そうでなかったりする日がつづく一年のある時期の特定の一日に集中して起こり、また火がなかったら、あるいはまさにあの瞬間に犬がはいってこなかったら、僕がされこうべに気づくはずなどなく、したがってまた絶対に財宝を手に入れるはずもなかったというようなことが、ことごとく純粋な偶然とくるのだから、きみ、驚くじゃないか」

「が、先をたのむよ――こっちは、いらいらしてるんだから」

「わかった。きみも耳にしたことがあるはずだが、いろいろな話が流布しているわけだ――キッドとその一党が大西洋岸のどこかに金を埋めたという漠たる噂話が。ところが、こういう噂話にもなんらかの事実上の根拠があるはずなんだ。こういう噂話がかくも長いあいだ、またかくも連綿として語りつがれてきたというのも、僕の考えによれば、埋められた財宝がいまだに地下に眠っているという事情があればこそなんだ。キッドが略奪品を一時隠匿し、あとで取りもどしたというのなら、噂が現在のような定着した形で、僕らの耳に達するようなことはまずありえないね。こう言えばきみだって納得するだろうが、話っていうのは、どれもこれも黄金をさがしている連中の話ばかりで、黄金を見つけた連中の話じゃないのだ。もし海賊が自分の黄金を取りもどしたのなら、ことはそこで終わりになるはずだ。僕の想像では、なにかの事故――そうだな、その所在をしめす記録がなくなるというような事故——が起こり、それを取りもどす手だてが失われ、しかもその事実が手下に知れわたったのだな。さもなければ、宝が隠匿されていることさえ部下の耳にはとどいていなかったのかもしれない。また、彼らがそれをとりもどそうと躍起になったのに成功しなかったのも、手引きがなかったから、ということになるのだが、ともかくこの手引きの紛失という事故が、今では誰もが知っている噂の端緒となり、世に流布する端緒になったのだ。きみは、海岸で大した宝が掘り出されたという実話を聞いたことがあるかね？」

「ないね」

「ところがキッドの蓄財が莫大だったということは周知のことなのだ。だから宝がまだ地下に眠っていることに疑問の余地はない、と僕は考えた。そうなれば僕がこう言っても、きみは別段おどろくまいが、羊皮紙は、見つかった事情もあるだし、失われた埋蔵地点をしめす記録の一部にちがいないという、ほとんど確信に近い希望を僕はいだいたのだ」

「で、それからどうしたんだい？」

「火力をもっとあげ、羊皮紙をまた火にかざしてみたが、何も現われてこなかった。

そこで、汚れの被膜がこの失敗といくらか関係があるのかもしれないと考えた。羊皮紙にお湯をかけ、きれいに洗い、そうしてから髑髏の絵を下にして錫《すず》の鍋にいれ、鍋を炉の炭火のうえに置いた。鍋がすっかり熱くなったところで、羊皮紙をはがしてみると、うれしかったのなんのって、きみ、数字らしきものの行列があちこちにまだらに見えるじゃないか。僕はそれをもう一度鍋にいれ、もう一分ほどそのままにしておいた。はがしてみると、全体がまあ、ごらんのとおりというわけさ」

こう言うと、ルグランドは羊皮紙にまた熱を加え、僕の検討にゆだねるのだった。髑髏と山羊とのあいだに、つぎのような記号の列が赤い色でくっきりと書きこまれていた。

53‡‡†305))6*;4826)4‡.)4‡);806*;48†8¶60))85;;]8*;:‡*8†83(88)5*†;46(;88*96*?;8)*‡
(;485);5*†2:*‡(;4956*2(5*—4)8¶8*;4069285);)6†8)4‡‡;1(‡9;48081;8:8‡1;48†85;4)485†
528806*81(‡9;48;(88;4(‡?34;48)4‡;161;:188;‡?;

「だけど」僕は言って[13]、紙片をルグランドに返した。「やっぱり僕にはさっぱりだね。この謎を解けばゴルコンダの宝石をすっかり進上すると言われても、僕にはとてももらえそうにないね」

「だがね」ルグランドは言った。「この記号をさっと一瞥したときには、こりゃとてもかなわんと思うだろうが、実際に解くだんになれば、そんなにむずかしくないものさ。この記号は、だれだってすぐ思いつくことだが、ひとつの暗号だ――つまり意味を伝達しているわけだ。ところがキッドについての風聞から判断して、この男がそうやたらに難解な暗号を作れるはずがない、と僕はにらんだのさ。そこで僕は、こいつは単純なもの、と即座にきめこんだ――とはいえ、がさつな海賊の手下どもの頭では、鍵がなければ絶対に解読不能なものだ、とね」

「すると、きみは実際に解読したわけだね」

「あっさりとね。僕はこんなのより一万倍も難解なのをいくつも解いているからね。環境、それに生まれつきの性分もあるけど、とにかく僕はそういう謎解きに興味を持つようになったわけだが、いったい人間が工夫して作成した謎を人間がまともに工夫して解けないわけがない、というのが僕の持論でね。事実、記号相互の関連とそれらの意味するものがわかってしまえば、全体の意味を解明する苦労などたかが知れていて、ほとんど頭をはたらかす必要さえなかったね。

「このばあい――いや、秘密文書なんてのはみんなそんなものだが――第一の問題は暗号に使用されている言語にかかわる問題なんだ。というのは、解読の原理は、ことに比較的簡単な暗号に関しては、当の言語に特有な語法に依存し、かつ左右されるものなのだ。一般的に、暗号解読をこころみる者は、当の言語をつきとめるまで、自分が知っている言語で(蓋然性《がいぜんせい》の原理にしたがい)あれこれと実験してみるより手はない。ところが、いま僕らの眼前にある暗号文のばあい、あの署名のおかげで、そんな手間暇はみんなはぶけたわけだ。『子山羊《キッド》』という語呂合わせは英語以外では成立しないからね。こんなことがなければ、僕はまず手始めに、スペイン語かフランス語でやっていたところだ。なぜなら、カリブ海に出没した海賊がこの種の秘密文書を書くとなれば、当然ながら、そのどっちかの言語を用いるだろうからね。ところが事情がこうだから、僕はこの暗号文を英語と想定した。

「ごらんのように、語と語のあいだには区切りがない。区切りがあったら、作業は比較的簡単だったはずだ。そういうばあいなら、僕はまず短い単語の照合と分析からはじめただろう。たいがい出てくるものだが、(たとえばaとかIとかのような)一語から成る単語にぶつかれば、もう解決できたようなものさ。しかし区切りがないものだから、手始めに、いちばん頻度の多い字といちばん頻度のすくない字の確認からはじめた。全部を計算して、こんな表をつくってみた。

8	三十四回
;	二十七回
4	十九回
)	十六回
‡	十五回
*	十四回
5	十二回
6	十一回
(	九回
†	八回
1	七回
0	六回
9 2	五回

:3	四回
?	三回
¶	二回
]—.	一回

「ところで、英語でいちばんよく出てくる字はeだ。それからあとはa o i d h n r s t u y c f g l m w b k p q x zという順になる。eの頻度は断然多いから、ある程度の長さの文章で、この字が絶対的多数を占めていないような文章はまずない。

「さて、こうなれば、そもそものはじめから、単なる推測の域にとどまらない推理の地ならしができたことになる。この頻度表はどんなばあいにも利用できることはあきらかだが——しかしこの暗号の場合にかぎっては、その助けをかりる必要はほとんどない。いちばん多い記号は8だから、こいつが普通のアルファベットのeときめてかかるとする。この推定を裏づけるためなら、8が二つ組になっているところが多いかどうかを見てみればよい——というのは、英語ではeが重なることがきわめて多いからだ——たとえば、‘meet’‘fleet’‘speed’‘seen’‘been’‘agree’など。このばあい、暗号文は短いのに、重なっている事例が五つもある。

「そこで8をeと仮定しよう。ところが、英語の単語のうちでは‘the’がいちばんありふれている。だから、順序が同一で、最後が8になる三つ一組の記号が反復して出てくるかどうかを見てみることにする。そういう配列が反復して出てくるようだったら、それが‘the’であることはまずまちがいない。調べてみると、そういう配列のものが七つもあり、記号は;48だ。したがって、セミコロンはtを、4はhを、8はeを表わすと推定することができ――最後の記号については、確定したと見てよいわけだ。これで解決への大きな第一歩を踏み出したことになる。

「ところで、たった一語を確認しただけで、非常に重要なポイントも確認できることになったわけだ。つまり、いくつかの語の始めと終わりが確認できることになったわけだ。たとえば、暗号文のおしまい近くにある、最後から二つ目の;48を例にしてみよう。その直後にある;は、ある単語の始めであることがわかるし、そのうえ、この‘the’につづく六文字のうち、五文字まではすでにわかっている。そこでわかってない分は抜かして、わかっている記号を、こんなふうに、対応する文字に置きかえてみることにする――

t eeth

「こうなれば、この‘th’がtで始まる語の一部でないものとして、ただちに切り捨てることができる。というのは、空所にうまく適合する文字があるかどうか、アルファベットをみんな当てはめてみても、こんな‘th’が一部をなす単語などないことがわかるからだ。そこで、範囲をこうせばめて、

t ee

とし、そのうえで、もし必要なら、さっきのようにアルファベットをいちいち当てがってみれば、唯一それらしい読み方として‘tree’というのに到達する。そこでまたrという字がものにできたわけで、それが（で表わされていて、‘the tree’という配列になることがわかる。

「この二語の前後をながめてみると、すぐうしろに、また;48の組合せが見つかり、これをそれに先行する語群の終わりをしめす標識として利用すれば、つぎのような配列が得られる。

the tree ;4(‡?34 the

なお、わかっているところを普通の文字になおせば、つぎのようになる。

the tree thr ‡?3h the

「さらに、未知の記号のところを空所にしておくか、点を打っておけば、こうなる。

the tree thr . . . h the

こうなれば、‘through’という語がおのずと浮かんでくる。これがわかると、またあらたにo、u、gという三つの文字もわかってくるし、それぞれ‡、?、3で表わされていることがわかる。

「そこでこんどは、暗号文に慎重に目を通して、既知の記号から成る組合せをさがしてみると、冒頭からあまり遠くないところに、こういう配列が見つかる。

83(88 すなわち egree

これはあきらかに‘degree’という語の冒頭の一字が抜けたかたちで、これでまたひとつ、†で表わされるdの字がわかるわけだ。

「この‘degree’という語の四つ先に、次のような組合せもある。

;46(;88*

「既知の記号は文字に翻訳し、さっきのように、未知のものは点で表わせば、こうなる。

th. rtee.

この配列からはすぐさま‘thirteen’という語が思いつき、またしてもiとnという文字が6と*で表わされていることがあらたに判明する。

「さて、暗号文の冒頭はどうかというと、こういう組合せになっている。

53‡‡†

「さっきの要領で翻訳すると、

.good

が得られる。これで冒頭の文字がＡであり、最初の二語が'A good'であることが確定する。

「このへんで、混乱を避けるために、これまでに判明した鍵を表のかたちにまとめてみれば、こんなぐあいになる。

5	は	a
†	〃	d
8	〃	e
3	〃	g
4	〃	h
6	〃	i
*	〃	n
‡	〃	o

(〃 r
; 〃 t
? 〃 u

「さて、これで大事な文字が十個ほどもわかったのだし、解読法の詳細については、これ以上くだくだ述べるまでもあるまい。これだけ説明すれば、この種の暗号の解読がやさしいことは納得してもらえたと思うし、また暗号解読の原理についての何がしかの知見も得られたことと思う。しかし誤解のないようにしておきたいのは、われわれの目のまえにあるようなのは、暗号文としてはもっとも単純な部類に属するということだ。そうとわかれば、あとは羊皮紙の記号を、僕が解読したとおりに全訳してお目にかければいいわけだ。それがこれさ。

A good glass in the bishop's hostel in the devil's seat twenty-one degrees and thirteen minutes northeast and by north main branch seventh limb east side shoot from the left eye of the death's-head a bee-line from the tree through the shot fifty feet out.

〔良キ眼鏡僧正ノ旅籠《はたご》ニテ悪魔ノ椅子ニテ二十一度十三分北東微北主幹東側第七枝射《い》ヨ髑髏ノ左目ヨリ木ヨリ飛蜂線《ビー・ライン》弾丸通過五十フィート外〕」

「せっかくだが」僕は言った。「謎は依然として謎のままだね。『悪魔ノ椅子』とか、『髑髏』とか、『僧正ノ旅籠』とかいう戯言《ざれごと》から、意味なんかひねり出せるのかね?」

「なるほど」ルグランドは答えた。「一見したところ、ことは依然として容易ならざる様相を呈している。そこで、僕が最初にやってみたことは、暗号を書いた本人の意図を忖度《そんたく》して全文を区切ってみることだった」

「句読点をつける、ってことかい?」

「まあ、そんなところだ」

「どうやって、それをやったわけだね?」

「僕の考えでは、暗号文の書き手がことばに区切りをつけずに書いたねらいは、解読を困難にすることにあった。ところで、特別に頭が切れるというのではない人間がこういうことをやろうとすると、まずきまってやりすぎるんだな。こういう連中は、書いているうちに、文意の切れ目にくると、ほんとうは段落とか句点とかが必要なところなんだが、かえってここのところで記号を不必要にごちゃごちゃと詰めて書く傾向があるんだ。この場合も原文をよく見てみればすぐわかることだ。不必要に錯綜しているところが五箇所ある。以上の考えにもとづき、僕はこんなふうに区切ってみた。

A good glass in the Bishop's hostel in the Devil's seat—twenty-one degrees and thirteen minutes—northeast and by north—main branch seventh limb east side—shoot from the left eye of the death's-head—a bee-line from the tree through the shot fifty feet out.

〔良キ眼鏡僧正ノ旅籠ニテ悪魔ノ椅子ニテ——二十一度十三分——北東微北——主幹東側第七枝——射ヨ髑髏ノ左目ヨリ——木ヨリ飛蜂線弾丸通過五十フィート外〕」

「そう区切ってもらっても」僕は言った。「僕にはまだちんぷんかんぷんだ」

「僕だってちんぷんかんぷんだったよ」ルグランドは答えた。「二、三日はね。その間に、サリヴァン島界隈に『僧正の旅籠《ビシヨツプス・ホテル》』という名でとおっていた建物がないものか、懸命にさがしたのさ。むろん、『旅籠《ホステル》』という廃語は使わないことにした。ところが、この件に関する情報がまったく入らないので、捜査の範囲をひろげ、もっと組織的な方法を採用するつもりでいた矢先のある朝、ふと思いついたのだ。この『僧正の旅籠《ビシヨツプス・ホテル》』というのは、島の北方四マイルほどのところに、ずっと昔、古い屋敷をかまえていたベソップという名の旧家があったが、それと何か関係がなかろうか、ということだった。そこで僕は農園に出向いていって、土地の年老いた黒人たちの聞きこみを再開した。とうとうひどく年とった黒人女がいて、彼女が言うには『ベソップの城《キヤツスル》』という場所なら聞いたことがあり、なんなら案内してもいいが、それは城でも旅館でもなく、ただの高くそびえる岩だということだった。

「駄賃をはずむからと言うと、このばあさん、しばらくためらったあげく、僕をその場所まで案内することに同意した。大した苦労もなくそこは見つかったので、ばあさんは帰し、僕はこのあたりの調査にとりかかった。『城』というのは、崖と岩との雑然たる集合体で——その岩のひとつは高さといい、超然として立つさまといい、人工的なたたずまいといい、ことさらに目だっていた。僕はそのてっぺんまでのぼってみたが、さてそれからどうしたものか、途方にくれたものさ。

「いろいろ思いあぐねているうちに、岩の東側の壁面に、狭い岩棚があるのがふと目に入った。僕が立っていた頂上から、そうだな、一ヤードほど下だ。この岩棚は十八インチほど突き出ていて、幅は一フィートに足りなかったが、そのちょっと上の崖になっているところがくぼんでいて、われわれの先祖たちが使っていた例の背のくぼんだ椅子にいくらか似ているんだ。これこそあの文書が言っている『悪魔ノ椅子』にちがいない、と僕は確信したね。謎の秘密はもう掌中にしたような気になったものさ。

「『良キ眼鏡』が遠眼鏡《とおめがね》、つまり望遠鏡にほかならないことは最初からわかっていた。水夫が『眼鏡《グラス》』ということばを、それ以外に使うことはまずないからね。ここで望遠鏡を使うんだな、ということはすぐわかったし、ここがいささかの変更の余地もない観測点なんだな、ということもすぐわかった。むろん『二十一度十三分』と『北東微北』が望遠鏡を向ける方向を指示する文句であることも、すぐに確信した。こういう発見にすっかり興奮して、僕はいそいで家にもどり、望遠鏡を調達して、また岩にもどった。

「僕は岩棚に降りてみたが、わかったことは、この『椅子』は、ある特定の格好以外ではとてもすわっていられないということだった。これで僕の予測は裏書きされたわけだ。さて、そこで望遠鏡という段取りになる。が、もちろん、『二十一度十三分』というのは視水平線(14)からの仰角でしかありえない。それというのも、水平方向は『北東微北』ということばで明示されているからだ。水平方向を僕は懐中磁石ですぐにきめたが、仰角のほうは、これは勘で、できるだけ二十一度十三分になるように望遠鏡を向け、注意しながら上下に動かしていると、やがて、はるか遠方の木々のあいだに群を抜く大木が見えてきて、僕の注意をひいた。その葉の茂みに円形の裂け目というか、隙間というか、そんなものがあって、その裂け目のまんなかに白い点がひとつ見えるのだが、はじめは、その正体がなんともわかりかねた。望遠鏡の焦点を調節しなおし、また見てわかったのだが、それがなんと人間の頭蓋骨なんだ。

「この発見に僕はすっかり有頂天になり、謎はもう解けたと思ったね。というのも、『主幹、東側、第七枝』というのは木の上の髑髏の位置に言及しているとしか考えられないし、また『射ヨ髑髏ノ左目ヨリ』というのも、宝の捜索についてなら、解釈法はたったひとつしかありえないからね。つまり、頭蓋骨の左の目から弾丸を落とす、という趣向だと見てとったね。また幹のいちばん近い点から『弾丸』(つまり弾丸が落下した地点のことだ)を通過して飛蜂線上に、つまり、まっすぐに線を引き、さらにそこから外側に五十フィート延長すると特定の一点が指示される――そして、その真下に財宝がかくされている、すくなくともその可能性がある、と僕には思われたんだ」

「きみの説明は何から何まで、まったくもって明晰だ」僕は言った。「なかなか手がこんでいるが、単純にして明快だ。で、『僧正ノ旅籠』を出てから、どうしたんだい?」

「うん、木の方位を正確に測定してから、家路についたさ。しかし『悪魔ノ椅子』を離れたとたん、例の円形の裂け目はもう見えなかった。それからというもの、いくら振り向いても、もう二度とそれは見えなかった。今度の件で、いちばん巧妙な仕掛けだと感心しているのは、例の円形の隙間が、あの岩の壁から突き出ている狭い岩棚以外のどんな観測点からもけっして見えないという事実なんだ(なんども確認してみたが、これはまさしく事実なんだ)。

「この『僧正ノ旅籠』へ探検に行ったときには、ジュピターもいっしょだった。その数週間というもの、僕はまったく放心のていだったので、きっとやっこさんもそれに気づき、僕をひとりにしないように格別に気をまわしていたんだな。だが、そのあくる日、僕は朝早く起き、奴を出し抜き、例の木をさがしに山へ行った。苦労したが、とにかく木は見つかった。夜になって家に帰ると、わが下僕はこのご主人さまを折檻しようという魂胆さ。それから先のことは、きみもいっしょに行動したのだから、ご承知のとおりだ」

「これは僕の考えだが」僕は言った。「最初に掘ったとき、地点をまちがえたのは、ジュピターがへまをやらかして、頭蓋骨の左の目からじゃなくて、右の目から虫を落としたからなんだね」

「そのとおりだ。あのへまのおかげで『弾丸』の位置が二インチ半ほど狂った――つまり、木から最短距離に打った杭の位置が、ね。宝が『弾丸』の真下にあったのなら、それくらいの狂いは大した問題じゃなかったんだが、『弾丸』と木のいちばん近い点というのは、ただ方向を定めるための便宜上の二点にすぎなかったので、もちろん、最初はわずかな狂いだったにしても、線を延長していくうちに狂いは次第に大きくなり、五十フィートもいくころには、すっかり見当ちがいのところに行ってしまっていたというわけさ。しかし、宝がどこかそこいらに確実に埋まっているという抜きがたい信念が僕にあったからよかったようなものの、もしそうでなかったら、ひどいくたびれもうけになっていたところだ」

「しかし、きみの仰々しい物言い、それにかぶと虫を振りまわす仕草――ありゃ相当なものだったぜ！　てっきり狂ったかと思ったね。それにしても、なんだって弾丸じゃなくて、虫を髑髏から落とすのにあれほどこだわったのかね？」

「それじゃ正直に言わせてもらうが、きみが僕の正気を疑っていることがどうやら明白だったんで、すこしばかり腹にすえかねてね、それで、これは僕一流のやり口だが、冷静に一計を案じてきみを煙《けむ》に巻き、それとなくきみを罰してやろうと決心したのさ。そういう理由で、僕は虫を振りまわし、そういう理由で、あれを木から落とさせた。虫を落下させる趣向は、あの虫がひどく重たいときみが言ったことがヒントになったのだがね」

「なるほど、してやられたよ。ところで、僕にはまだ納得できないことがひとつある。穴で人骨が見つかっただろう、あれはどう考えればいいのかね？」

「それは僕にも答えられない問題さ。だけど、まあこれならどうかというような解釈ならひとつある——もっとも、僕の解釈が暗示するような残虐行為を信じるのもあまりぞっとしないがね。たしかなことは、キッドは——僕は疑っているわけじゃないんだが、もしキッドがこの宝を実際にかくしたとしてだよ——たしかなことは、キッドはこの仕事をするのに助手を必要としたことだ。しかし、仕事がおわってみると、この秘密に加担した連中はみんな消してしまったほうが面倒がないと考えたのかもしれないね。手伝いの連中が穴のなかでせっせとやっているうちに、つるはしで二回も打ちすえればこと足りたはずだ。それとも十二回ほどは必要だったかな――まあ、そのへんのことは誰にもわからんよ」

アモンティラードの酒樽

"The Cask of Amontillado" は、『ゴーディーズ・マガジン・アンド・レイディーズ・ブック』(フィラデルフィア、1846年11月号)に発表された。A. H. クインに言わせれば、本編には「無駄な語はひとつもない」。だが、ポオのあらゆる名作の例にもれず、計画どおりに着々と進行して間然する所のない構成のこの復讐劇《ふくしゆうげき》も、最近のポオ学者たちの手にかかると、これが復讐者の意図した通りの復讐劇になっているかどうかさえ怪しくなる。この物語は「私」が「あなた」なる人物に「報復はしても、処罰されてはならない。報復する者の身に懲罰が及ぶようでは、悪が正されたことにはならない」と語り始められ、「あれから半世紀ものあいだ、この壁に手をつけた者はだれもいない。In pace requiescat!——安ラカニ眠レカシ!」と結ばれるのだが、これは復讐者がこの50年間かならずしも心安らかではなかったことをしのばせ、それを他人に語ることは犯罪露見の可能性を示唆し、犠牲者の冥福を祈ることばは懺悔《ざんげ》の心の芽生えを印象づける。すくなくとも、この結びの文句は冒頭で述べられる「完全犯罪」の原則に微妙にもとる。逆に言えば、この最後の文句さえなければ遺漏なき「完全犯罪」の物語になっていたところを、それがあるために、本編は「メッツェンガーシュタイン」(1832年)を嚆矢《こうし》として「ウィリアム・ウィルソン」(1839年)、「告げ口心臓」(1843年)、「天邪鬼《あまのじやく》」(1845年)へとつながる「自己破滅」の衝動を秘めた小説群の掉尾《とうび》を飾る作品となったのである。ポオには「完全犯罪」の物語はない。ミステリーにしても、「完全犯罪」を成立させないために発明したジャンルであったのかもしれない。このあたりにポオの倫理性を見るのもお門違いではあるまい。(扉絵=H. クラーク画)

フォルトゥナート(1)の数々の無礼は大目に見てきたが、侮辱となれば話は別で、私は復讐を誓った。しかし、私の性分をよくご承知のあなたならお見通しだろうが、私は脅迫めいたことは口にしなかった。だが、たっぷりお礼はさせていただく所存だった。その点は決定ずみだった——が、こうはっきりと心に決めた以上、絶対に危ない橋は渡ってはならない。報復はしても、処罰されてはならない。報復する者の身に懲罰が及ぶようでは、悪が正されたことにはならない。同様に、報復者が、かつてあだをなした相手に、いまこそわれは復讐されてあり、と痛感させるのでなければ、やはり本当に復讐したことにはならない。

ご承知おきねがいたいが、言行両面において、私はフォルトゥナートに対する善意を疑わせるようなそぶりは微塵《みじん》も見せなかった。それまでどおり、彼の面前ではいつも笑顔を絶やさなかったので、その笑顔がいまやフォルトゥナートを生贄《いけにえ》にするときの快感を思うほくそ笑みだとは、ご当人はまるで気づいていなかった。

このフォルトゥナートという男——他の点では尊敬もされ、恐れられてさえいたのだが——ひとつだけ弱点があった。それはワインの通ぶりをひけらかすことだった。およそイタリア人で真の通人の品格をそなえた者はめったにいない。たいていの場合、イタリア人の情熱は時と場合に適応するように調整されていた——つまり、イギリスとオーストリアの金満家をペテンにかけるのに都合よくできていた。フォルトゥナートも、イタリア人の例にもれず、絵画と宝石にかけては食わせ者だったが、こと古いワインにかけてだけは本物だった。この点については、私も大差なかった。私もイタリアのワインにかけては通をもって任じており、都合がつけば、しこたま買いこむほうだった。

さて、この友フォルトゥナートにばったり出くわしたのは、謝肉祭の季節たけなわのある夕まぐれのことだった。よほど飲んでいたとみえ、やたらに親愛の情をこめて、向こうから声をかけてきたのだ。ピエロの格好をしていた。だんだら模様のぴったりした衣裳を身につけ、頭には鈴のついたとんがり帽子をのせていた。私としてもこの奇遇に気をよくし、握った先方の手を二度と離してなるものかと思ったほどだった。

私は言った。「やあ、フォルトゥナート、いいところで会った。今日はまた、えらくいい顔色をしているじゃないか！　ところで、アモンティラード[2]と称する大樽を一本手にいれたんだが、どうもあやしいところがあってね」

「なんだって？」彼は言った。「アモンティラードだって？　大樽だって？　まさか！しかも、この謝肉祭の最中に！」

「こっちもあやしいとは思ってるんだ」私は答えた。「でもね、まぬけな話だけど、そいつに本物のアモンティラードなみの代金を支払っちまったんだ。きみに相談もしないでね。きみはつかまりそうになかったし、いい買い物はのがしたくなかったのでね」

「アモンティラードだって！」

「自信はないんだ」

「アモンティラードとね！」

「だから、たしかめないとね」

「アモンティラードか！」

「きみは忙しそうだから、ルクレジー(3)のところへ行こうかと思ってね。味利きができる奴となれば、まあルクレジーだからね。奴なら――」

「ルクレジーにはアモンティラードとただのシェリーの区別もつかんぞ」

「でも、味利きにかけては、ルクレジーはきみの好敵手だという評判だがね」

「さあ、行こう」

「どこへ?」

「おまえさんとこの酒倉へ」

「きみ、そりゃいかんよ。きみの好意につけこむわけにはいかん。きみには約束があるようだし。ルクレジーは――」

「約束なんかない。さあ、行こう」

「いや、だめだ。約束はともかく、だいぶ風邪が悪そうじゃないか。酒倉は湿気がひどい。硝石(4)が一面にこびりついて」

「そんなの、かまわんさ、行こう。風邪なんて、なんでもない。アモンティラードだと! おまえさんは一杯くわされたのだ。それにルクレジーには、アモンティラードとただのシェリーの区別もつかんぞ」

　こう言いながら、フォルトゥナートは私の腕をつかんだ。私は黒い絹の仮面をかぶり、外套でしっかり身をまとい、彼にせかされるがままに、わが屋敷へといそいだ。

　屋敷にはだれもいなかった。召使たちは年に一度のお祭り騒ぎに出かけていた。彼らには、翌朝までは帰らぬと告げ、また屋敷から出てはならぬと厳命しておいた。こう命じてさえおけば、私が出かけるが早いか、連中がすぐさま姿を消すこと請け合いなのを、承知していたからだ。

私は張り出し燭台《しょくだい》から松明《たいまつ》を二本とり、一本をフォルトゥナートに手渡し、いくつもの続きの間《ま》を抜け、酒倉へ通じる拱道《アーチウエイ》へと案内した。背後からついてくる客人に用心するよう声をかけながら、曲がりくねった長い階段を降りていった。ようやく階段の下にたどりつき、ふたりして立ったところは、モントレゾール家の地下墓地の湿った土間だった。

わが友の足どりは不安定で、歩くたびに道化帽の鈴が鳴った。

「大樽は？」彼が言った。

「もっと先だ」私は言った。「だが、見てみろ、穴倉の壁に蜘蛛《くも》の巣みたいなものが白く光っているのを」

フォルトゥナートは私のほうに向きなおり、酔いのために涙でうるんだ両の目で私の目をじっと見つめた。

「硝石？」しばらくして彼は訊《き》いた。

「硝石だよ」私は答えた。「その咳はいつからなんだい？」

「ゴホン！　ゴホン！　ゴホン！――ゴホン！　ゴホン！　ゴホン！――ゴホン！　ゴホン！　ゴホン！　ゴホン！――ゴホン！　ゴホン！　ゴホン！」

あわれなわが友は、しばらくのあいだ返事もできなかった。

「なんでもないさ」やっと彼は答えた。

「さあ、帰ろう」私はきっぱり言った。「引き返すんだ。健康は貴重だ。きみはお金持だし、人から敬われ、慕われ、愛されている。以前は私もそうだったが、きみはいま幸福だ。世間から惜しまれる人だ。私なんかどうだっていい人間だ。引き返そう。病気になっても、私は責任をもちかねる。それに、ルクレジーが――」

「もう、よせ！」彼は言った。「咳なんかなんでもないさ。咳で死ぬことはあるまい。咳なんかで死んでたまるか」

「なるほど――なるほど」私は答えた。「わかったよ。私だって、むやみにきみをおどかすつもりはないのさ。ただ、用心するにしくはないからね。このメドックを一杯やれば、湿気には効くかもしれんよ」

そこで、私は地面にずらりと並ぶビンを一本引き抜いて、その首を打ち落とした。

「飲みたまえ」ワインをさしだしながら、私は言った。

彼はニヤリと笑って、口もとに運んだ。ちょっとその手を休め、親しげに私にうなずくと、帽子の鈴がちりん、ちりんと鳴った。

「このあたりに安らかに眠る死者たちに乾杯」彼は言った。

「なら、私は、きみの長寿のために乾杯」

彼はまた私の腕をとり、歩きだした。

「広大な墓だな」彼は言った。

「モントレゾール家は」(5)私は答えた。「由緒ある大家族だったからね」

「家紋は何だったっけ？」

「紺《こん》の地に巨大な黄金の人間の足が描かれ、その足が鎌首をもたげる蛇を踏みつけ、その蛇の牙が踵《かかと》に食い込んでいる図柄だ」

「題銘《モットー》は？」

「Nemo me impune lacessit ――我ヲ害スル者ニ報イアリ」

「なるほど！」彼は言った。

酔いで彼の目は輝き、頭の鈴は鳴りつづけた。メドックが効いてきて、私の頭も熱をおびてきた。ふたりは、骨が山積みになって隔壁を形成し、大小さまざまの酒樽が転がるあたりを通りすぎ、地下墓所のいちばん奥まった場所にたどりついた。そこで私はふたたび足をとめ、今度は強引にフォルトゥナートの二の腕をつかんだ。

「硝石だ!」私は言った。「ほら、ますますふえてくる。天井から、苔《こけ》みたいにぶら下がっている。川床の下に来てるんだ。湿気が雫《しずく》になって骨のうえに落ちている。さあ、手遅れにならないうちに、帰ろう。それに、咳が——」

「なんでもないったら。さあ、前進だ。が、そのまえに、メドックをもう一杯」

私はド・グラーヴ(6)の細口ビンを割って彼に渡した。フォルトゥナートは一気に飲み干した。その目は獰猛《どうもう》にきらめいた。大声をあげて笑うと、何やら解《げ》しかねる身振りでビンを高く投げあげた。

私は驚いて彼を見た。彼はその身振りをくりかえす——そのグロテスクな身振りを。

「わからんかね?」彼は言った。

「わからんよ」私は答えた。

「なら、おまえさんは会員じゃない」

「何のことだい?」

「石工組合《フリーメーソン》(7)の会員にあらずということさ」

「いや、いや、会員さ。会員だとも」私は答えた。

「おまえさんが？　まさか！　会員《メーソン》だと？」

「会員《メーソン》だとも」私は答えた。

「符丁《サイン》は」

「これだよ」そう答えながら、私は外套のひだの下から鏝《こて》を取りだして見せた。

「冗談はよせ」そう叫ぶと、彼は二、三歩あとじさった。「ともあれ、アモンティラードにむかって前進だ」

「そうしよう」私は鏝を外套の下にかくして、また彼に腕をさしのべた。彼はぐったりともたれかかってきた。われわれは再びアモンティラード探索の途についた。ふたりは一連の低いアーチをくぐり、下り、前進し、また下って深い地下の穴倉にたどりついた。そこは空気がよどみ、松明は燃え立つことなく光を放った。

　この穴倉の奥手に、やや小ぶりな穴倉がもうひとつ見えてきた。元来その四面の壁には、パリの地下墓所にならって、人骨が天井まで積みあげられていたのだが、いま人骨が積みあげられているのは三方の壁だけで、第四の壁からは人骨が取り崩されて地面に散乱していた。ただ一箇所にだけ、かなり大きな骨塚があった。このように骨が取りのぞかれたために露呈された内部の、さらに奥まったところに、奥行き四フィート、幅三フィート、高さ六、七フィートほどの穴倉が見えた。これ自体は格別の用途のために建造されたのではなく、この地下墓所の屋根を支える巨大な二本の柱と柱のあいだに偶然にできた間隙にすぎないらしく、その突き当たりの壁は地下墓所をとりかこむ堅牢な花《か》崗岩《こうがん》が兼ねていた。

フォルトゥナートが、火勢のにぶった松明をかかげてこの穴倉の奥を覗《のぞ》こうとしたが、無駄だった。弱い光ではとうてい奥まで見ることはできなかった。

「さあ、はいろう」私は言った。「アモンティラードはここにある。ルクレジーは──」

「あいつは無知蒙昧《もうまい》だ」わが友はこちらの言うことをさえぎって、よろめく足を踏みしめながら先頭を切り、私はそのあとにつづいた。フォルトゥナートはたちまち穴倉の奥にたどりつき、岩で行く手をはばまれて面食らい、茫然自失のていだった。時をうつさず、私は彼を花崗岩の壁につなぎとめた。壁の表面には二本のつぼ釘が二フィートほどの間隔で水平についていた。その一方には短い鎖が、他の一方には南京錠《なんきんじょう》がついていた。その鎖を彼の腰に巻きつけ、錠をかけるのは、ほんの一、二秒の仕事だった。フォルトゥナートは、虚を突かれてまったくの無抵抗だった。私は鍵をぬいて穴倉を出た。

「手で壁をなでてごらん」私は言った。「きっと硝石が指にふれるよ。まったくひどい湿気だ。もう一度、もどるようにお願いさせてもらおう。だめだって？　それじゃ、おいてゆくよりほかないね。でも、できるだけのお世話はさせてもらうよ」

「アモンティラード！」まだ驚愕から覚めきらないらしく、フォルトゥナートは絶叫した。

「まさしく、アモンティラードだ！」私は答えた。こう言いながら、私は先ほど言及した人骨の山のあいだをせわしなく探しまわった。骨をかきわけると、すぐに建築用の石と漆喰《しっくい》が出てきた。これらの建材を鏝の助けをかりて、猛然と穴倉の入口をふさぐ作業に私はとりかかった。

一段目を積みあげる仕事が一段落したころには、フォルトゥナートの酔いもかなりさめていたことに気づいた。その最初のきざしは、穴倉の奥から聞こえる低い呻《うめ》き声だった。それはもはや酔漢の呻きではなかった。それから、長い、かたくなな沈黙がつづいた。私は二段、三段、四段と積んでいった。そのとき、鎖がはげしくゆさぶられる音がした。音は数分つづいた。その間、その物音をじっくり堪能《たんのう》するために、私は仕事の手を休め、骨のうえに腰をおろしていた。やがて鎖の鳴る音がやむと、私はまた鏝を手にして、五段、六段、七段まで石を一気に積みあげた。石の壁はもうすでに私の胸元に達するほどの高さになっていた。そこで私はまたひと休みして、壁越しに松明をかかげ、数条のかすかな光を内部の男に投げかけてやった。

突如として、一連の甲高い悲鳴が、鎖につながれた男の喉からほとばしり、私は思わずたじろいだ。一瞬、私はためらい――おののいた。剣の鞘《さや》をはらい、穴倉のなかに抜身をさしこんで振りまわしかけたが、すぐに思いとどまった。私は地下墓所の堅牢な壁に手をおいてみて、安心した。私はまた壁に近づき、フォルトゥナートが喚《わめ》きちらす叫びに答えてやった。私はどなり返し――相槌《あいづち》も打ってやったが、声量においても気迫においても、当方のほうが数段まさっていた。

もう真夜中で、仕事も終わりに近づいていた。八段、九段、十段はすでに完成していた。最後の十一段も一部を仕上げ、残るは石を一個はめこみ、漆喰をつめるだけだった。石の重さに抗《あらが》いながら、それを予定の場所にはめこみかけたとき、穴倉から低い笑い声が聞こえてきて、その気味の悪さに髪の毛が逆立った。それにつづいて、とうてい誇り高きフォルトゥナートのものとは思えぬ、あわれな声がしてきた。その声は言った――

「ハ！　ハ！　ハ！——ヒ！　ヒ！——大した冗談だ——見事な笑い草だ。屋敷にもどって、大笑いの種《たね》にしようじゃないか——ヒ！　ヒ！　ヒ！——ワインをやりながら——ヒ！　ヒ！　ヒ！」

「アモンティラードをやりながらね」私は言った。

「ヒ！　ヒ！　ヒ！——ヒ！　ヒ！　ヒ！——そうとも、アモンティラードでな。だが、もうだいぶ遅いんじゃないか？　屋敷では皆さまお待ちかねじゃないかね、フォルトゥナート夫人をはじめとして。もう帰ろう」

「そう、もう帰ろう」私は言った。

「後生だから、モントレゾール君」

「ああ」私は言った。「後生のためにも！」

が、今度は返事も聞こえてこなかった。私は待ちきれなくなって、叫んだ。

「フォルトゥナート！」

返事はない。私は、また叫んだ。

「フォルトゥナート！」

なおも返事はない。私は残った隙間から松明をさしこみ、なかに落とした。それに答えたのは鈴の音だけだった。胸にむかつきを覚えた——地下墓所の湿気のせいだった。私は仕上げをいそいだ。石を所定の場所に押しこめ、漆喰で塗りかため、新調の壁のまえに骨を積みあげ、以前のままの壁をつくった。あれから半世紀ものあいだ、この壁に手をつけた者はだれもいない。In pace requiescat!——安ラカニ眠レカシ!

訳　注

メッツェンガーシュタイン

（1）　マルティン・ルター（一四八三―一五四六）が当時のローマ法王に宛てたラテン語六歩格の詩の一行（Pestis eram vivus — moriens tua mors ero.）。

（2）　輪廻《りんね》とほぼ同じ思想。仏教では、衆生《しゅじょう》が三界六道に迷いの生死《しょうじ》を重ねてとどまることのないことをいうが、一般には、人間の死後、魂が他の人間や動物にやどって再生することを意味し、倫理的な因果応報の考え方とも重なった。同様の考えが古代ギリシャのピュタゴラス（前六世紀に活躍）やプラトン（前四二七頃―前三四七頃）にもあって、西欧でも民間信仰のレヴェルでは浸透したが、正統キリスト教では認められない考え方だった。

（3）　ジャン・ド・ラ・ブリュイエール（一六四五―一六九六）はフランスの作家。その著作『人さまざま』（一六八八年）は二部構成になっていて、第二部は当時の格言、思想、人物描写を収集した体裁をとっているが、その部分からの引用。このモットーは「群集の人」のエピグラフとしても採用されている。

（4）　ルイ＝セバスティアン・メルシエ（一七四〇―一八一四）は、予言の書『二四四〇年』（一七七〇年）を書いたフランスの文人。アイザック・ディズレーリ（一七六六―一八四八）は、イギリスの大政治家にして文人でもあったベンジャミン・ディズレーリ(一八〇四―一八八一)の父で、みずからも『文学の愉しみ』(一八四一年)などを書いた文人。イーサン・アレン(一七三八―一七八九)は、アメリカ独立戦争初期にグリーン・マウンテン・ボーイズと呼ばれる不正規義勇軍を指揮(一七七〇―一七七五年)して名声を博した軍人。

(5) この「パリ人士」がだれであるかは不明。

(6) この段落は高名なポオ学者トマス・オリーヴ・マボット(一八九八―一九六八)の編集した版にはない。ルーファス・グリズウォルド編の選集(一八五〇、一八五六年)にもこれがなく、その削除はポオの意向の反映だとマボットが判断したためであろう。

(7) ヘロデ王(前一世紀に活躍)は幼児のキリストを殺害するためにベツレヘムの二歳以下の幼児すべての殺害を命じたユダヤの残虐な王。「ヘロデ王をしのぎ」の文言はシェイクスピアの『ハムレット』(三・二・一六)の"it out-herods Herod"から。

(8) カリグラ(一二―四一)はローマ皇帝(在位三七―四一年)。異常で、残酷で、精神的に不安定な皇帝だった。メッツェンガーシュタインのように馬を愛し、愛馬を執政官にしようとしたという伝説もある。

ボン＝ボン

(1) このバルザックは高名な文豪オノレ・ド・バルザック(一七九九―一八五〇)ではなく、フランスの散文書法の確立に寄与したとされる著述家ジャン＝ルイ・ゲ・ド・バルザック(一五九七一六五四）のこと。

（2）ピブラックの領主の肩書きをもつギー・デュ・フォール（一五二九―一五八四）は、フランスの法律家にして詩人。

（3）ルーアンはフランス北西部の都市でパリの外港として発展した商工業都市であるが、「哲学」の中心地ではない。この通りの名はフランスの将軍フランソワ・ジョゼフ・ルフェーヴル（一七五五―一八二〇）にちなむ。

（4）"pâté de fois gras" なら「フォワ・グラのパテ」（ガチョウの肥大肝臓をパイ生地でつつんで焼いた料理）のことであるが、"pâté à la fois" となると「同時にパテ」というような意味になってナンセンスな料理の名になる。

（5）子牛のもも肉の厚切りに豚の背脂を刺してバターでソテし、ソテした玉ねぎとにんじんを鍋に入れ、上に肉をおき、子牛の骨、ブーケ・ガルニ、子牛の足、白または赤ワイン、トマトピュレ、ブイヨンを入れて煮込んだ料理。

（6）イマヌエル・カント（一七二四―一八〇四）は近代西欧哲学を代表する哲学者のひとり。その主著『純粋理性批判』（一七八一年）、『実践理性批判』（一七八八年）、『判断力批判』（一七九〇年）はいまや哲学の古典となっている。

（7）鶏、子牛、魚などのぶつ切りをホワイトソースで煮込んだ料理。

（8）ゴットフリート・ヴィルヘルム・ライプニッツ（一六四六―一七一六）はドイツの哲学者、数学者。広い学識の持主で、光学、力学、統計学、論理学、確率論、史学、法学、それに宇宙論についての著作もあり、ポオはライプニッツの宇宙論に興味をいだいていた。

(9) イオニア(ギリシャ)派には「世界の本質は変化を通じて保たれている持続性・統一性に顕現する」としたヘラクレイトス(前六—前五世紀に活躍)や、「すべての事物の起源を無限なるもの」としたアナクシマンドロス(前六世紀に活躍)がいた。それに対して、エレア(イタリア)派には「ひとつのものしか存在しない」「ものが変化することは不可能である」とするパルメニデス(前五世紀に活躍)や、この一元論を否定すると不合理な帰結が生じることを「飛ぶ矢は飛ばない」などのパラドックスによって証明せんとしたゼノン(前五世紀に活躍)がいた。

(10) トレビゾンドのジョージ(一三九六—一四八六)はクレタ島生まれのギリシャ哲学者で、一四六四年にアリストテレス(前三八四—前三二二)とプラトンを比較検討する本を書いて、前者の実在論《リアリズム》をたたえ、後者の観念論《アイディアリズム》をおとしめたが、それに対して、ヨハネス・ベッサリオン(一四〇三頃—一四七二)がプラトンを強力に弁護する本を書いた。

(11) 「霊魂」または「意思」を意味するが、その単数形(*φρεν*)は「横隔膜」を意味する。

(12) ブルゴーニュはフランス中東部の地方名でワインの名産地。コート・デュ・ローヌはリヨンからアヴィニョンに南下するローヌ川沿いのワインの産地。後者のワインは前者のワインより劣るとされる。

(13) ソーテルヌは甘口のデザート用ワインで、ボルドー産。メドックはボルドーからジロンド川を四十キロほど北上したところに産する赤ワイン。サン・ペレは発泡性の白ワイン。ガイウス・ヴァレリウス・カトゥルス(前一世紀に活躍)はローマの抒情詩人で、ホメロスは古代ギリシャの二大叙事詩『イリアス』と『オデュッセイア』の作者とされる半ば伝説的詩人。クロ・ド・ヴジョーはブルゴーニュ地方産のワインのうちでも格別に上等とされる赤ワイン。シャンベルタンもブルゴーニュ・ワインの銘柄で、ナポレオン・ボナパルト（一七六九―一八二一）が愛飲したという。

(14) 悪魔主義(diablerie)とは悪魔と魂の取引をするドイツ民話の煽情的《せんじょうてき》主題を指すのだろうが、それはマシュー・グレゴリー・ルイス（一七七五―一八一八）の『マンク』（一七九六年）、チャールズ・ロバート・マチューリン（一七八二―一八二四）の『放浪者メルモス』（一八二〇年）などによってイギリス・ゴシック小説の主流に導入され、このゴシシズムはチャールズ・ブロックデン・ブラウン（一七七一―一八一〇）、ワシントン・アーヴィング（一七八三―一八五九）、ジェイムズ・フェニモア・クーパー（一七八九―一八五一）、ナサニエル・ホーソーン（一八〇四―一八六四）、そしてポオ（一八〇九―一八四九）などのアメリカ文学の主流派に受けつがれ、今日にいたっている。

(15) カエサレア（ローマ領パレスタインの首都）のエウセビオス（三―四世紀に活躍）はキリスト教神学者。またキリスト教教会史の父とも目されている。

(16) ムースーはロアール川流域産のワインで、シャンパンのように泡立つのが特徴。

(17) ラムダ（λ）を逆さにするとガンマ（γ）になる。すると“αυλος”（笛）は“αυγος”（光）になり、そのギリシャ語の文章は「心は光なり」の意味になる。ただし、これがプラトン形而上学の根本原理として通用しているかどうかは、保証のかぎりではない。

(18) ローマは、その執政官ガイウス・マリウス(前一五六頃—前八六)が死に、ルキウス・コルネリウス・スラ(前一三八—前七八)が「独裁官」になるまでの前八六年から前八二年のあいだは、無政府状態にあった。

(19) マリ・ジャン・アントワーヌ・ニコラ・ド・カリタ・コンドルセ(一七四三—一七九四)は、啓蒙思想を唱導して民衆を革命にみちびいた哲学者のひとり。人間の進歩と道徳的向上の無限の可能性も説いた。マボットは、ここでポオはコンドルセの著作集からの引用をよそおっているが、正確な引用ではなく、ポオが書いたフランス語だと指摘している。

(20) エピクロス(前四—前三世紀に活躍)はギリシャの哲学者でエピクロス派の創始者。その学派のモットーのひとつは、快楽こそが人生における最高善であるという主張であった。ただし、このばあいの快楽とは、苦痛や不安からの解放を意味し、エピキュリアニズムが今日《こんにち》意味するようになった無制限に肉欲にふける主義とは本来無関係であった。また三百冊にあまる著作があったとされるが、その断片と手紙の一部が現存するのみ。

(21) ディオゲネス・ラエルティオス(三世紀前半に活躍)はタレス(前七—前六世紀に活躍)からエピクロスにいたるギリシャ哲学者の伝記と思想とエピソードを記した十巻からなる著述をものした。

(22) クラティノス(前五世紀頃活躍)はアリストパネス(前五—前四世紀に活躍)とならんで古代ギリシャ喜劇・風刺劇をささえた。前四二三年にアテナイでおこなわれた演劇祭で、クラティノスは自分の飲酒癖を種《たね》とした風刺的喜劇『酒瓶《さかびん》』でアリストパネスの『雲』を圧して一等賞を獲得した。哲学者でないプラトンは前五―前四世紀に活躍したギリシャの喜劇作家。

(23)　グナエウス・ナエウィウス（前三世紀に活躍）は初期ローマの詩人、劇作家。リウィウス・アンドロニクス（三世紀に活躍）はローマにおける『オデュッセイア』の翻訳者。ティトゥス・マッキウス・プラウトゥス（前三―前二世紀に活躍）とプブリウス・テレンティウス・アフェル（前二世紀に活躍）は、ともにローマの喜劇作家。ガイウス・ルキリウス（前二世紀に活躍）はラテン語の風刺詩の創始者。ガイウス・ウァレリウス・カトゥルスは愛を歌った古代ローマの抒情詩人。プブリウス・オウィディウス・ナソ（前一―後一世紀に活躍）は『アルス・アマトリア』と『変身物語』で有名なローマの詩人。クゥイントゥス・ホラティウス・フラックス（前一世紀に活躍）はローマ建国七百年を祝う「頌歌《セクラーレ》」をつくった。「クゥインティよ！」はこの詩人への愛情をこめた呼びかけ。

(24)　前注参照。

(25)　ホラティウスの『詩論』はアリストテレスの『詩学』を踏襲したという。テレンティウスは、ギリシャの喜劇作家メナンドロス（前四―前三世紀に活躍）から大いに学んだという。ギリシャの詩人ニカンドロス（前二世紀に活躍）には有毒動物についての教訓詩があるが、プブリウス・オウィディウス・ナソとの対応関係は不明。古代ローマの詩人プブリウス・ウェルギリウス・マロ（前一世紀に活躍）の『詩選』は、ギリシャの詩人テオクリトス（前三世紀に活躍）の牧歌をしのばせる。マルクス・ウァレリウス・マルティアリス（一世紀に活躍）はローマの風俗習慣についての機智にとんだ警句《エピグラム》で有名。パロスのアルキロコス（前七世紀に活躍）も邪気のある警句で有名。

ティトゥス・リウィウス(前一―後一世紀に活躍)はローマの歴史家だが、ギリシャの歴史家ポリュビオス(前二世紀に活躍)の著作から一部剽窃《ひょうせつ》したとされる。

(26) ヒッポクラテス(前五―前四世紀に活躍)は古代ギリシャの医学者。しばしば西欧医学の祖とされる。

(27) 阿魏《あぎ》(セリ科オオウイキョウ属の多年草の乳液から製した生薬で鎮痙剤《ちんけいざい》として用いる)のこと。

(28) 原語は“cholera-morbus”で、急性下痢症で痙攣《けいれん》をともなう。ただし、伝染性のコレラとは別。

(29) カインはアダムの息子で、弟のアベルを殺した(「創世記」四)。聖書によれば、ニムロッドは「勇敢な狩人」(「創世記」一〇・九)と記されているだけだが、伝説的には、バビロン帝国の最初の王であり、残酷な性格の持主だったという。ネロ・クラウディウス・カエサル(三七―六八)はローマを焼き、キリスト教徒を迫害し、快楽にふけり、身内を殺した悪名高いローマ皇帝(在位五四―六八年)。カリグラもきわめて残虐で精神的に不安定なローマ皇帝。ディオニュシオス一世(前五―前四世紀に活躍)はシラクサの僭主《せんしゅ》で、ペイシストラトス(前六世紀に活躍)は古代アテナイの僭主。

(30) マキとはニコロ・マキアヴェッリ(一四六九―一五二七)のことだが、その『君主論』(一五三二年)の主題は、権威を維持するためには殺人もふくめたあらゆる手段を用いてよい、というものであった。マザとはジュール・マザラン(一六〇二―一六六一)のこと。彼はフランスの宮廷で宰相リシュリュー(一五八五―一六四二)のあとをついでルイ十三世のもとで宰相をつとめ、国王の死後も摂政女王アンヌのもとで権力をほしいままにした。ロベスピとはマクシミリアン・フランソワ・マリ・イジドール・ド・ロベスピエール（一七五八—一七九四）のこと。周知のようにフランス革命の立役者のひとりであるが、理想主義的な革命の闘士の一面と「恐怖政治」の独裁者としての一面をもった。

(31) ジョージとはグレート・ブリテンとハノーヴァーの国王ジョージ四世（一七六二—一八三〇）のこと。放蕩な生活や、結婚や離婚をめぐる醜聞の多い国王だった。エリザベスとは女王エリザベス一世（一五三三—一六〇三）のことを指すのだろう。

(32) アルーとは、啓蒙時代のフランスを代表する著述家ヴォルテール（一六九四—一七七八）のこと。その懐疑主義、不正や不条理や宗教的狂信に対する果敢な告発や風刺は、やがて一七八九年にパリで勃発《ぼっぱつ》するフランス革命を用意したとも言える。アメリカ南部の「貴族主義」をてらったポオは、ヴォルテールを好まなかったようである。

(33) 材料に泡立てた卵白を加えてオーヴンでふっくらと焼いた料理、菓子。

(34) 香料をたっぷり加えたソースで、ぶつ切りにした肉や魚を野菜とともに煮込んだ料理。一種のシチュー。

息の紛失

(1) トマス・ムーア（一七七九—一八五二）の『アイルランドの歌』（一八〇七—一八三四年）所収の“Oh! breathe not his name”の一行で始まる同題の詩から“his name”を省略したもの。目的語を省略することによって意味は「脱線」する。原詩はアイルランド独立運動の志士ロバート・エメット(一七七八―一八〇三)が蜂起に失敗して吊し首になったのを悼《いた》んだムーアのエレジー。

(2) 聖書にアッシリアの王シャルマナサルはサマリアに攻めのぼり、「三年間これを包囲し、ホシェアの治世第九年〔前七二二年〕にサマリアを占領した」(「列王記下」一七・五―六)とある。サマリアは古代中央パレスティナの山上の都市で、長らく北へブライ王国の首都であったが、聖書にあるように、前七二二年にアッシリアに滅ぼされた。

(3) トロイアはホメロスの叙事詩『イリアス』によって有名になったが、ポオの時代にはトロイアの史実はほとんどわかっていなかった。

(4) アシュドドは南パレスティナのペリシテ人の古代五都市のひとつだが、ギリシャの歴史家ヘロドトス(前五世紀に活躍)によれば、エジプトの王プサンメティコス(前七世紀に活躍)は「二十九年間シリアの大都市アゾトス(アシュドド)の包囲攻撃を続け、遂にこれを占領した」(『歴史』二・一五七)とある。アリステアスは半ば伝説的な神出鬼没の詩人で、ヘロドトスはその伝聞を記述しているが、その史実としての信憑性《しんぴょうせい》については疑念をいだいていたようである(『歴史』四・一三―一六参照)。なお「アシュドド」については「ヨシュア記」(一五・四七)を参照。

(5) ジャン=ジャック・ルソー(一七一二―一七七八)の『新エロイーズ』(一七六一年)のこと。

(6) “Pas de Zéphyr” はダンスのステップの一種だが、“zéphyr” はまた「微風《そよかぜ》」であり「息」でもある。

(7) ウィリアム・ゴドウィン(一七五六―一八三六)は『マンデヴィル』(一八一七年)という小説

よりも、『政治的正義に関する研究』（一七九三年）という社会哲学の著作や『ケイレブ・ウィリアムズ』（一七九四年）というゴシック小説で有名。女権論者メアリー・ウルストンクラフト（一七五九―一七九七）と結婚し、娘のメアリー・シェリー（一七九七―一八五一）が『フランケンシュタイン』（一八一八年）の作者であることでも有名。

（8）アナクサゴラス（前五世紀に活躍）はギリシャの哲学者。彼は「雪は黒い」と言ったわけではなく、雪がとけて黒い水になることもあることから、雪には黒い要素もあるようだと言っただけらしい。

（9）ポオの時代によく売れた香水の名。

（10）ジョン・オーガスタス・ストーン（一八〇〇―一八三四）による、フィリップ王のあだ名で知られるアメリカ・インディアンの酋長《しゅうちょう》にかかわる一八二九年作の劇。

（11）デモステネス（前四世紀に活躍）はギリシャの高名な弁論家。海岸で打ち寄せる波に向かい、口に小石をふくみ、それでも聞こえるように演説の練習をしたという。

（12）伝説によれば、シシリー島のアグリジェントの暴君パラリスが処刑用として作らせた真鍮製《しんちゅうせい》の牡牛。犠牲者はこの牡牛に閉じ込められて焼き殺されたという。

（13）ガルヴァーニまたはヴォルタ電池のこと。イタリアの解剖学者、生理学者ルイジ・ガルヴァーニ（一七三七―一七九八）はカエルの神経・筋標本が花火放電によって痙攣《けいれん》するのを発見し、これを、筋肉にたまった電気が金属で回路ができて中性化するときに生ずる現象と解した。これに対してイタリアの電気化学者アレッサンドロ・ヴォルタ（一七四五―一八二七）は、痙攣は二種の金属の接触によって発生した電流のせいであるとしてヴォルタ電池を発明してこれを実証した。その後、この電池を利用した動物電気、電磁気学、電気化学の実験が欧米各地で流行し、一八〇一年、ヴォルタはアカデミー・フランセーズの大集会でナポレオンを前にして電気実験を供覧して、伯爵の称号をえた。

(14)「ボン＝ボン」の訳注(26)参照。

(15) ロバート・モンゴメリー(一八〇七―一八五五)の当時ひろく読まれていた道徳的宗教詩(一八二八年)。ポオはこの人物を極端にきらっていた。

(16) アンジェリカ・カタラーニ(一七八二頃―一八四九)は当時有名だったイタリアのオペラ歌手。

(17) 魔術師ガウマータはペルシャのキュロス大王(前六世紀に活躍)に仕えていたが、大王の長男がエジプト遠征に出るにさいして実弟スメルディスを殺害したのを知り、みずからスメルディスになりすまし、前五二二年、ついに王位を簒奪《さんだつ》した。この魔術師はかつてキュロス大王の怒りにふれて両耳をそがれる罰を受けていたことがヘロドトス『歴史』(三・六九)にある。

(18) ペルシャのアケメネス朝(前五五八―前三三一年)の将軍ゾピュロスが「自分の鼻と耳を切り落とした」ことによってバビロンを略取することになったいきさつは、ヘロドトス『歴史』(三・一五三―一六〇)を参照。

(19) 原文は"Pinxit"となっているが、"he painted"を意味するラテン語であって、画家の名ではない。

(20) もともとプリュギアの自然の神。ギリシャ神話では笛の巧みなサテュロスで、アポロンに音楽の技くらべをいどんで敗れ、思い上がりの罰として生きたまま皮をはがれた。ちなみにイタリア・ルネサンスの画家ラファエロ（一四八三―一五二〇）におなじ題材の絵がある。

(21) ジョン・マーストン（一五七五頃―一六三四）はイギリス・エリザベス朝の劇作家で、『不平家』は一六〇四年の作。

(22) ジョージ・クラッブ（一七五四―一八三二）はイギリスの詩人だが、その姓（Crabbe）は"crab"（蟹《かに》）にも通ずる。蟹は横にしか歩けない。

(23) "pas de papillon"はダンスのステップの名称。ちなみに、"papillon"はフランス語の「蝶《ちょう》」。

(24) 原文は"In the dog-days"であるが、ラテン語の"dies caniculares"に由来する。大犬座のα星で、全天でもっとも明るい恒星であるシリウス（Dog Star）が東天に太陽とほぼ同時刻に姿をみせる時期のことをいう。古くから、それは一年でもっとも暑く不快な時期とされる。「土用のころ」としたのは、日本の季節にあわせた訳。「鰻」についても同工異曲。

(25) 原文は"［Heaping］ Pelion upon Ossa"であるが、「困難に困難をかさねる」「一難去ってまた一難」の意。巨人が天にのぼろうとして、オッサの山の上にペリオンの山をかさねて梯子《はしご》にしようとしたギリシャ神話から。

(26) 高い円筒状の塔で、その頂上から下の水槽に溶けた鉛を落下させて散弾をつくる。

(27) 日本でポプラといえばこのポプラのことで、和名はセイヨウハコヤナギ。

(28) John Flint South M. D. *A Short Description of the Bones*, 1825.

(29) ロバート・バークリ＝アラダイス（一七七九―一八五四）はスコットランドの軍人・運動家。

一八〇九年に一千時間かけて一千マイル歩いた。

(30)　ここの原文は“Windham and Allbreath were his favorite writers; his favorite artist, Phiz.”であるが、ウィリアム・ウィンダム(一七五〇—一八一〇)というイギリスの政治家は実在しても、オールブレスなる人物は実在しない。が、ともに「風」と「息」にかけたポオの地口であることはあきらか。ただし、フィズ(本名はハブロット・ナイト・ブラウン(一八一五—一八八二)は『ピクウィック・ペーパーズ』(一八三六—一八三七年)以来チャールズ・ディケンズ(一八一二—一八七〇)の作品の挿絵を多数かいた画家で、『パンチ』の寄稿家でもあった。ちなみに“Phiz”は“fizz”(気泡)に通ずる。

(31)　エウセビウス・ヒエロニュムス(四—五世紀に活躍)はキリスト教神学者で、多くの書簡、論文、聖書の注釈書を書いたが、とくにヘブライ語から初のラテン語訳聖書(ウルガタ聖書)を著したことで有名。

(32)　“Blab”には「ベラベラしゃべる」の意味がある。

(33)　ストア派の哲学者エピクテトス(一—二世紀に活躍)は、「裕福なときに友をつくるのは易しいが、貧困のときに友をつくることほど難しいことはない」(『人生談義』)と言ったとされる。ただし、『人生談義』は弟子が師の言辞を記録した語録。

(34)　シェイクスピア『ジュリアス・シーザー』(三・二・三六)を参照。

(35)　ディオゲネス・ラエルティオスはタレスからエピクロスにいたるギリシャ哲学者の列伝を書いた。しかし、エピメニデス(前六世紀に活躍)は哲学者というより、なかば伝説的なシャーマン的預言者で、前五〇〇年頃にアテナイで疫病が流行したとき厄払いの儀式をおこなってこれを沈静化したという。

（36）ポオの手になる偽名である。

『ブラックウッド』誌流の作品の書き方／ある苦境

（1）“Signora Psyche Zenobia”の“psyche”がギリシャ語の「霊魂」、ときに「蝶《ちょう》」を意味することは語り手の言うとおりだが、“Suky”がその「訛り」であるというのは出《で》鱈目《たらめ》。“Suk[e]y”は“Susanna”の愛称。“Snobbs”は“snob”(俗物)を必然的に思い出させる。なお歴史上のゼノビア(三世紀頃活躍)はシリアの都市パルミラの女王で美貌と権勢で名をはせたが、のちにローマに征服されて虜囚の身となった。

（2）この協会を一八二五年に創立したヘンリー・ピーター・ブルーム男爵(一七七八―一八六八)は『エディンバラ・レヴュー』の創刊(一八〇二年)にも尽力した人物であるが、この雑誌は『ブラックウッド』誌の主要な攻撃対象でもあった。

（3）「アヒル」の正しい綴《つづ》りはもちろん“duck”である。

（4）この文字列各語の頭文字を綴れば“Pretty Blue Batch”ともなり、「うるわしき青鞜派《せいとうは》」というほどの意味にもなるが、博士の「真意」はわからない。ただし、「揶揄《やゆ》」がふくまれていることはたしかである。

（5）“the (eternal) fitness of things”とはイギリスの哲学者にして神学者であったサミュエル・

クラーク(一六七五—一七二九)が『自然宗教論考』(一七〇六年)で、倫理的判断の基準は自然の事物が有する本来的合目的性に合致するか否かにあるとした文言。このクラークの規範は十八世紀のアングロ・サクソン世界では奇妙に広く流布し、ヘンリー・フィールディング(一七〇七—一七五四)の『トム・ジョーンズ』(一七四九年)の家庭教師などは、ことあるごとにこの文言を引き合いに出す。

(6) もちろん、ドイツの哲学者イマヌエル・カント(Kant)への当てこすり。

(7) 前二者は実在したロンドンの新聞だが、最後のは架空の印刷物。ちなみに「ガリーズ・ニュー・コンペンディアム・オブ・スラング=ワング(Gulley's New Compendium of Slang-Whang)」は『ガリーの新悪口雑言必携』とでもなろうか。

(8) "bizarreries"は"bizarre"に由来するが、後者は「奇怪な(grotesque)、一風変わった、変てこな、とっぴな、奇想天外の」(『研究社リーダーズ+プラス』)の意。

(9) 原語は"The Dead Alive"だが、実際に"Buried Alive"なる作品が『ブラックウッド』誌一八二一年十月号に掲載された。

(10) トマス・ド・クインシー(一七八五—一八五九)が自分のアヘン吸飲体験を書いて名声を博した本(一八二二年)。なお、ド・クインシーは一八二五年以降、『ブラックウッド』誌の常連寄稿者となった。

(11) この"The Involuntary Experimentalist"は『ブラックウッド』誌一八三七年十月号に掲載された。

（12）“The Diary of a Late Physician”は一八三〇年八月号から『ブラックウッド』誌に連載され、のちに単行本としても刊行されて好評を博した。

（13）“The Man in the Bell”は『ブラックウッド』誌一八二一年十一月号に掲載された。

（14）「事実は小説よりも奇なり」（Truth is stranger than fiction）はポオが愛用した文句のひとつだが、出所はバイロンの『ドン・ジュアン』（第一四歌、一〇一連、一―二行目）――“'Tis strange,—but true; for truth is always strange; / Stranger than fiction.”

（15）当時アメリカでひろく用いられていた下剤。

（16）「ボン＝ボン」の訳注（9）参照。

（17）アルキュタスはプラトンと同世代のピュタゴラス派の数学者。ゴルギアス（前五―前四世紀に活躍）はギリシャのソフィストで「万物は存在せず」と主張した。アルクマイオン（前六世紀に活躍）はピュタゴラスの弟子で、知の中心は脳であり、生命の源泉は魂であると主張した。

（18）イギリスの哲学者ジョン・ロック（一六三二―一七〇四）の経験論にもとづく合理主義思想が『ブラックウッド』誌流の記事や作品と相容れないことは明白。

（19）『純粋理性批判』も『自然科学の形而上学的原理』（一七八六年）も、ともにカントの著作。

（20）『ダイヤル』（一八四〇―一八四四年）はいわゆる超絶主義者《トランセンデンタリスト》たちが依拠した雑誌で、マーガレット・フラー（一八一〇―一八五〇）とラルフ・ウォルドー・エマソン（一八〇三―一八八二）が継続的に編集をつとめた。超絶主義《トランセンデンタリズム》は十八世紀の合理主義に対する反動として生まれ、ロマン主義的、理想主義的、神秘主義的、個人主義的傾向の強い思想だった。人間を生得の罪人と見なすピューリタニズムに反対したユニテリアニズムに属していた詩人ウィリアム・エラリー・チャニング(一七八〇―一八四二)も超絶主義の創始者のひとり。言及されているのは“Thoughts”という詩で、引用されているのはその詩の次のくだりのもじり――“Thou meetest a common man, / With a delusive show of *can.*”――「出来ないものなどないという、人を惑わす外見をした《ただの人》に出くわす」というほどの意味。

(21) 原文は“Infernal Twoness”であるが、ピュタゴラスによれば、「二」は「闘争」をあらわし、「悪」を象徴する。ゆえに英語の“deuce”は二(トランプの二の札、テニスのドュースなど)にかかわることばでありながら、同時に「悪魔」をも意味する。

(22) アルペオス川は、ギリシャ本土のペロポネソス半島の地下をとおり、シシリー島のアレトゥーサの泉に出る、とするギリシャの伝説にちなむ。

(23) エピデンドルムはランの属名。

(24) 原文は“The Venerable Chinese novel Ju-Kiao-Li”であるが、漢字で表記すれば『玉嬌梨』、現代中国のローマ字表記によれば“Yu Jaio Li”となり、実際に「明末清初」にひろく読まれた「才子佳人小説」と呼ばれるジャンルに属する上層社会の青年男女の恋愛と結婚をめぐる白話《はくわ》通俗小説。内容は才子の蘇友白が白紅玉(一時「夢嬌」を名のる)と盧夢梨(男装する)の二佳人を同時に娶《めと》る(双嬌斉獲)物語。題名は「佳人」の名から一字ずつとった。なお、この本にはM. Abel-Rémusat による仏訳(一八二六年)があり、それにもとづく英訳 *Ju-Kiao-Li or the Two Fair Cousins* (London, 1827)がある。秋散人編次『玉嬌梨』(人民文学出版社、一九八六年)の馮偉民「校点後記」を参照。

（25）「ザイール」はヴォルテールの悲劇（一七三二年）の題であると同時にその女主人公の名。ザイールは嫉妬深い恋人に誤解によって殺される。

（26）ミゲル・デ・セルバンテス（一五四七―一六一六）の『ドン・キホーテ』後篇、第三八章。

（27）ルドヴィーコ・アリオスト（一四七四―一五三三）はイタリア・ルネサンスを代表する詩人であるが、これはアリオストの『狂えるオルランド』（一五一六年）からの引用ではなく、マッテーオ・マリア・ボイアルド（一四四〇―一四九四）の『恋するオルランド』からの引用。

（28）これもフリードリヒ・シラー（一七五九―一八〇五）の詩行からの引用ではなく、ヨハン・ヴォルフガング・ゲーテ（一七四九―一八三二）のバラッド「スミレ（Das Veilchen）」（一七七三年頃）からの不正確な引用である。

（29）セレベスとニュー・ギニアのあいだにある群島名。

（30）この名のレストランがパリとニューヨークに実在したという。

（31）論証しようとしている事柄と実際に論じている事柄とがずれていて、論証としての効力をもたない論証上の誤謬《ごびゅう》。

（32）マルクス・アンナエウス・ルカヌス（一世紀に活躍）はローマの詩人。ただし、引用はギリシャの修辞家、風刺作家ルキアノス（二世紀に活躍）から。

（33）「アネモネことば」とは一般に「内容のないことば」を指す。

（34）この引用もローマの叙事詩人シリウス・イタリクス（一世紀に活躍）からではなく、ギリシャのディオニュシオス・ロンギノス(三世紀に活躍)の『崇高について』(第九節)からである。なお、“insomnia Jovis”は正確には「ジュピターの不眠」の意で、他の神々が眠っているあいだにも、主神ジュピター(ゼウス)だけが眠らずに想を練っていることをいう。

(35) サミュエル・バトラー(一六一二―一六八〇)の風刺詩。風刺の対象は清教徒。

(36) ジョン・ミルトン(一六〇八―一六七四)の仮面劇『コーマス』(一六三四年)の二七七行目。

(37) エディンバラの別名。

(38) 原文は“Jo-Go-Slow”となっている。

(39) ギリシャ神話の復讐《ふくしゅう》の女神で、アレクト、メガイラ、ティシポネの三姉妹から成る。ここでポオが述べている姉妹の名前は出鱈目《でたらめ》。

(40) エジプトの女神の名ではあっても、花の名ではない。アイリスのつもりか。

(41) 原文は“ossi tender que beefsteak”となっているが、これはフランス語の同等比較節“Aussi ～ que . . .”に英語を挿入したうえに、“aussi”(同じく)をラテン語の“ossis”(骨)と取り違えた駄洒落《だじゃれ》。

(42) “ignoratio elenchi”もどきの出鱈目なことば。

(43) “insomnia Jovis”もどきの出鱈目なことば。ちなみに“Bovis”は「牛の」の意。

(44) “anemonæ verborum”もどきの出鱈目なことば。

(45) 原文は“Scythe of Time”で、西欧中世では「時」はしばしば手に「大鎌」と「砂時計」を持つ老人として擬人化された。ギリシャ神話では、天空神ウラノスと大地女神ガイアの息子クロノスが、父神の陽物を大鎌で切断して王権を奪ったとされ、図像では手に鎌を持つ姿として表象される。ちなみにギリシャ語の「クロノス」は「時」を意味する。

(46) オラポッド博士はジョージ・コールマン・ジュニア(一七六二―一八三六)の笑劇《ファース》に出てくる俗物。つねに何か気のきいたことを言おうと腐心している。

(47) スペイン語と英語が入りまじったような出鱈目な引用(本訳書一〇五頁二―五行目参照)。

(48) これもイタリア語と英語が入りまじったような出鱈目な引用(本訳書一〇五頁一〇―一一行目参照)。

(49) アテナイの軍人(前五世紀に活躍)。ペロポネソス戦争(前四三一―前四〇四年)で戦略家として勇名をはせた。

(50) プレゲトーンは冥府を流れる火の川の名。

(51) これもドイツ語と英語が入りまじったような出鱈目な引用(本訳書一〇六頁五―六行目参照)。

(52) 本訳書一〇六頁七―八行目参照。なお、ここでポオの英訳の時制は「過去」に変えられている――ゼノビアは「死んだ」のだから。

リジーア

(1) ジョゼフ・グランヴィル(一六三六―一六八〇)はイギリスの哲学者にして聖職者であったが、『教条主義の空《むな》しさ』(一六六一年)をものして、スコラ哲学を批判しながら経験哲学を支持し、妖術、幽霊、魂の実在を弁護し、一六六四年には、世界最古の自然科学の学会ロイヤル・ソサエティの特別会員となった。引用の出所はいまだに不明。ポオの創作か。

(2) 古代地中海文明の愛の神。アシュトレト(Ashtoreth)、アシュタルテ(Astarte)の名でも知られる。

(3) イギリスの初期ロマン派の詩人たちは、詩作のための霊感や幻覚を求めてよくアヘンを使用した。トマス・ド・クインシーには『アヘン常用者の告白』があるが、これは当時のイギリスにおけるアヘン吸飲の流行とアヘンに対する禁忌の乏しさを物語る。ただし、ポオ自身がアヘンを用いたという確実な証拠はない。

(4) エーゲ海のキクラデス諸島に属する島で、アポロンとアルテミスの生地とされる。そのアルテミスに仕える処女を誓った娘たちのことを「デロスの娘たち」という。

(5) フランシス・ベーコン(一五六一―一六二六)のこと。引用はその『随筆集』(一六二五年)に収録された「美について」から。

(6) 十九世紀は英米で骨相学が擬似科学として流行した時代でもあった。こめかみ上部の「なだらかな隆起」は「生命への愛」の強烈さを示すとされた。

(7) ここでヒヤシンスにたとえられているのは、花の色ではなく、その総状になって咲く花房全体のゆたかな形状と個々の花弁の先端が反り返ってカールしているところ。引用はホメロスの『オデュッセイア』から。

(8) 前五世紀に活躍したアテナイの画家アポロドロスの息子で、自身は彫刻家だった。「メディチのウェヌス」の作者とされる。

（9）フランセス・シェリダン（一七二四―一七六六）作のオリエンタル・ロマンス『ヌールジャハド物語』（一七六七年）に由来する架空の桃源郷。このロマンスはポオの時代にはまだ広く読まれていた。

（10）マホメットの天国にいる妖精。「黒い目」を意味するアラビア語に由来する語。

（11）古代ギリシャの唯物論哲学者デモクリトス（前五―前四世紀に活躍）は、「真理は井戸の底にひそむ」と言ったとされる。

（12）双子座で目につく二つの明るい星は、白鳥に化けた大神ゼウスがレダに生ませた双子の兄弟カストルとポルックスにちなんで名づけられている。

（13）琴座の「巨星」とはヴェガのことで、この中国名は「織女」、日本名は「織姫《おりひめ》」「棚機《たなばた》」などである。そのすぐ「近くに見つかる」もうひとつの星はイプシロン星で、望遠鏡で観察すると「対をなして変光する」連星（double star）であることがわかる。

（14）ユダヤ教とイスラム教における死の天使。この天使は霊魂を肉体から分離する。

（15）"The Conqueror Worm"（「征服者、蛆《うじ》」）は独立した詩として『グレアムズ・マガジン』（一八四三年一月号）に発表されたもので、もともと「リジーア」の一部ではなかった。それがポオの意思によって小説に組み込まれたのは、『ブロードウェイ・ジャーナル』（一八四五年九月二十七日号）においてであった。

（16）ロウィーナはサー・ウォールター・スコット（一七七一―一八三二）の『アイヴァンホー』（一八一九年）の金髪碧眼の女主人公の名と同じ。ただし、姓はちがう。

(17) ナイル川上流に位置したエジプト中・新王国時代の古都テーベの南部にあたり、アメンヘテプ三世(前十四世紀に活躍)が建設した神殿がある。

(18) "Phantasmagoria"は"phantasma"(幻想)と"goria"(集合場所)というギリシャ語から作られた合成語で、一八〇二年にフィリプスタル某が見世物のために発明した幻灯装置の名称。スクリーンに映し出された幽霊や骸骨やその他の恐ろしい物《もの》の怪《け》などの映像が大きくなったり小さくなったり、観客に近づいたり遠ざかったり、突如として消えたり、また現われたりして、きわめて怪奇で幻想的な場景を演出して人気を博した。

アッシャー家の崩壊

(1) フランスの詩人ピエール・ジャン・ド・ベランジェ(一七八〇―一八五七)の詩から。ちなみに「リュート」はギターに似た指でつまびく弦楽器で、ハート型をしているところから、ここでは心の比喩として用いられている。

(2) ここで「ガス」と訳した語は"atmosphere"であるが、イギリス最大の英語辞書 *OED* によれば、この語は十七世紀の物理学者が近代ラテン語を用いて作った用語で、はじめ「惑星から発散すると仮定され、それゆえ……天体の一部と考えられた蒸気またはガスの環《わ》ないし暈《かさ》」を意味し、次いで惑星の影響範囲内にある「惑星大気」を、さらには地球をかこむ「大気」を意味するようになった。これが「知的・道徳的要素、環境」という比喩的な意味でも用いられるようになったのは、やっと十九世紀初頭になってからのことであり、ポオがこの作品を発表したころには、

"atmosphere"という語の比重は物理的な「蒸気」や「ガス」のほうにあったと考えてよかろう。また「そのガスが空の大気とは無縁」と強調されていることにも注意したい。

（3）ここで「招じ入れた」と訳した語は動詞の"ushered"であるが、この語には名詞もあり、「室内などに客人を案内する者、先導する者」のことを"usher"と称する。すると、この物語の主人公"Usher"は語り手を、ひいては読者を、アッシャーの邸に、アッシャーの宇宙に、その無意識に、あるいは超自然的な幻想の世界に「案内する者」とも読める。

（4）十九世紀を通じて隆盛をきわめた擬似科学であるところの骨相学によると、「こめかみ上部の並はずれた広さ」は想像力にすぐれ、崇高なものを愛する心に富み、直観の鋭敏さを示すとされた。また細い髪の毛、青白い肌、異常な目の輝きは「神経質」であることの「証拠」であった。

（5）"Arabesque"とは元来「アラビア風の」という意味の語だが、ポオはこれを"Grotesque"とともに「各種の歪曲《わいきょく》、均衡の欠如、異質な要素の結合、美しいものと、奇怪なものや嫌悪をもよおすものとの共存、各部分の全体への混沌たる融合、夢と現実との混交」（拙著『ポー――グロテスクとアラベスク』冬樹社、一九七八年）と規定した。なお、当時は一般的に「グロテスク」と「アラベスク」は同義的に用いられた。

（6）カール・マリア・フリードリヒ・フォン・ウェーバー（一七八六―一八二六）はドイツ・ロマン派オペラの創始者として有名だが、ここで彼が「最後に作曲したワルツ」とされているのはウェーバーの作ではなく、カール・ゴットリープ・ライシガー（一七九八―一八五九）の作であることが判明している。

(7) ヘンリー・フューズリ(一七四一―一八二五)はチューリヒ生まれで、一七六三年にイギリスに渡り、一七九九年には王立美術院の教授になった画家、美術評論家。『悪夢』(一七八一年)や『三人の魔女』(一七八三年頃)のような幻想味あふれるグロテスクな作品や、シェイクスピアやミルトンに題材をもとめた挿絵等で有名。

(8) この詩(原名は"The Haunted Palace")は『アメリカン・ミュージアム』(一八三九年四月号)に本編とは別個に発表された。本編発表の五カ月前にあたる。この詩が「宮」を人間の頭と心の比喩となし、その荒廃と崩壊をアッシャーの心のアレゴリーとしていることは自明であろう。

(9) ポオの「原注」は混乱している。ここで言及されている『化学論集』(*Chemical Essays*)第五巻(一七八七年)の著者はウェールズのランダフの主教リチャード・ワトソンであり、この本でワトソンはアベ・ラーザロ・スパランツァーニの『動物および植物の自然誌に関する論考』(一七八四年)とトマス・パーシヴァル博士の『マンチェスター文学・哲学協会紀要』(全五巻、一七八五―一八〇二年)の第三巻に発表した「植物の知覚に関する」論文に言及しているだけである。

(10) この段落に出てくる本はみな実在する本である。『ヴェール=ヴェール』(一七三四年)はジャン=バティスト=ルイ・グレッセ(一七〇九―一七七七)の物語詩で、尼僧院で飼われているオウムのヴェール=ヴェールが聖なることについて「無知」なるままに語るところが当時の教会に対する痛烈な批判とも揶揄《やゆ》ともなっている。『シャルトル修道院』(一七三五年)はこの会派の内情を暴露する。マキアヴェッリの『ベルファゴール』(一五二〇年頃)は、女性が人類にとっての呪いであることを地上を訪問した悪魔に語らせる趣向の物語。エマヌエル・スウェーデンボリ(一六八八―一七七二）の『天国と地獄』（一七五八年）は、自己の霊や天使との交流体験にもとづき天国と地獄、死後の世界について語る。ルドヴィ・ホルベア（一六八四―一七五四）の『ニルス・クリムの地下旅行記』（一七四一年）は風刺的な空想ロマンス。ロバート・フラッド（一五七四―一六三七）はイギリスの薔薇《ばら》十字会の会員（十七、十八世紀にオカルト的教義を信奉し、錬金魔術をおこなった秘密結社）にして医者。ジャン・ダンダジネは一五二二年に、マラン・キュロー・ド・ラ・シャンブルは一六五三年に、それぞれ「手相学」についての本を発表した。ルートヴィヒ・ティーク（一七七三―一八五三）の『青き彼方への旅』（一八三五年）は人間の愚かさをわらう一種のメルヘン（正式な原題は *Das alte Buch und die Reise ins Blaue hinein*）。トマーゾ・カンパネッラ（一五六八―一六三九）の『太陽の都』（一六〇二年頃）は一種のユートピア小説。エイメリック・ド・ジロンヌ（一三二〇頃―一三九九）はアラゴンの宗教裁判所の長であったが、その裁判の手順と拷問《ごうもん》に関する書が『宗教裁判法』（*Directorium Inquisitorium*）である。一世紀のローマの地理学者ポンポニウス・メラは『世界地誌』（四三年頃）において"Aegipan (Goatman)"などを記述した。「ある忘れ去られた宗派の祈禱書」とされる *Vigiliae Mortuorum secundum Chorum Ecclesiae Maguntinae* もイギリスのケンブリッジ大学図書館に一五〇〇年版が実在する。

（11）当時は医学生の解剖や実験のために死体を盗んで売る商売が繁盛していた。また墓場荒らしは当時のゴシック小説の「定番」だった。たとえばメアリー・シェリーの『フランケンシュタイン』など。

（12）書名も著者名も作品の内容もポオの創作だが、「ランスロット」はアーサー王伝説の円卓の騎士筆頭の“Lancelot du Lac”(湖のランスロット)に由来するのだろう。

群集の人

(1) 「メッツェンガーシュタイン」の訳注(3)参照。
(2) このドイツ語の引用(出所不詳)は本編の末尾でも繰り返されている。なお、マボットは、ドイツ語の「書物」(Buch)は中性名詞なので、それを受ける代名詞は'er'ではなく'es'が正しいと注記している。
(3) このギリシャ語は「それまでかかっていた靄《もや》」(ホメロス『イリアス』五・一二七)の意。トロイア戦争で、アテナイにかかっていた靄が晴れ、攻撃側の将ディオメデスの視界が開かれた故事による。
(4) ルキアノスはシリア生まれだが、アンティオキアで演説家になり、のちアテナイに住んで哲学者になり、さらに風刺的対話という新しい文学ジャンルを創出し、この分野で名をなした。
(5) クゥイントゥス・セプティムス・フロレンス・テルトゥリアヌス(二―三世紀に活躍)の文体をこのようになぞらえたのは、文章家のジャン゠ルイ・ゲ・ド・バルザックであった。「ボン゠ボン」の訳注(1)参照。
(6) フリードリヒ・アウグスト・モーリッツ・レッチュ(一七七九―一八五七)は、ドイツの画家、版画家。ゲーテの『ファウスト』の挿絵で有名。
(7) ニューヨークのシティ・ホール・パーク界隈《かいわい》。

（8）　ロンドンのジン酒場のこと。ポオはこの「悪魔の殿堂」についての知識をもっぱらディケンズの『ボズの素描集』（一八三六年）の「ジン酒場」（「場景」第二二章）から得ているものと思われる。ポオは『ボズの素描集』の書評を『サザン・リテラリー・メッセンジャー』（一八三六年六月号）に書いているばかりか、ディケンズからかなり長い引用もしている。参考のために、その「引用」の一部を「引用」しておく。

「ロンドンのこの地域に見られる薄汚なく悲惨な様子は、実際に見たことのない人（そういう人はたくさんいるが）には、なかなか想像できるものではない。ぼろや紙で窓を取り繕った惨めったらしい家々。どの部屋も違う家族に、そして多くの場合、一部屋が二家族に、あるいは三家族にまでも貸されている……あらゆる場所が汚れに染まっている——どぶが家の前を、下水溝が裏手を流れる……髪をもつらせた十四、五歳の少女たちが、裸足で歩き回っている。白い外套をまとっているが、身体をおおっているのは、それだけといった有様である。あらゆる大きさのコートをまとった、あるいは裸同然の、さまざまな年恰好の少年たち。各人各様の貧弱で薄汚ない服をまとった男や女がぶらぶらうろついたり、がみがみ小言を言ったり、酒を飲んだり、煙草を吹かしたり、いがみあったり、喧嘩をしたり、ののしったりしている。角をまがる。何という違い！　煌々と輝く光の殿堂。がやがやとした多くの人声が、向かいの二つの通りの角にある豪華なジン酒場からもれ聞こえてくる……」（『ボズの素描集』藤本隆康訳、日本図書刊行会、一九九三年）。

（9）　このラテン語は『心の園——附・小さき祈り集』（グリュニンガー版）と訳せよう。ポオのつもりでは、一五〇〇年にヨハン・ラインハルト・グリュニンガーによってストラスブルグで出版された「小さき祈り」を集めた祈禱書を指示したのであろうが、マボットによれば、この祈禱書および出版社名などの正確な記述は“*Ortulus anime cum oratiunculis* printed at Strassburg by Johann Reinhard Grüninger, January 31, 1500”である。

赤死病の仮面

(1) 十四世紀の二十年間にヨーロッパとアジアの人口の四分の三を死滅させたという「腺ペスト」のことを俗に「黒死病」(Black Death)と呼ぶが、「赤死病」(Red Death)という語はどんな大きな英語の辞書にも出てこないので、ポオの「発明」だろう。ただし、シェイクスピアの『テンペスト』(一・二・三六三)で、島流しになったプロスペロ公に教育され搾取《さくしゅ》された原住民の怪物キャリバン(今日《こんにち》ではしばしばアメリカの赤色インディアンと見なされる)は、主人に向かって「お前さんはたしかに言葉を教えてくれた。おかげで習ったのは悪口ばかりさ、赤い疫病(red plague)に取り憑《つ》かれてくたばっちまえ、こんな言葉を教えやがって」とののしる。

(2) 『エルナニ』(一八三〇年)はヴィクトル・ユゴー(一八〇二―一八八五)の韻文五幕劇。スペイン貴族の娘ドニャ・ソルと山賊の若い統領エルナニは相思相愛の仲であるが、彼女の伯父の老公爵ドン・リュイ・ゴメスと国王ドン・カルロスもそれぞれドニャ・ソルに懸想し、複雑な恋愛争奪合戦のすえ、すべての主役たちの死によって終わる悲劇。

陥穽と振子

（1）シャルル・ボードレール（一八二一―一八六七）は本編のフランス語訳の訳注で、ジャコバン・クラブ・ハウス跡に建てられたサン・オノレ市場には門はなく、したがってこの四行詩が門に刻まれていたこともなかった、と書いている。

（2）異端追及と処罰のために、カトリック教皇グレゴリウス九世（在位一二二七―一二四一年）が一二三一年に発した勅令によって設置された裁判制度を「異端審問」（Inquisition）と言うが、この物語の背景となるのはスペインのそれで、中世キリスト教世界で行なわれた異端審問とは一応区別される。スペインにおける宗教裁判制度の確立はスペイン王国成立（一四七九年）とほぼ同時期であり、審問官の任命権は国王が握り、完全に王国統治機構の一環に組み込まれ、教皇の統制からも逸脱し、初代審問所長官トマス・デ・トルケマダ（一四二〇頃―一四九八）は二千人を火刑に処したという。この長官のもとでスペイン異端審問制度は類例のない強大な力をもつことになり、審問の対象も宗教的異端から同性愛、重婚、高利貸しなどの世俗的問題にまで拡大し、新大陸植民地を含む大領土において、カトリック信仰擁護のイデオロギー機関となった。この制度がスペイン文化圏において最終的に廃止されたのは十九世紀初頭であった。

（3）ポルトガル語で「信仰にもとづく行為」を意味する“auto-da-fé”が「火刑」を意味することになったのは、異端審問所で判決が下されたあとで行なわれた「宗教的儀式」がそう呼ばれ、またその後に行なわれる「火刑」がやはり一種の「宗教的行事」だったからである。

（4）トレドはスペインにおける異端審問活動の中心地だった。
（5）「『ブラックウッド』誌流の作品の書き方／ある苦境」の訳注(45)参照。
（6）一インチの十二分の一。
（7）アントワーヌ・シャルル・ルイ・ラサール（一七七五―一八〇九）は、ナポレオン戦争の一部であったイベリア半島戦争で一八〇八年にトレドに入城したフランスの将軍。

黄金虫

（1）原題は"The Gold-Bug"であるが、虫の名としての"gold[-]bug"を*OED*は見出し語としては採用していない。日本の辞書『リーダーズ英和辞典』(第二版、研究社、一九九九年)はこの語を見出し語として採用し、「GOLDBEETLE 金本位制支持者、金投機家、大金持ち」と説明している。ということは、虫の名としてのこの語は、いまだイギリスでは定着していないアメリカ俗語であると理解してよい。ただし"bug"については、*OED*も独立した見出しを立て、「虫」のほかに、「偏執狂、熱狂家」などの意味をあげている。すると、この題名は「黄金狂」とも読める。また、不思議なことに、この作品の本文には"gold-bug"という単語そのものは一度も出てこない。ルグランドと語り手はこの甲虫をもっぱらスカラバエウス(scarabæus)という学名か、"the beetle"という標準英語で呼び、黒人のジュピターはそれをもっぱら"de goole-bug"または"de bug"と呼ぶ。
（2）このエピグラフはアーサー・マーフィ(一七二七―一八〇五)の『みんな間違い』(一七六一

年）からの引用ではなく、ポオの創作。タランチュラはイタリアの町タラントの名に由来する大型の蜘蛛《くも》で、俗に、これに咬《か》まれると一種のヒステリー症状である舞踏病（tarantism）にかかるとされる。

（3）　ジャン・カルヴァン（一五〇九―一五六四）の伝統をつぐフランスのプロテスタントの一派だが、一六八五年にルイ十四世が彼らを保護するナントの勅令（一五九八年）を撤回したため、迫害を受けるにいたり、多くはイギリス、オランダ、ドイツ、スイス、アメリカに亡命した。アメリカに亡命したユグノー教徒は多くニューヨーク、ペンシルヴェニア、南北カロライナの諸州に定住した。また、チャールストンにはル・グランド（Le Grand）なるユグノー教徒の一家が実在した。

（4）　ポオは一八二七年十一月から翌年の十二月まで兵士としてこのチャールストン港湾内のサリヴァン島に建つムールトリー要塞に勤務したので、この島およびチャールストン一帯のことはよく知っていた。

（5）　ヤン・スヴァンメルダム（一六三七―一六八〇）はオランダの昆虫学者にして収集家。

（6）　“scarabæus”は、厳密には、甲虫目コガネムシ科のヒジリタマオコシコガネ（スカラベ・サクレ［scarabée sacré＝scarabæus sacer］）に代表される亜科に属する昆虫の総称であるが、ここではコガネムシ科の甲虫一般（ダイコクコガネ、カブトムシ、ハナムグリなど）を指すと思われる。英語圏で一般に“scarab beetle”と称される甲虫がこれに対応する。『コロンビア百科事典』（第六版、二〇〇四年）の“SCARAB BEETLE”の項には「厚みのある楕円形《だえんけい》をした甲虫で……北米に一千二百種ほどおり、大きさは五ミリから五十ミリにおよび……明るい金属光沢を有するものが多い」とある。

（7）黒人の下僕が主人を棒でたたくことを思いつくのは不自然に思われるかもしれないが、当時は初期の精神病の「ショック療法」として「打擲《ちょうちゃく》」はひろく有効だと考えられていた。

（8）「チューリップの木」ともいう。原産地は北米東部。

（9）ポオは“Liriodendron Tulipiferum”と書いているが、正しくは“Liriodendron Tulipifera”である。

（10）いずれも跳躍と旋回にかかわる馬術用語。

（11）貴金属、宝石、薬品以外に用いる衡量で、十六ドラムが一オンス、十六オンスが一ポンド。

（12）ウィリアム・キッド（一六四五頃―一七〇一）はイギリスの海賊。若くして船乗りになり、一六九〇年にはニューヨークを根拠地とする船長兼船主となり、私掠船を指揮して勇名をはせ、ために一六九六年にはイギリス政府の委嘱《いしょく》をうけて海賊征伐《せいばつ》に従事するが、そのうちみずからが海賊となり、最後には海賊行為のかどで逮捕され、ロンドンで絞首刑になる。死後、彼が隠したという宝の噂が世間をにぎわせ、そのありかが関心を呼び、その宝探しをめぐるフィクションは、本編もふくめて後を絶たない。

（13）インド南西部の都市遺跡。ゴルコンダ王国（一五一二―一六八七年）の首都で、ダイヤモンドの加工によって富裕を誇った。

（14）水（地）平線とは観測者から見て高度零度の大円であるが、地球が球形であるため、実際に見える水（地）平線は観測者のいる高度によって高度零度よりもすこし下に見える。この実際に見える水（地）平線を視水（地）平線（visible horizon）と言う。

アモンティラードの酒樽

（1）“Fortunato”は英語でなら、“The fortunate one”（幸運な人）にあたるイタリア人名。この人物のたどる運命を考えれば、アイロニーはあきらか。

（2）スペイン南東部産の淡色で中辛口の高級シェリー酒。

（3）“Luchresi”はおそらく英語の“look crazy”の語呂合わせ。ワインには目がない、クレイジーな男だからだろう。“Luchesi”となっている版もあるが、あえてこれを採る。

（4）硝酸カリウムのこと。きわめて水にとけやすく、岩などの表面に皮膜状に着生する。白色透明でガラス光沢を有する。

（5）この家系に属する語り手“Montresor”の名が「わが宝」（mon trésor）を意味するフランス語由来であることからも、また冒頭における語り手モントレゾールのイタリア人に対する偏見にみちた批判的言辞からも、この語り手はフランス人だと想定される。

（6）“De Grâve”はボルドー地方のグラーヴ市周辺に産するワインのこと。主として白ワインだが、赤ワインもある。英語の“grave”（墓）との語呂合わせか。

（7）中世イギリスおよびスコットランドの石工組合から発展した秘密結社。その本部は一七一七年にロンドンに、アメリカ支部は一七三〇年にフィラデルフィアに設立され、ベンジャミン・フランクリン(一七〇六―一七九〇)は後者の会員だった。会員は道徳、博愛、法律の遵守《じゅんしゅ》を求められた。また相互に会員であることを伝えるために、秘密の身振りや手振り、職種に関係のある道具などが符丁《サイン》として用いられた。

訳者あとがき

「処女作にはその作家のすべてが含まれている」とは誰が言いだした神話かは知らないが、この神話をエドガー・アラン・ポオ（一八〇九―一八四九）にあてはめるなら、ポオはまさしくゴシック作家であった。生涯に七十篇あまりもの短篇小説をものしたポオは、次のような小品を『サタデー・クーリア』に発表することでその作家的経歴を始めた――「メッツェンガーシュタイン」（一八三二年一月）、「オムレット公爵」（同年三月）、「エルサレムの物語」（同年六月）、「息の紛失」（同年十一月）、「ボン＝ボン」（同年十二月）の五篇である。これらはみなポオの処女作と言えるだろう。そう言える事情については、「メッツェンガーシュタイン」の「解題」をお読みねがうとするが、うち三篇の処女作を本書は収める。

まず「メッツェンガーシュタイン」だが、これはホレス・ウォルポール（一七一七―一七九七）の『オトラント城』（一七六四年）を嚆矢《こうし》として十八、十九世紀イギリス小説《ノヴェル》の「裏番組」として繁盛したゴシック小説《ロマンス》の系譜をひく正調ゴシック短篇小説という装いをもつ。その冒頭には、ベルリフィッツィング家とメッツェンガーシュタイン家の長年にわたる確執の結末を占うとみえる「亡《ほろ》びに定められしメッツェンガーシュタイン家が、騎士が馬を御するが如く、不滅に定められしベルリフィッツィング家に勝利を収めるとき、高貴なる名は恐るべき破滅に瀕《ひん》すべし」という意味不明な予言が置かれているが、『オトラント城』の冒頭にも同様に意味不明な予言が置かれている。それは、「オトラントの城とその領主権は、真の所有者が住まいきれなくなるほど大きくなった暁には、現在の一族の手を離れるであろう」というもの。しかし、この二つの予言は最後には超自然的な現象の発現によって「文字どおり」成就する。ポオのゴシック小説では、年若きメッツェンガーシュタイン男爵が、年老いて死んだベルリフィッツィング公爵の怨念《おんねん》の化身とおぼしき焔《ほのお》のように「赤い馬」にまたがり、燃えさかるおのれの城のなかに消えて煙と化するとき、あの自己撞着的な予言が成就する。『オトラント城』では、殺された元城主アルファンゾの巨大化した亡霊が城を崩壊させながら姿を現わし、正当な世継ぎの名を告げ、天に向かってロケットのように昇天してゆくとき、その予言が成就する。両者において、予言もその成就の仕方も違うとはいえ、ともに予言成就までの過程を語ることが物語の内実を成している点では同じであり、これこそゴシック小説に典型的な語りの構造なのである。

ところで、ゴシック小説的な書き物の冒頭に「予言」ではなく「謎」を置いてみたらどうなるだろうか。その謎を解明していく過程で出来あがってくるものこそ、推理小説の基本型にほかなるまい。「黄金虫」(一八四三年)は一見ゴシック小説とは無関係に見えるかもしれないが、まず「文書」が発見され、しかもその文書がチャールズ・ロバート・マチューリン(一七八二―一八二四)の『放浪者メルモス』(一八二〇年)やジェイムズ・ホッグ(一七七〇―一八三五)の『義とされた罪人』(一八二四年)に出てくる文書のように解読が困難であるように仕組まれていることなどを勘案するなら、「黄金虫」は文書の解読に特化されたゴシック小説と言えよう。周知のように、ポオはそれよりも早く「モルグ街の殺人」(一八四一年)を書いていて、近代推理小説の祖ということになっているが、最初に置かれた「密室殺人」が意外な解決に到達するまでの語りの構造はゴシック小説のそれとそっくりであり、その他のポオの推理小説についてもまったく同じことが言える。だからこそ、ポオの推理小説が必ずといってよいほどゴシック的雰囲気を持つのも、至極当然なのである。「マリー・ロジェの謎」(一八四二年)、「お前が犯人だ」(一八四四年)、「盗まれた手紙」(同上)のことを思い浮かべていただきたい。つまり、私が言いたいことは、ポオの重要なジャンルのひとつである推理小説の萌芽も、すでに処女作「メッツェンガーシュタイン」に見出せるということなのである。

「予言」とその「成就」については、まだ言い足りないことがある。『オトラント城』では、その予言成就の仕方は家督相続をめぐる社会の制度や因習を正すヴェクトルを有しているのに対して、「メッツェンガーシュタイン」の結末が示唆しているのは個人の秘められた内的恐怖、あるいは自己破壊の衝動であることだ。そこで翻《ひるがえ》ってポオの作品を全体として眺めてみると、自己破壊の衝動を主題とする作品の多さにあらためて驚かされる。「ウィリアム・ウィルソン」(一八三九年)、「告げ口心臓」(一八四三年)、「黒猫」(一八四三年)、「天邪鬼《あまのじやく》」(一八四五年)、「アモンティラードの酒樽」(一八四六年)など、つぎつぎに思い浮かぶ。解説めいた言辞などもはや不要だろう。

＊

『オトラント城』と「メッツェンガーシュタイン」との顕著な類似は他にもまだある。前者では、僭主《せんしゅ》マンフレッドは、天から落ちてきた巨大な兜《かぶと》の下敷きになって息子が死んでしまうと、跡継ぎのなくなるのを怖れてか、「あのコンラッドのような病弱な若造ではなく、脂の乗りきった夫をもたせようぞ」などとうそぶきながら息子の許婚《いいなずけ》イザベラを追い回して地下道を行くが、そのとき先祖の肖像が溜息《ためいき》をもらして胸をふくらませたり、ついには額縁から歩み出てきたりする。オトラント城往時の名君アルフォンゾの大理石像からは兜が消えたりもする。一方、メッツェンガーシュタイン家のタペストリーの馬の図柄はいつしか頭の向きを変えたり、ついにはタペストリーそのものから抜け出したりするが、それと同時に、メッツェンガーシュタインがその背にまたがったまま燃えさかるおのれの城に姿を没する定めを演出する「赤い馬」が出現する。肖像画から人物が歩み出すというのはまことに印象的な技巧だが、それを換骨奪胎してみずからのテクストのなかで見事に再利用するポオの手腕もまた見あげたもので、これはポオが生来のパロディスト、先行する文学的テクストの断片から自分のテクストを織りあげる名手であったことを証する事例として採用されてしかるべきであろう。が、それはもう周知のことゆえ、ここで再説する必要はあるまい。その代わりに、「メッツェンガーシュタイン」をはじめとするポオの処女作群にはなくて、その他のポオの作品を見まわしてみると気づく主題の物語に留意してみたい。

「ポオの小説には愛が一切ない」と言ったのはシャルル・ボオドレール（一八二一―一

八六七)だが、なるほど「メッツェンガーシュタイン」には愛は薬にしたくともない。フレデリックが十五歳のとき、母親の「うるわしのメアリー夫人」が結核というロマンティックな病《やまい》で死ぬことへの言及はあるが、母親の柩《ひつぎ》のそばに立つフレデリックの「非情な胸から溜息がもれることもなかった」と否定的な記述があるだけだ。この母親は死ぬためにだけ、ここに登場するあんばいである。さらに、若きフレデリック男爵の愛の対象となるべき若き健康な女性は誰ひとりとして登場しない。しかし、そうなると、「処女作にはその作家のすべてが含まれている」という前提でこの「あとがき」を書いている私は困ることになる。いわゆる「美女再生譚《たん》」と呼ばれる「ベレニス」(一八三五年)、「モレラ」(同上)、「リジーア」(一八三八年)、「エレオノーラ」(一八四一年)という、男女の愛が主題とおぼしき四篇の作品があるのを一体どうしてくれようか。

だが、これらの物語では愛する対象の女は常にすでに死んでいるか、あるいは他の女に転生していて、生身の女ではない。すると、これらを「愛の物語」などと呼ぶこと自体がそもそもおかしいのであり、ただゴシック小説にお決まりの「処女迫害」をテーマとする怪奇小説の一種と見なさないかぎり収まりはつかない。「リジーア」はポオお好みの作品であるばかりか、多くのポオ・ファンが愛好してきた作品であるが、これをあらためてゴシック小説の文脈に置いて読み直してみると、意外に収まりがよいのである。そうすると、これは絶世の美女リジーアが死ぬと、その夫は処女ロウィーナを再婚の床《とこ》に迎え、ついにはリジーアの霊をロウィーナの肉体に招き入れて命を交換する怪奇千万なゴシック小説として読める。「ベレニス」は、まだ生きているうちに埋葬したと思われる愛人の死体から「三十二本の白い歯」を抜いてくる夫の偏執狂的な逸話だ。「エレオノーラ」も、ポオの美女の例にもれず一旦《いったん》は死ぬが、アーメンガードという乙女に生まれかわって、ふたたび死に別れた男の元に戻ってくるという因縁じみた話。「モレラ」は読みようによっては、もっとも戦慄すべきゴシック的な仕掛けを再利用した物語だ。モレラは「あたしはいま息を引き取ります。ですが、あたしは生きつづけるでしょう」と言って死ぬ。その死と引き換えに娘を生み落とし、その娘はモレラそっくりに成長し、そしてまた死ぬ。死ねば埋葬するのがならいだが、この物語は「わたしは、第二のモレラを横たえた納骨堂に、第一のモレラのあとかたもないのに気づいて、長く苦しい笑いを笑ったのであった」と結ばれる。これは私に、「赤死病の仮面」において、剣で刺してみたら中が空洞だった赤死病の権化のことを思い出させる。それに「生(性)」の哲学者でもあったD・H・ロレンス(一八八五―一九三〇)がこれらの夫たちについて『アメリカ古典文学研究』(一九二三年)のポオの章で言ったことを、私に思い出させる。ロレンスは「人はおのれの愛するものを殺すというが、理由はすぐ見てとれる。生きているものを知るということは殺すということだ。生きているものを満足がゆくまで知るためには、それを殺さざるを得ない。それゆえに、欲求を持った意識、つまり精神というものは、一種の吸血鬼だ」と言った。ブラム・ストーカー(一八四七—一九一二)の『ドラキュラ』(一八九七年)はまぎれもなくゴシック小説の末裔《まつえい》だ。

*

「オムレット公爵」は、女王様からいただいた小鳥が料理されて食卓に出てきたので公爵が憤激のあまり頓死し、当然ながら地獄に堕ちるのだが、悪魔とのトランプの賭けに勝って、無事この世に生還するというたわいのない話で、公爵が生還するその主たる理由が、むかし読みかじった修道士ガルティエの写本に「悪魔はエカルテの勝負にさそわれると断ることができない」とあったのを思い出したことにあるのは注目に値する。これは取引となると目がなくなる「ボン=ボン」の話に自然につながる。ところで、悪魔となればゴシック小説には欠かすことのできない立役者である。マチューリンの『放浪者メルモス』は、悪魔に魂を売った代償に百五十年の命を獲得し、時空を自在に往来する自由を獲得したが、そのためにかえって苦難の人生を送った人物の物語だ。マシュー・グレゴリー・ルイス(一七七五―一八一八)の『マンク』(一七九六年)も、悪魔が複雑にからんだエロス地獄の罠にはまる聖職者の物語だ。ところがポオに出てくる悪魔は、現実が現実のまま非現実なもの、不気味なものと化し、悪魔は外在する何かではなく、人間の内部に巣食う何かになり、大衆小説が「大衆」にそういう「高級」な事実に気づかせ、「大衆」のほうでもその種の恐怖を楽しみはじめるころに登場する悪魔であって、いくらか道化じみたところもあり、凄味に欠けるきらいがある。悪魔というよりトリックスターといったほうがよいかもしれない。「鐘楼の悪魔」(一八三九年)は大人も子供も猫も豚もそれぞれ時計を持っていて、おたがいに時間を合わせあって平和に暮らすオランダのある町に悪魔が侵入してきて、町の鐘楼の標準時計に十三時を打たせることによって大混乱を起こさせる話だが、ここで悪魔がもたらす混乱にはほとんど実害はなく、あるのは、むしろメタフィジカルな混乱である。ここで思い出せば、ボン＝ボンなる形而上学者兼料理店主がこうむる打撃もまたメタフィジカルなそれであり、悪魔に魂を売り損ねたことなど幸運ですらあったわけで、この種のポオのゴシシズムは悪魔が比喩と化し、絵空事と化した人たちのための悪魔主義、バーレスク、エンタテインメントであることが判明する。とはいえ、ポオはこのジャンルに属する作品を生涯にわたって休みなく書きつづけたわけであって、比喩的に言うなら、このジャンルはあらゆる組織体になることができるポオの幹細胞のようなものではなかったか。こころみに、ポオの独創的な書き物と考えられているいくつかのジャンルの作品が生み出された時期を調べてみるがよい。たとえば高名な美女再生譚が製作された期間は一八三五年から四一年までの数年間にかぎられ、同様に高名な推理小説が書かれたのも一八四一年から四四年までの四年間だけであった。

*

「息の紛失」はもっとも初期に書かれたポオのパロディ作品の傑作だと私は思う。息をなくしたために、死ぬための原因をなくし、そのために生きるよりほかなく、死の属性を十全に持ちながら、なお現実感覚を失うことなく生への復帰に努力する欠息《ラックオブブレス》氏のけなげさは、滑稽ではあるけれども、感動的でさえある。こういう現実にはありえない状況下に置かれた人間が、そういう非現実に現実的に対応しているファンタジーを私たちが読むとき、私たちの想像力は二重に働くにちがいない。現実意識は損なわれないまま、超現実のリアリティを感じることになるのだ。そういうリアリティが感じられるときにおいてのみ、私たちは単なる夢想ではないところの真のファンタジー、単なる幻想の垂れ流しでないところの真の幻想文学を読んでいることになるのである。だから「息の紛失」を読むということは、現実の世界と超現実の世界を往復しながら、現実についいて、そうしなかったら得られなかったであろうような、新たな知覚や認識を得ることを意味する。

ところで、この種の笑劇《ファース》もまたゴシック小説の本流につながっていることを指摘するために言わせていただくが、ウォルポールは『オトラント城』の第二版（初版と同年に刊行）の序文で、自作の意図についてこう述べている――「これは新旧、二種類のロマンスを混ぜ合わせようとする試みであった」と。「旧ロマンス」とは「一切が想像力と、起こり得べくもない事柄の世界」であるところの中世騎士物語以来のロマンスのことであり、「新ロマンス」とは起こりそうなことを起こりそうに書くことを習いとする小説《ノヴエル》のことであるが、この対立する項目は夢と現実、空想と実際、死と生、滑稽と恐怖……と際限なく増殖してゆく対立項である。「息の紛失」もまたそのような二項対立を「混ぜ合わせようとする試み」であり、その作品がもつ二重性は、その結果としての二重性なのである。それに関連して、私は坂口安吾(一九〇六—一九五五)の「FARCEに就《つい》て」(一九三二年)というエッセイを思い出す。安吾はわが国の文学者には珍しくポオの笑劇《ファース》に興味を抱き、「木枯の酒倉から」(一九三一年)、「風博士」(同上)、「黒谷村」(同上)などの作品をひっさげて文壇に登場し(ポオの文壇登場の仕方と似ていないか)、その後も「紫大納言」(一九三九年)や「白痴」(一九四六年)や「桜の森の満開の下」(一九四七年)のような現実と幻想を混交させる作品を書きつづけた作家であった。そのエッセイのさわりの部分を以下に引用させていただく。

一体、人々は、「空想」という文字を、「現実」に対立させて考えるのが間違いの元である……人間自身の存在が「現実」であるならば、現に其《そ》の人間によって生み出される空想が、単に、形が無いからと言って、なんで「現実」でないことがある。実物を摑《つか》まなければ承知出来ないと言うのか。摑むことが出来ないから空想が空想として、これほども現実的であるというのだ。大体人間というものは、空想と実際との食い違いの中に気息奄々《えんえん》として(拙者なぞは白熱的に熱狂して——)暮すところの儚《はか》ない生物にすぎないものだ。この大いなる矛盾のおかげで、この箆棒《べらぼう》な儚なさのおかげで、兎《と》も角《かく》も豚でなく、蟻でなく、幸いにして人である、と言うようなものである、人間というものは。

単に「形が無い」ということだけで、現実と非現実とが区別せられて堪《た》まろうものではないのだ。「感じる」ということ、感じられる世界の実在すること、そして、感じられる世界が私達にとってこれ程も強い現実であること、此処《ここ》に実感を持つことの出来ない人々は、芸術のスペシアリテの中へ大胆な足を踏み入れてはならない。

ファルスとは、最も微妙に、この人間の「観念」の中に踊りを踊る妖精である。現実としての空想の――ここまでは紛れもなく現実であるが、ここから先へ一歩を踏み外せば本当の「意味無し《ナンセンス》」になるという、斯様《かよう》な、喜びや悲しみや歎きや夢や嘘やムニャムニャや、凡有ゆる物の混沌の、凡有ゆる物の矛盾の、それら全ての最頂点《パラロキシミテ》に於《おい》て、羽目を外して乱痴気騒ぎを演ずるところの愛すべき怪物が、愛すべき王様が、即ち紛れもなくファルスである……人間それ自身が現実である限りは、決して現実から羽目を外していないところの、このトンチンカンの頂点がファルスである……勿論この羽目の外し加減は文学の「精神」の問題であって、紙一枚の差であっても、その差は、質的に、差の甚《はなはだ》しいものである。

「空想が空想として……現実的である」とか、「現実としての空想」とか、「人間それ自身が現実である限りは、決して現実から羽目を外していないところの」とかが安吾のファルス観の要点であるが、それはそのままポオのパロディ、ファンタジー、バーレスクの要点でもある。

＊

「息の紛失」から「アッシャー家の崩壊」までの距離はさして遠くない――と言えば、奇異に聞こえるだろうか。だが、「息の紛失」で起こるようなことも、「アッシャー家の崩壊」で起こるようなことも、現実に起こるとは誰も信じない点では共通している。また、いずれの作品を読むときにも、私たちの想像力が二重に働き、現実意識は損なわれないまま超現実のリアリティを感じる点でも同じなのだ。この二つの作品はファンタジーないし幻想という資質において共通しているのである。

ただし、「アッシャー家の崩壊」では語り手の「私」が「現実界」から「非現実界」

に入ってゆくのに対して、「息の紛失」の「わたし」ははじめからテクストという「非現実界」内部の住人という設定になっている。その結果、前者では現実界から幻想界への渡りの過程が描かれているのに、後者にはそれがない。この違いが両者の作品の質を大きく規定しているように思われる。そうなら、「アッシャー家の崩壊」の冒頭部分――現実から非現実ないし超現実への渡りの部分――を十分注意して検討しなくてはなるまい。

「アッシャー家の崩壊」の語り手は、「或る秋の日」に、どことも特定されない土地を、いまだ特定されないある目的で、とある邸《やしき》へ、読み手を先へ先へと駆らずにはいない頭韻《アリタレイシヨン》（原文では暗い響きのあるd音）に追われるように、しかしなおかつ「日暮れて、先をいそぐ」といった自然な日常的感覚を失わないまま、架空の馬に乗って「陰鬱《いんうつ》なアッシャー家が見える辺りにさしかか」ると、「耐え難い憂鬱の気が私の心に沁《し》みわたる。」が、その「憂鬱の気」の正体は「私」にはわからない。「私」の想像力は「現実」と「非現実」の境目をさまよう。理性はあれこれと判断に迷う。「この風景の細部を、この絵の細部を、ただ組み換えるだけで、あの物悲しい印象を与えている力を削減、あるいは消滅させることが出来るのではなかろうか、と私は考え、その考えに力を得て、邸のそばにひっそりと輝き渡る、黒く毒々しい沼の、切り立つ岸辺に馬を進め、灰色の菅《すげ》、不気味な木の幹、虚《うつ》ろな目をなす窓などの、水面《みなも》にそのまま逆さに映し出された姿を眺め下ろした——が、前にもまして劇《はげ》しい戦慄を覚えるばかりであった」このようなアンビヴァレントな語り口や、沼の「鏡面」に逆さにうつる建物や木などの「虚像」によって、視点をになう人物の判断や解釈のゆらぎを当然読者も感じるのだから——それがこの作品全般を通じて感じられるアンビヴァレントな雰囲気でもあるのだから——「アッシャー家の崩壊」は一種の認識論的ファンタジーと称してもよかろう。

だが、ともかく「アッシャー家の崩壊」はまず読まれねばならない。この作品について、その内容が「館《やかた》の主人が死ぬと、その建物も崩れ落ち、黒い沼に呑み込まれて姿を消す話」であると言ってみても、読んでいない者には何も伝えたことにはならない。「あらすじ」だけを聞いて、この作品を理解したと言える人などいないのである。あのゴシックの館が崩壊するのは、一連の事件の因果によるのでもなく、物理的要因の累積によるのでもない。いわば「語り」がもたらす心理的エントロピーの増加によって、心的重力によって、崩壊するのだ。つまり建物の崩壊を建物の構造的欠陥や外力のせいにするわけにはいかないということだ。別言すれば、純粋な幻想小説にあっては、そのテクスト外のもの(こと)によるテクスト内のもの(こと)の説明が拒まれているということでもある。だからアッシャー家崩壊の原因を、たとえば、マデリンの柩が安置された地下室がかつて「火薬ないし高度の可燃物質の貯蔵庫」だったことから、落雷による残存火薬への引火爆発(それはテクストにない)に求めることは禁じられているのである(ただし、現代アメリカのゴシック作家でもあるレイ・ブラッドベリが「アッシャーII」〔『火星年代記』一九五〇年所収〕でしたように、「アッシャー家の崩壊」のテクストに即して、ただ建てかつ壊すためだけに崩壊寸前の館を火星に建造するパロディもまた、有効だし面白いとは言えようが)。

＊

ポオは一度発表した作品を何度も別の雑誌や新聞やアンソロジーに再発表するたぐいの作家だった。また、版を重ねるごとに何がしかの手直しをしたり、時には大幅の改訂をするたぐいの作家でもあった。それゆえ、どの版をもって決定版とするかはかならずしも容易なことではない。長らく信頼されてきた版は *The Complete Works of Edgar Allan Poe*, ed. James A. Harrison, 17 vols., Virginia Edition, 1902 である。しかしその後、新しい資料が集積され、トマス・オリーヴ・マボットによって新しい全集の刊行が企画されたが、編者の死(一九六八年)によって詩と短篇だけを集めた本が出ただけで中断した。それが *The Collected Works of Edgar Allan Poe*, ed. Thomas Ollive Mabbott, 3 vols., Harvard University Press, 1969–1978 であり、ポオの詩と短篇に関するかぎり、現在いちばん信頼されている版である。翻訳にさいしては主としてこのマボット版に依拠し、随時、他の版も参照した。なお、訳者はかつて、講談社の文庫ないし世界文学全集のために「息の紛失」「リジーア」「アッシャー家の崩壊」「群集の人」「赤死病の仮面」「陥穽と振子」「黄金虫」の七篇を訳出したことがある。本書に収録するにあたって、そのときの訳文に改めて様々なレヴェルで手を加えた。最後に、本書作成の全般にわたって岩波書店文庫編集部の市こうた氏から受けた多大の有益な示唆と援助に心から感謝する。

二〇〇六年三月

八木敏雄

黄金虫《こがねむし》・アッシャー家《け》の崩壊《ほうかい》 他九篇　ポオ作

2006年4月14日　第1刷発行
2023年10月13日　第7刷発行

訳　者　八木敏雄《やぎとしお》

発行者　坂本政謙

発行所　株式会社 岩波書店
〒101-8002 東京都千代田区一ツ橋2-5-5
案内 03-5210-4000　営業部 03-5210-4111
文庫編集部 03-5210-4051
https://www.iwanami.co.jp/

印刷・理想社　カバー・精興社　製本・松岳社

ISBN 978-4-00-323063-3　　Printed in Japan

読書子に寄す

——岩波文庫発刊に際して——

岩波茂雄

真理は万人によって求められることを自ら欲し、芸術は万人によって愛されることを自ら望む。かつては民を愚昧ならしめるために学芸が最も狭き堂宇に閉鎖されたことがあった。今や知識と美とを特権階級の独占より奪い返すことはつねに進取的なる民衆の切実なる要求である。岩波文庫はこの要求に応じそれに励まされて生まれた。それは生命ある不朽の書を少数者の書斎と研究室とより解放して街頭にくまなく立たしめ民衆に伍せしめるであろう。近時大量生産予約出版の流行を見る。その広告宣伝の狂態はしばらくおくも、後代にのこすと誇称する全集がその編集に万全の用意をなしたるか。千古の典籍の翻訳企図に敬虔の態度を欠かざりしか。さらに分売を許さず読者を繫縛して数十冊を強うるがごとき、はたしてその揚言する学芸解放のゆえんなりや。吾人は天下の名士の声に和してこれを推挙するに躊躇するものである。このときにあたって、岩波書店は自己の責務のいよいよ重大なるを思い、従来の方針の徹底を期するため、すでに十数年以前より志して来た計画を慎重審議この際断然実行することにした。吾人は範をかのレクラム文庫にとり、古今東西にわたって文芸・哲学・社会科学・自然科学等種類のいかんを問わず、いやしくも万人の必読すべき真に古典的価値ある書をきわめて簡易なる形式において逐次刊行し、あらゆる人間に須要なる生活向上の資料、生活批判の原理を提供せんと欲する。この文庫は予約出版の方法を排したるがゆえに、読者は自己の欲する時に自己の欲する書物を各個に自由に選択することができる。携帯に便にして価格の低きを最主とするがゆえに、外観を顧みざるも内容に至っては厳選最も力を尽くし、従来の岩波出版物の特色をますます発揮せしめようとする。この計画たるや世間の一時の投機的なるものと異なり、永遠の事業として吾人は微力を傾倒し、あらゆる犠牲を忍んで今後永久に継続発展せしめ、もって文庫の使命を遺憾なく果たさしめることを期する。芸術を愛し知識を求むる士の自ら進んでこの挙に参加し、希望と忠言とを寄せられることは吾人の熱望するところである。その性質上経済的には最も困難多きこの事業にあえて当たらんとする吾人の志を諒として、その達成のため世の読書子とのうるわしき共同を期待する。

昭和二年七月

《アメリカ文学》〔赤〕

- ギリシア・ローマ神話 付インド・北欧神話　ブルフィンチ　野上弥生子訳
- 中世騎士物語　ブルフィンチ　野上弥生子訳
- フランクリン自伝　松本慎一 西川正身訳
- フランクリンの手紙　蕗沢忠枝編訳
- スケッチ・ブック 全二冊　アーヴィング　齊藤昇訳
- アルハンブラ物語 全二冊　アーヴィング　平沼孝之訳
- ウォルター・スコット邸訪問記　アーヴィング　齊藤昇訳
- 完訳 緋文字　ホーソーン　八木敏雄訳
- 哀詩 エヴァンジェリン　ロングフェロー　斎藤悦子訳
- 黒猫・モルグ街の殺人事件 他五篇　ポオ　中野好夫訳
- 対訳 ポー詩集 —アメリカ詩人選(1)　加島祥造編
- ユリイカ　ポオ　八木敏雄訳
- ポオ評論集　八木敏雄編訳
- 森の生活（ウォールデン） 全二冊　ソロー　飯田実訳
- 白鯨 全三冊　メルヴィル　八木敏雄訳
- ビリー・バッド　メルヴィル　坂下昇訳

- ホイットマン自選日記 全二冊　杉木喬訳
- 対訳 ホイットマン詩集 —アメリカ詩人選(2)　木島始編
- 対訳 ディキンソン詩集 —アメリカ詩人選(3)　亀井俊介編
- 不思議な少年　マーク・トウェイン　中野好夫訳
- 王子と乞食　マーク・トウェーン　村岡花子訳
- 人間とは何か　マーク・トウェイン　中野好夫訳
- ハックルベリー・フィンの冒険 全二冊　マーク・トウェイン　西田実訳
- いのちの半ばに　ビアス　西川正身訳
- 新編 悪魔の辞典　ビアス　西川正身編訳
- ねじの回転 デイジー・ミラー　ヘンリー・ジェイムズ　行方昭夫訳
- 荒野の呼び声　ジャック・ロンドン　海保眞夫訳
- ノリス 死の谷 マクティーグ 全二冊　石田英二 井上宗次訳
- シスター・キャリー 全二冊　ドライサー　村山淳彦訳
- 響きと怒り 全二冊　フォークナー　平石貴樹 新納卓也訳
- アブサロム、アブサロム！ 全二冊　フォークナー　藤平育子訳
- 八月の光 全二冊　フォークナー　諏訪部浩一訳
- 武器よさらば 全二冊　ヘミングウェイ　谷口陸男訳

- オー・ヘンリー傑作選　大津栄一郎訳
- 黒人のたましい　W・E・B・デュボイス　木島始 鮫島重俊 黄寅秀訳
- フィッツジェラルド短篇集　佐伯泰樹編訳
- アメリカ名詩選　亀井俊介 川本皓嗣編
- 青白い炎　ナボコフ　富士川義之訳
- 風と共に去りぬ 全六冊　マーガレット・ミッチェル　荒このみ訳
- 対訳 フロスト詩集 —アメリカ詩人選(4)　川本皓嗣編
- とんがりモミの木の郷 他五篇　セアラ・オーン・ジュエット　河島弘美訳

《歴史・地理》〔青〕

新訂 魏志倭人伝・後漢書倭伝・宋書倭国伝・隋書倭国伝 —中国正史日本伝1 石原道博編訳
新訂 旧唐書倭国日本伝・宋史日本伝・元史日本伝 —中国正史日本伝2 石原道博編訳
ヘロドトス 歴史 全三冊 松平千秋訳
トゥーキュディデース 戦史 全三冊 久保正彰訳
ガリア戦記 カエサル 近山金次訳
ランケ世界史概観 —近世史の諸時代 鈴木成高・相原信作訳
ランケ自伝 林健太郎訳
歴史とは何ぞや ベルンハイム 坂口昂・小野鉄二訳
歴史における個人の役割 プレハーノフ 木原正雄訳
古代への情熱 —シュリーマン自伝 シュリーマン 村田数之亮訳
アーネスト・サトウ 一外交官の見た明治維新 全二冊 坂田精一訳
ベルツの日記 全二冊 トク・ベルツ編 菅沼竜太郎訳
武家の女性 山川菊栄
インディアスの破壊についての簡潔な報告 ラス・カサス 染田秀藤訳
ラス・カサス インディアス史 全七冊 長南実訳 石原保徳編
コロンブス 全航海の報告 林屋永吉訳

戊辰物語 東京日日新聞社会部編
大森貝塚 —付 関連史料 E・S・モース 近藤義郎・佐原真編訳
ナポレオン言行録 オクターヴ・オブリ編 大塚幸男訳
中世的世界の形成 石母田正
日本の古代国家 石母田正
平家物語 他六篇 石母田正 高橋昌明編
クリオの顔 歴史随想集 E・H・ノーマン 大窪愿二編訳
日本における近代国家の成立 E・H・ノーマン 大窪愿二訳
旧事諮問録 —江戸幕府役人の証言 全二冊 旧事諮問会編 進士慶幹校注
朝鮮・琉球航海記 —一八一六年アマースト使節団とともに ベイジル・ホール 春名徹訳
アリランの歌 —ある朝鮮人革命家の生涯 ニム・ウェールズ キム・サン 松平いを子訳
さまよえる湖 全二冊 ヘディン 福田宏年訳
老松堂日本行録 —朝鮮使節の見た中世日本 宋希璟 村井章介校注
十八世紀パリ生活誌 —タブロー・ド・パリ 全二冊 メルシエ 原宏編訳
北槎聞略 —大黒屋光太夫ロシア漂流記 桂川甫周 亀井高孝校訂
ヨーロッパ文化と日本文化 ルイス・フロイス 岡田章雄訳注
ギリシア案内記 全二冊 パウサニアス 馬場恵二訳

西遊草 清河八郎 小山松勝一郎校注
オデュッセウスの世界 フィンリー 下田立行訳
東京に暮す —一九二八〜一九三六 キャサリン・サンソム 大久保美春訳
ミカド —日本の内なる力 W・E・グリフィス 亀井俊介訳
増補 幕末百話 篠田鉱造
幕末明治 女百話 全二冊 篠田鉱造
トゥバ紀行 メンヒェン＝ヘルフェン 田中克彦訳
徳川時代の宗教 R・N・ベラー 池田昭訳
ある出稼石工の回想 マルタン・ナド 喜安朗訳
植物巡礼 —プラント・ハンターの回想 F・キングドン-ウォード 塚谷裕一訳
モンゴルの歴史と文化 ハイシッヒ 田中克彦訳
ダンピア 最新世界周航記 全二冊 平野敬一訳
ローマ建国史 全三冊(既刊上巻) リーウィウス 鈴木一州訳
元治夢物語 —幕末同時代史 馬場文英 徳田武校注
フランス・プロテスタントの反乱 —カミザール戦争の記録 カヴァリエ 二宮フサ訳
ニコライの日記 —ロシア人宣教師が生きた明治日本 全三冊 中村健之介編訳
徳川制度 全三冊・補遺 加藤貴校注

岩波文庫の最新刊

パスカル
塩川徹也・望月ゆか訳
小品と手紙
『パンセ』と不可分な作として読まれてきた遺稿群。人間の研究と神の探求に専心した万能の天才パスカルの、人と思想と信仰を示す二一篇。
〔青六一四-五〕　**定価一六五〇円**

安倍能成著
岩波茂雄伝
高らかな志とあふれる情熱で事業に邁進した岩波茂雄(一八八一-一九四六)。「一番無遠慮な友人」であったという哲学者が、稀代の出版人の生涯と仕事を描く評伝。
〔青N一三一-一〕　**定価一七一六円**

グレゴリー・ベイトソン著／佐藤良明訳
精神の生態学へ(下)
世界を「情報＝差異」の回路と捉え、進化も文明も環境も包みこむ壮大なヴィジョンを提示する。下巻は進化論・情報理論・エコロジー篇。動物のコトバの分析など。(全三冊)〔青N六〇四-四〕　**定価一二七六円**

中川裕補訂
知里幸惠アイヌ神謡集
アイヌの民が語り合い、口伝えに謡い継いだ美しい言葉と物語。熱き思いを胸に知里幸惠(一九〇三-二二)が綴り遺した珠玉のカムイユカラ。補訂新版。
〔赤八〇-一〕　**定価七九二円**

アリエル・ドルフマン作／飯島みどり訳
死と乙女
息詰まる密室劇が、平和を装う恐怖、真実と責任追及、国家暴力の闇という人類の今日的アポリアを撃つ。チリ軍事クーデタから五〇年、傑作戯曲の新訳。
〔赤N七九〇-一〕　**定価七九二円**

……今月の重版再開……

塙治夫編訳
アブー・ヌワース アラブ飲酒詩選
〔赤七八五-一〕　**定価六二七円**

大杉栄著／飛鳥井雅道校訂
自叙伝・日本脱出記
〔青一三四-一〕　**定価一三五三円**

岩波文庫の最新刊

トニ・モリスン著／都甲幸治訳
暗闇に戯れて
—白さと文学的想像力—
キャザーやポーらの作品を通じて、アメリカ文学史の根底に「白人男性を中心とした思考」があることを鮮やかに分析し、その構図を一変させた、革新的な批評の書。
〔赤三四六-一〕 定価九九〇円

川崎賢子編
左川ちか詩集
左川ちか（一九一一-三六）は、昭和モダニズムを駆け抜けた若き女性詩人。夭折の宿命に抗いながら、奔放自在なイメージを、鮮烈な詩の言葉に結実した。
〔緑二三二-一〕 定価七九二円

ヘルダー著／嶋田洋一郎訳
人類歴史哲学考（一）
風土に基づく民族・文化の多様性とフマニテートの開花を描こうとした壮大な歴史哲学。第一分冊は有機的生命の発展に人間を位置づける。（全五冊）
〔青N六〇八-一〕 定価一四三〇円

泉 鏡花作
高野聖・眉かくしの霊
鏡花畢生の名作「高野聖」に、円熟の筆が冴える「眉かくしの霊」を併収した怪異譚二篇。本文の文字を大きくし、新たな解説を加えた改版。（解説＝吉田精一／多田蔵人）〔緑二七-一〕 定価六二七円

……今月の重版再開……

尾崎紅葉作
多情多恨
〔緑一四-七〕 定価一一三三円

大江健三郎・清水徹編
渡辺一夫評論選
狂気について 他二十二篇
〔青一八八-二〕 定価一一五五円

定価は消費税10％込です　2023.9